美与丑

感悟欧洲

MEIYUCHOU GANWU OUZHOU

高巨海／著

眼界广远 笔力雄劲
——《美与丑：感悟欧洲》序

2006年7月，高巨海先生随团赴欧洲考察。十天时间，走访考察十国。可想而知，这样的考察，充其量只能是一种走马观花；一般而论，留下的印象多半该是浮光掠影。

然而，时隔一年，高先生却创写了一部长达二十余万言的作品，题名《美与丑：感悟欧洲》，超乎预期。这是一部叙述引人入胜、材料翔实丰富、布局严谨、文采斐然的散文佳作。

《美与丑：感悟欧洲》布局严谨，颇具章法。

整部作品开篇之后，作者首先撰写了长达四万言的"欧洲篇"，从宏观的角度介绍了作者对欧洲的总体印象和全面观感。

然后举凡前后考察的十个国家，一一分章叙述。各章内容，可谓各具情态、切中肯綮。难为作者能够敏锐地发现各个国家的文化差异和不同民族的各别性格。

作者整部作品如此布局，不仅在主观上找到了顺理成章的叙述途径，尤其使得读者在客观上获得了条理清晰的阅读效果。在写作和阅读之间，建构了一座通达的桥梁。正是"欲要抵达彼岸，须得渡河之舟楫"。高先生得其所哉！

《美与丑：感悟欧洲》内容丰富，言之有物。

作者笔触所及，从历史到现实、从城市到乡村、从交通到环保、从商场到饭店、从有形的建筑到无形的教育、从形而上的宗教到和各地民众生活密切相关的民俗……几欲面面俱到，堪称琳琅满目。

作者从容而严谨的叙述，在文字的层面引导读者，使得大家仿佛身临其境而感同身受。

《美与丑：感悟欧洲》立足高拔，眼界广远。

随着改革开放，国门大开，各种考察团和旅游团组织的出境游好比过江之鲫。考察者和旅游者，观之在眼、闻之在耳，增长了见识、开阔了眼界。所见所闻形诸文字，就出现了林林总总若干随笔散文。

高巨海先生的这部作品，好在立足高拔、眼界广远。目力所及，颇具文学的、哲学的深度，不乏社会学、民俗学的广度。

《美与丑：感悟欧洲》说理平和，激情涵蕴。

作者从自己的认知立场或曰文化素养出发，对传统上的所谓西方进行考察，必然地会有自己的鲜明观点。作者不曾将一己的观点强加于人，也丝毫没有好为人师进行说教。而是态度坦诚务实，举事实而明道理。正是事实胜于雄辩，有理不在高言。

作者平实而严谨的叙述中，不乏激情的涌动。有无激情，有时实在是文章的灵魂与生命。兴之所至，作者在行文走笔中，不时夹以若干古体诗词。这些诗词，是作者情致的自然流露，也恰到好处地引发出读者的某种共鸣。

《美与丑：感悟欧洲》体例别致，图文并茂。

作者谦虚自称：他写的东西只能叫"公文式的散文，或者考察报告式的游记"。其实，自古文无定法，我们没必要在文章体例这些概念上纠缠，它们是否言之有物、是否引人入胜、是否好看可读，才是作文的要旨。这部作品有写景、有叙事，夹以抒情诗歌、配有精美图片，倒不妨说是体例别致、图文并茂。

高巨海先生中文系本科毕业。大量的古今中外文学名著的研读，筑就了扎实的文学功底。

参加工作后则曾经多年从事文牍材料缮写。严谨的甚或是有些刻板的案头书写，砥砺了他的文笔。

因而，作者第一次投入创作，便写出了这样一部堪称成功的好作品。

高巨海先生出生偏远山村，又先后在县、乡、市三级政府工作。生活的磨练和人生经历，使他不惟关心民瘼，熟知民俗民情，抑且了解改革奋进的中国之国家民族政体阶层等方方面面。说他养成和具备了一种眼界胸怀，应该是所来有自。

因而,作者第一次出国考察,能够取得若许高度的视点,目力敏锐而眼界广远。

登高而招,臂非加长而见者远;顺风而呼,声非加疾而闻者彰。

《美与丑:感悟欧洲》,正是眼界广远,笔力雄劲。

我愿意向出版界和广大读者隆重推荐这一部不可多得的好作品。

我也希望高巨海先生今后能有更多更好的作品出笼问世。

是为序。

张石山

2007年12月4日

目 录

引 言 …………………………………………………… 1

空途篇

空中旅途
★ 飞向欧洲 ………………………………………… 2

欧洲篇

欧洲印象
★ 美丽与丑陋的混血儿 …………………………… 8
欧洲的交通
★ 大路无界 ………………………………………… 15
欧洲人的生活轨迹
★ 移动的别墅 ……………………………………… 20
欧洲的环境环保
★ 路边的野花不能采 ……………………………… 26
欧洲的农村
★ 魅力乡村 ………………………………………… 32

欧洲的商场
★ 城市的橱窗 ………………………………… 38

欧洲的宾馆饭店
★ 旮旯酒店 …………………………………… 44

欧洲的教育
★ 泥巴嘴巴 …………………………………… 49

欧洲的建筑
★ 尖塔罗马柱 ………………………………… 54

欧洲的宗教
★ 教堂十字架 ………………………………… 61

欧洲的宗教文化
★ 亚当与夏娃 ………………………………… 66

欧洲的风俗
★ 天堂和地狱 ………………………………… 72

德国篇

德意志联邦共和国
★ 很特别的国度 ……………………………… 78

法兰克福
★ 法兰克人的渡口 …………………………… 84

慕尼黑
★ 啤酒城 ……………………………………… 90

奥地利篇

奥地利共和国
★ 音乐之乡 …………………………………… 98

因斯布鲁克
　★ 迷你小城 ………………………………………… 103

意大利篇

意大利共和国
　★ 意大利风情 ……………………………………… 110
威尼斯
　★ 海上明珠 ………………………………………… 115
威尼斯贡多拉
　★ 尖尖翘翘的小船 ………………………………… 121
威尼斯玻璃
　★ 色彩斑斓 ………………………………………… 126
比萨斜塔
　★ 倾斜的魅力 ……………………………………… 130
佛罗伦萨
　★ 文艺复兴的摇篮 ………………………………… 136
佛罗伦萨艺术大师
　★ 艺坛三杰 ………………………………………… 143
意大利首都罗马
　★ 露天博物馆 ……………………………………… 149
罗马斗兽场
　★ 血淋淋的建筑 …………………………………… 154
罗马真言之口
　★ 河马大嘴 ………………………………………… 160
罗马特莱维喷泉
　★ 许愿喷泉 ………………………………………… 164

梵蒂冈篇

梵蒂冈城国
- ★ 国中之国 ·· 170

列支敦士登篇

列支敦士登公国
- ★ 邮票王国 ·· 178

瑞士篇

瑞士联邦
- ★ 湖光山色话瑞士 ·· 186

卢塞恩
- ★ 蚌壳里的珍珠 ·· 192

铁力士雪山
- ★ 雪山聊发少年狂 ·· 198

卢森堡篇

卢森堡大公国
- ★ 千堡之国 ·· 204

比利时篇

比利时王国
- ★ 西欧的十字路口 ·· 212

比利时首都布鲁塞尔
- ★ 欧洲的首都 ·· 216

布鲁塞尔第一公民
- ★ 撒尿小孩 ·· 221

布鲁塞尔原子球塔
　　★ 巨大的原子 …………………………………… 224

荷兰篇

荷兰王国
　　★ 居住在海平面以下的国家 ………………… 230
荷兰风车
　　★ 荷兰名片 …………………………………… 236
荷兰木屐
　　★ 漂亮的木屐 ………………………………… 240
荷兰郁金香
　　★ 姹紫嫣红 …………………………………… 244

法国篇

法兰西共和国
　　★ 浪漫法国 …………………………………… 248
葡萄酒
　　★ 玉液琼浆 …………………………………… 255
法国首都
　　★ 七彩巴黎 …………………………………… 259
法国香水
　　★ 香气袭人 …………………………………… 267
巴黎埃菲尔铁塔
　　★ 云中牧女 …………………………………… 271
巴黎协和广场
　　★ 不和谐的广场 ……………………………… 278

巴黎塞纳河
  ★ 美人颈上的项链 ································ 283

巴黎卢浮宫
  ★ 当家花旦 ······································ 290

巴黎香榭丽舍大道
  ★ 美丽的散步大道 ································ 298

巴黎雄狮凯旋门
  ★ 凯旋门与拿破仑 ································ 302

巴黎圣母院
  ★ 石头交响乐 ···································· 307

巴黎凡尔赛宫
  ★ 皇家园林 ······································ 314

凡尔赛宫的主人
  ★ 太阳王 ·· 320

巴黎红磨坊歌舞
  ★ 酣畅淋漓的歌舞盛会 ···························· 325

附记：斯里兰卡篇

斯里兰卡民主社会主义共和国
  ★ 鸡心翡翠 ······································ 332

后 记 ·· 339

引 言

2006年7月，我第一次跨出国门，随团赴欧洲考察。

我的老家在太行山的深沟大洼。童稚的记忆里，中国以外的地方，统统叫外国；中国以外的人，统称为外国人，具体一点大抵就是日本鬼子。我多少次问老爹，他咂巴着烟袋，总是这么说。外国人住在地球那边，好像在我们脚底。他们头朝下，却并不掉进空气里，而是钻进飞机里，飞到中国来糟害老百姓。后来被八路军撵跑了，却留下些洋火、洋布、洋油、洋车等许多以"洋"字打头的物什。

春稼秋穑，夏雨冬雪。糠窝头甜苣菜既可裹腹，也长岁月，因而就伴着春华秋实、山岚霜雾逐渐长大。读了很多书，还进了高等学府。转瞬间，越而立跨不惑就奔知命了。孩提时彩色流动的天国早已沉着为童话，纷杂的尘嚣逐渐钙化了孱嫩，眼角的皱纹刻满了酸甜苦辣，而对外国则似乎有了更多的了解和阐释。

特别是对于欧洲，在巴尔扎克的小说，在莎士比亚的戏剧，在但丁的诗歌，在贝多芬的交响乐，在许多教科书里，不知翻阅了多少遍，聆听了多少次，脑海里演绎的电影更是一幕幕不计其数，好像再熟识不过了。

可是，当我真正踏上欧洲的土地，却完全不是那么一回事儿。

原以为十分熟稔的地方，足之所蹈，却全都是陌生的，甚至是新奇的。

原以为十分清晰的印象，目之所及，却变得神龙吐雾，鳞爪幻惑，迷离而漫漶。

有时甚至像被卷入急流浩荡的惊涛骇浪，懵懵懂懂，踉踉跄跄，费了好大的劲，才从旋涡里旋摆出来，耳鼓里犹在嗡嗡震颤。

甩甩满头水雾，清清脑，定定神，捋捋思绪，把那些自以为熟稔和清晰、其实是朦朦胧胧、影影绰绰的底像，与眼前的实景对接起来，方才从幻觉中醒悟，眼前逐渐明朗。

再悉心观赏，慢慢咀嚼，细细玩味，顿悟西方和东方在历史、文化、经济、社会、意识形态、风俗习惯等方方面面，原就有许多差异和碰撞。这种差异和碰撞，对一个初次踏上欧洲的人来说，不仅有一种山崩海啸雷霆飓风般的感官冲击，更有一种入骨入髓的抵牾和震撼。

此时此情此景，你不由地就会萦飞一些联想和思絮，自然地就会勃发写一点东西的欲望和冲动。何况，对于每一个出国考察者来说，把异国他乡的所见、所闻、所感、所思、所得写下来，缮发给大家，与大家一起交流探讨，汲精滤糟，绳直裁弯，是义务，更是责任。

此次赴欧，来去匆匆，有效考察时间只有10天。10天访10国，连走马观花、浮光掠影都谈不上。因而我只能撷取一些印象较深或比较感兴趣的花瓣或枝叶，还拍摄了一些图片，填涂了几首小诗，搜集了若许资料，按时间罗列整理一番，就叠摞成这本册子。

空途篇

空中旅途 | 飞向欧洲

空中旅途

飞向欧洲

2006年7月7日。

北京。首都机场。

斯里兰卡航空公司一架空中客车静静地停靠在登机口。骄阳下，机尾涂着的孔雀标识闪闪发光。

下午3点整，飞机开始滑行。

机舱内，空姐们例行安全演示。

几分钟后，美丽的孔雀尾巴一翘，飞机箭一般冲上蓝天——我们的欧洲之旅开始了。

飞机向右划了一道漂亮的弧线，然后朝西南方向飞去。

空气能见度颇高。

透过机窗，可以看到北京的楼群和郊外绿色的田野。公路、田埂、绿树、水塘经纬交织，把大地分割成一块块色彩艳丽的卡通地板。

飞机继续爬高，偶尔有几片淡淡的云朵从机翼下掠过。

电视屏幕显示，飞机爬升到水平位置时，高度3.8万英尺，航速每小时910公里，舱外气温零下62°C。

从高空看下去，盛名于国人心中的黄河、长江，就像蜿蜒的乡间小路，黄黄的，细细的，没一丝波澜；众多的城镇、村庄和壮丽的群山相映成景，像建筑师设置的沙盘，随着移动的视野，变换着一幅幅新鲜的图案。

斯里兰卡空姐，棕色皮肤，肌骨丰润，披一身草绿色飞孔雀图案的露脐纱丽，长长的飘带斜斜地飘逸在胸前，显得袅袅婷婷。她们不会讲汉语，但甜甜的笑靥和雪白的牙齿给人一种亲切和蔼的感觉。她们一趟趟为我们送来各种饮料，还有一些精制的小袋食品，服务热情周到。

这架可乘坐380名乘客的飞机座无虚席。每个座位前都装有小电视，座位的扶手上有耳机插口、操作柄，乘客可以看电视，可以听音乐，可以玩游戏。

傍晚，飞机越过友谊关，在越南、老挝上空穿行。

机舱里气温渐低，座位上配备的草绿色毛毯，一件件飞上了旅客的肩头。

空姐适时送来晚餐，有点心盒、蔬菜盒、水果盒，主食是鸡块米饭或鱼排米饭。冷食多，米饭也不很热，里面还撒了好多黏糊糊的咖喱，

■ 欧洲风光

美与丑：感悟欧洲

■ 阿尔卑斯山风光

味道并不可口。好在饭后空姐又送来咖啡，加少许白糖，喝下去热乎乎的才有了些舒适的感觉。

当地时间晚7点，飞机在曼谷机场降落。

舱门打开，一股热浪涌了进来。顶着热浪，到泰国的旅客下去了。其他乘客大都想到候机厅小憩一会儿，但由于在泰国只是过境，没有签证，因而大伙儿只好呆在机舱这块闷热的"国土"里。

半小时后，有旅客登机。机舱里蓝眼睛大鼻子和金发碧眼的欧洲人多了起来。

一会儿，飞机再度起飞，越过孟加拉湾，飞往斯里兰卡。

据说，为支持斯里兰卡发展旅游业，国家旅游局与斯里兰卡签有协议，一些去欧洲的班机要绕道斯里兰卡中转。因此，我们这次欧洲之行，就在空中绕了一个大三角。虽然距离远了一些，机票价格却便宜了很多。

当地时间晚9点，飞机在斯里兰卡首都国际机场降落。而后是入境，投宿。

第二天下午2点30分，飞机从斯里兰卡起飞，从阿拉伯海上空飞向西北。

高空阳光明媚，万里无云。

从机窗望下去，海水并不是湛蓝色而是灰蒙蒙的。偶见有轮船驶过，划出两条长长的人字型白线。

飞机进入伊朗领空后，光秃秃的丘陵和灰黄的沙漠茫茫无际，雾霾蒙蒙，寂无生机，令人昏昏欲睡。

果然，机舱内不少老外已开始打鼾，我也不知不觉进入了梦乡……

一觉醒来，飞机已飞临欧洲上空。

机翼下一片翠绿，葳蕤葱茏，盎然勃发。偶尔可以看到阿尔卑斯山的雪峰和几片闪着亮光的湖泊。

晚餐一如昨天。

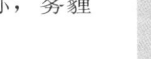
■ 欧洲建筑

晚餐之后,飞机开始降低高度。

广播里传来女播音员甜美的声音,飞机要降落了。

空姐们认真检查每一位乘客的安全带是否系好。

穿过几层淡淡的云翳,地面河流、城镇、村庄和田野的轮廓逐渐清晰起来。

公路上的汽车,由甲壳虫大小变得越来越大,越来越真切。

飞机开始盘旋。摩天大楼和教堂的尖顶几乎擦着机翼退去。

飞机对准了跑道。一阵轻微的颠簸之后,飞机安全降落在德国法兰克福机场。

此时是北京时间7月9日凌晨2点,当地时间7月8日晚上8点,时差6个小时。

欧洲篇

欧洲印象	美丽与丑陋的混血儿
欧洲的交通	大路无界
欧洲人的生活轨迹	移动的别墅
欧洲的环境环保	路边的野花不能采
欧洲的农村	魅力乡村
欧洲的商场	城市的橱窗
欧洲的宾馆饭店	旮旯酒店
欧洲的教育	泥巴嘴巴
欧洲的建筑	尖塔罗马柱
欧洲的宗教	教堂十字架
欧洲的宗教文化	亚当与夏娃
欧洲的风俗	天堂和地狱

欧洲印象

美丽与丑陋的混血儿

　　欧洲，欧罗巴洲的简称。
　　这片被称为西方的土地，绝大部分疆域却伸向地球的东半部，分布着44个国家，居住着7亿多人口。

■ 瑞士自然风光

踏上欧洲的土地，给人的第一印象是满眼翠绿。

绿色的平原，绿色的山峦，绿色的草地，绿色的森林，绿色的城市，绿色的乡村……

欧洲，简直就是绿色编织而成的世界，是一片绿色的海洋。

而荡漾在这片海洋之上的是阿尔卑斯山的皑皑雪峰，是多瑙河的蓝色波澜，是威尼斯的贡多拉，是荷兰的风车，是法国的香水和XO，还有湛蓝的天空，清新的空气，悠闲的牛羊和姹紫嫣红的郁金香……

透过绿色，欧洲折射出的最耀眼的光环是它的古典。

人们说，到美国看现代的，去欧洲看古代的。

的确，欧洲那一片片废墟，一座座凯旋门，一幢幢教堂，一排排宫殿，无不闪烁着斑斓的色彩和瑰丽的光芒，令人神醉情迷，遐想万千。

扶起被尘土掩埋的维纳斯，你会惊异地发现，2000多年前爱琴海的文明是如此灿烂。

公元前776年，雅典奥林匹亚召开的第一次奥林匹克运动会，标志着古希腊文明进入了繁盛时期。来自马其顿的亚力山大成为欧洲历史上第一个伟大的君王。古希腊人在哲学、文学、美学、逻辑学、心理学、伦理学、戏剧、建筑、雕塑等诸多领域都创造了震古烁今的辉煌。

欧洲文明的第二个峰巅是湮没在一片废墟中的古罗马帝国。恺撒和奥古斯都把奴隶制推向极盛的同时，也自掘了覆亡的坟墓。

欧洲漫长的中世纪，是日耳曼人、匈奴人、突厥人搅局乱政和天主教扼杀自由的黑暗的深渊。神圣罗马帝国只是一个有名无实的空壳，民族的迁徙、融合、分化在那时进行，英国、法国、德国、意大利、俄罗斯等许多国家的雏型在那时形成。

当天主教的伪装逐渐被人们戳穿，当十字军的暴行逐渐激起人们的愤怒，一场震惊世界的文艺复兴运动，便在欧洲大地火山般喷发出来。火山喷发激起海啸，德意志的宗教改革、法国的启蒙运动、英国的宪章运动一波波浪卷千寻，气吐万汇，荡涤了宗教恶流和封建污浊，开启了人类近代文明、自由、民主和科学的新纪元。

时间蹒跚彳亍，却酿造了欧洲的古典和芬芳。

欧洲的古典和芬芳沉结在石头艺术中。

从某种意义上说,欧洲的文化就是石头的文化,欧洲的时空几乎都是用石头填充起来的。石头雕刻艺术和垒砌技巧呈现出来的轮廓美、线条美和雄浑美,足以让所有的人叹为观止。

雅典卫城是希腊柱擎起来的。

梵蒂冈的圣彼得教堂是罗马柱撑起来的。

佛罗伦萨、罗马、布鲁塞尔、阿姆斯特丹和巴黎的小巷铺着褐色的小石块,小巷两边的楼房用棱角分明的大理石垒起来,连门柱、门框都是石头打磨的,上面还雕刻着人头兽脑或花鸟鱼虫。

当你穿过一条条石巷,就仿佛穿过了一条条时空隧道,那里曾上演过许多历史悲喜剧。

走出小巷,往往是一个更大的石头垒砌出来的广场。广场上有石头的雕塑、石头的纪念碑、石砌的喷泉……周围大型的楼群建筑更是石头的各种舞蹈和艺术大合唱,巴黎圣母院干脆就被雨果称之为"石头的交响乐"。

■ 凡尔赛宫油画

在石头艺术渲染的氛围里，还萦绕着美妙的音乐，那是海顿、莫扎特、贝多芬、施特劳斯奏出的旋律；悬挂着优美的油画，那是达·芬奇、毕加索、莫奈、梵高挥洒的色彩；耸立着精致的雕塑，那是米隆、米开朗琪罗、罗丹雕琢的偶像；叠放着一摞摞被称为大诗人、大剧作家、大文豪们的杰作，从荷马到但丁、拜伦、雪莱、普希金，从埃斯库罗斯到莎士比亚，从卜伽丘到巴尔扎克、雨果、狄更斯、托尔斯泰，他们的鸿篇巨著为世界文学艺术宝库增添了无穷的魅力。

18到19世纪，欧洲分别以蒸汽机和电动机为代表的第一次、第二次工业革命，标志着人类社会进入了以机器代替手工作业的社会化大工业时代，欧洲成为现代工业的摇篮，同时也加速了社会关系的裂变和世界格局的重盘。

欧洲工业革命使依附于落后生产方式的自耕农消失了，封建贵族也被淘汰出局。工业资产阶级和无产阶级渐露头角并快速壮大，成为改写欧洲历史、创造欧洲未来最强大的生力军。

在此之前，东方的中国，不论在政治上经济上还是军事上，都堪称泱泱大国，东南西北，华夏第一。

但当西方已进入社会化大生产的机器时代，闭关锁国的大清还陶醉在康乾盛世、威服四夷的天国大梦之中。

于是，西方在崛起，东方在衰颓。

当欧洲人发现古老帝国的威仪如同皇帝的新装，天朝的军队只能逞弓马骑射之勇时，便肆无忌惮的用坚船利炮轰开了大清的国门。

于是，出现了鸦片战争，出现了一系列不平等条约。

后来人们在回顾这段历史时发现，清朝从统治阶层到研究领域都与欧洲南辕北辙，大相径庭。

一个醉心沉湎过去，只是为了鉴践前人的足迹，打磨既有的神坛。

一个注重探索未来，殚精竭虑拓伸新的发现，再造新的辉煌。

当以原子能、计算机、互联网和空间技术为主要标志的第三次工业革命浪潮席卷全球的时候，重新站起来的中国人才跟上了时代的节拍，并且取得了举世瞩目的成就。

但我们毕竟有100多年屈辱的历史和拖退的距离。

欧洲篇

前事不忘，后世之师。

欧洲民族众多，自然有多元文化。而多元文化则成为许多学派、思潮和制度的渊薮。

哲学方面，古希腊就产生过柏拉图、亚里士多德这样伟大的智者。后来，辩证唯心主义和形而上学唯物主义相继称雄，各领风骚。马克思、恩格斯创立的辩证唯物主义和历史唯物主义则高高耸立在历史的峰巅。

经济学方面，市场经济和计划经济都发轫于欧洲，古典经济学、凯恩斯主义学、新自由主义经济学等，都曾在世界经济发展巨大的曲线上留下了耀眼的坐标点。

文学方面，从古希腊的神话、史诗、寓言开始，到古典主义、启蒙文学、浪漫主义、批判现实主义和无产阶级文学，欧洲的文学大师辈出，名著层叠，成为世界文学的精要。

■ 瑞士风光

绘画方面，佛罗伦萨画派、威尼斯画派、印象主义画派、野兽派等各呈风流，欧洲的油画艺术，古来执世界画坛之牛耳。

雕塑则与油画并称为欧洲的姐妹奇葩。

欧洲的政治思潮更有独特之处，从左到右，一应俱全：无政府主义、法西斯主义、中庸主义、资本主义、空想社会主义和社会主义，都曾在欧洲历史舞台上一显身手。

政治制度方面，无论是民主制、共和制，还是君主立宪制、双首长制以及社会主义制度，均源出欧洲，并走遍全球。

第二次世界大战以后，全球形成了美苏两极争霸的格局。欧洲国家深感要在美、苏两个超级大国的夹缝中生存，必须加强联系与合作，以保持一种制衡张力。

1951年，法、德、意、荷、比、卢6国在巴黎签署了欧洲煤钢共同体条约，随后又签订了《罗马条约》、《布鲁塞尔条约》，组建了欧洲共同体，并逐步扩大到12个成员国。

1991年，欧共体通过了以建立欧洲经济货币联盟和欧洲政治联盟为目标的《欧洲联盟条约》，1993年，欧盟正式挂牌营业。

之后，欧盟不断扩大，到2004年拥有25个成员国，2007年增加到27个，囊括5亿人口，是当今世界上经济实力最强、一体化程度最高的国家联合体。

欧洲，成为全球一体化的先驱。

匪夷所思的是，欧洲历史上平均5年就有1年发生战乱纷争，但战争却像一条畸形的纽带，经天纬地，连丝缀片，欧洲人打而不散，逆向凝聚，在混战中形成了共同的价值取向，组成了一个巨大的、富于创意的大家族。

当然，我们考察欧洲，绝不能忘记这里就是帝国主义的老巢。

15世纪，欧洲资本主义开始萌芽，通过哥伦布、麦哲仑地理大发现，欧洲"海盗"几乎窜遍了全世界。

他们在本土大肆鼓吹人文主义的同时，却虐杀了大批印第安人。

为了获得最廉价的劳动力，他们把1500多万非洲黑人掠贩到美洲充当奴隶。

西班牙、葡萄牙、荷兰、英国、德国、法国这些老牌帝国，都在野蛮的开发和血腥的交易中飙升为暴发户。

鸦片战争和尔后的时空里，他们在我国犯下的罪行更是累累不尽，罄竹难书。

20世纪初，欧洲帝国主义为了重新瓜分世界杀红了血眼，终于引发了两次惨烈的世界大战，数千万军民伤亡。

今天，无论这些国家怎样富足，无论这些国家的人怎样文明，他们昔日贪婪和狰狞的嘴脸，野蛮和血腥的劣迹，早已牢牢定格在历史的时空里，不为华贵的服饰改变，不因文雅的举止消失。

就是现在，欧盟成员国之间也常因不同利益而明争暗斗。经济的融合和政治的各别，尤其是主权的排他性使得他们"虽是大家庭，各自念权经"。那些流浪的吉卜赛职业小偷，倒腾假冒伪劣小商品的黑人，到处闪烁的红灯区，荷兰的大麻、同性恋、假警察，罗马的烂纸破塑料瓶，巴黎的狗屎猫尿，以及厕所、饭店门口那些污七八糟的邪教法轮功小报……目前的欧洲，也有许多疮疤和阴影。

而且，有些疮疤和阴影他们并不准备剜割和擦抹。从另一个角度说，有些疮疤和阴影并不能剜割和擦抹净尽。

欧洲，美丽与丑陋的混血儿。

欧洲的交通

大路无界

欧洲篇

看电影《上甘岭》，"一条大河"的歌声悠扬婉转，令人心潮激荡，久久难忘。

踏访欧洲，"一条大路"连接数十个国家，一路畅达，给人印象极深。

欧盟国家，高速公路天衣无缝地一线贯通。

国与国之间常见一个牌子，两面印着两个相邻的国名和欧盟标志——蓝底上嵌有12个黄色五角星围成的圆环。

欧盟仿佛就是一个国家，而欧盟各国就像一个省、一个市、一个县，把高速路修筑成连绵不断的大街就成为偌大的地球村。

畅通无阻的国境线和快捷的交通工具，剪短了国与国的时空距离，融通了人与人的陌生隔阂。过境就像从一条街到另一条街，出国就像邻居串门儿，一个签证就可以畅游许多国家。诗曰：

一条大路串欧盟，
一个圆环壁垒通。
一纸欧元旅南北，
一张签证逛西东。

不能不说，这是一种历史性的跨越，具有里程碑的意蕴。

两千多年前，我们的老祖宗孔子目睹春秋末期诸侯割据、战乱频仍、民不聊生的纷局乱世，曾期盼出现一个理想的大同世界。

欧盟的形成，应该说，已从外延的拓展到内涵的富藏都大大超越了

美与丑：感悟欧洲

■ 欧洲的高速公路

孔子描绘的理想世界。

历史在欧洲又一次展现了它的大手笔。

而我们国内省与省之间、市与市之间、县与县之间，却人为地设置了许多检查站、收费站，排队堵车现象司空见惯。香港回归了，但赴港探亲、旅游和商务活动还要履行一套烦琐的手续。大陆和台湾之间更是障碍重重。这不能不说是我们的遗憾。

德国的高速公路是欧洲高速公路的鼻祖，已过花甲年岁。当年希特勒干尽坏事，可他首倡建造的高速公路，却使后来的德国包括争相仿效的各国都受益无穷。

欧盟高速公路有一个严格的规定，车行两个小时必须在服务区休息20分钟。车上配有激光盘，像飞机上的"黑匣子"，行车的时间、速度、里程都会毫厘不爽地记录在案，违者轻则罚款，重则吊销执照。这也可能是欧洲高速公路事故相对较少的原因之一。

踏访欧洲，与许多考察团相似，人车路三位一体，近乎三分之一的时间与高速公路相伴，被称为"高速公路急行军团"。

我们考察团的领队兼翻译黑黑胖胖的，40多岁的样子。他祖籍东北，出生在北京，又移民德国，上过大学，当过兵，开过飞机，先后从事过十多个职业。现供职于英国一家著名的旅游公司，英文名字叫托尼。

托尼是十多年的"老"导游了，周游列国，见多识广，业务谙练，堪称大腕级"国际导爷"。他会讲汉语、英语、德语、法语和意大利语，尤其是一口标准的普通话音乐一样铿锵悦耳，隐隐有金石之声。

托尼精力充沛，幽默风趣，一路上的讲解，既有视野的宏阔，又具蕴意的深邃，洋洋洒洒，起伏跌宕，极具磁力。

我们乘坐的是西班牙产的高级旅行车——埃威恩，漂亮的车型，豪华的装潢，巨大的挡风玻璃，内置车载电视、热水器、卫星导航系统、缴费纳税系统、行驶监控系统……这是我当时见过的最现代化的旅行车，据说价值20多万欧元。

司机是人高马大的意大利人，叫朱利亚特。

托尼介绍说，他与朱利亚特是多年的老搭档了。朱利亚特技术极佳，对欧洲国家所有的公路好像都了如指掌。

说来令人叹服，埃威恩周游10国，进城过市，穿街走巷，竟没有出过一次差错。

我们每天平均要光顾两三个服务区，司机休息、汽车加油和瘾君子抽烟自不必说，我们最关心的是上厕所：入门三步急，出来一身轻。

我国的公厕用W.C表示。其实W.C是英国土语"水冲排泄物小室"的缩写。欧洲人觉得直呼其名不雅，因此，欧洲国家的厕所并不用W.C而是用"Toilet"来表示。Toilet是拉丁语"方便之门"的意思，不管是英国人、美国人、德国人、意大利人还是澳大利亚人，都能够轻而易举地找到这个方便之门，性别则用男女头像辨识。

这其实是一种文字游戏。

上个世纪后半叶，西方国家觉得"资本主义"这个名词带有某些血腥味，起码他们的第一桶金就粘满了"资本"的血腥。因而西方经济学家绞尽脑汁，挖空心思，终于发明了"市场经济"这个含有"科学"成分的灵丹妙药，并以其替代"资本主义"。他们还把"阶级"演化为"阶层"，这一演化，少了不少对立和矛盾，多了不少关联与和谐。

这种文字演进艺术，既有功利目的，又体现了时代特征。譬如，美国发动海湾战争，不说侵略而说打击，而且是为了打击恐怖分子，这样似乎就显得堂而皇之。但真正的恐怖分子本·拉登似乎活不见人，死不见尸，甚至在哪个国家藏身都没搞定，还时不时地在某个电视台现身，给美国吹点紧张空气，成为世纪经典笑话。恼羞成怒的美国不惜动用大量人力、物力、财力和最先进的科技手段，在全世界范围搜索了十多年，于2011年5月才终于"宣称"将本·拉登击毙于南亚的巴基斯坦境内。

新世纪以来，国内的新名词亦像雨后春笋，姑娘叫美眉，小伙子叫小P孩，漂亮叫养眼，徐娘半老叫资深美人，追星族叫粉丝，初赛叫海选，对阵叫VS，网上发帖叫灌水，尴尬叫囧，加油叫给力……你要稍不留心，还真有落伍之感。

旅欧者的"方便之门"主要在宾馆、饭店和超市，而高速公路的服务区，都有快餐店和超市。

欧洲高速公路大多不收费，但所有高速公路服务区的公厕都是要买单的。欧洲人特精，上厕所要让你从超市或快餐店绕进去，穿越迂回曲折的商品走廊，顺便买点口香糖、香烟、矿泉水、土特产什么的，转一圈再从原路返回，你要方便，他要赚钱，各得其所。

欧洲人的精明还表现在常常别出心裁：德国的公厕投入硬币后，会吐出一张收据，在同样的服务场所可当餐券使用；奥地利的公厕，投入硬币就会响起美妙的乐曲；瑞士的公厕设计成树墩等森林景观，让你如厕也能享受到大自然的风光……

欧洲国家的交通高度发达，形成了庞大的立体式的综合运输网络，运输业居世界各大洲之冠。在欧洲，不论是乘飞机、火车、公交车、有轨电车，还是坐地铁、打的，都十分便捷。但欧洲的现代化立交桥很少，我们在欧洲10国,就几乎没见过大型立交桥。

欧洲的交警很少,城市街道也不设交通岗。可一旦发生交通事故,现代化的指挥应急系统会在第一时间作出快速反映,立马就有交警赶到现场处理,效率之高,令人惊叹。

欧洲良好的交通秩序,体现了行人优先、以人为本的理念,也体现了国民素质。

在城市,行人穿越马路,必看绿灯,必走人行横道。人车相遇,即使没有斑马线,汽车也一定会礼让行人。

在罗马,在阿姆斯特丹,在巴黎,在许多十字形路口、米字形放射状路口,当绿灯亮起时,我们还听到了悦耳的叮当声,极具人性化。

在较小的交通路口,行人如有急事,还可按下电杆上的按扭,使红灯变成绿灯,让你优先通过。

欧洲人的生活轨迹

移动的别墅

欧洲的高速公路上，奔涌着滚滚车流。

最多的当然是小轿车，德国的宝马、奔驰、奥迪，意大利的法拉利、菲亚特、依维柯，法国的标致、雷诺、雪铁龙，也偶见美国林肯和日本丰田。

许多小轿车顶部设有固定物什的装置。有的顶着一只乳白色的划艇，他们是去海边冲浪的。有的顶着两辆山地自行车，他们是去山区越野的。一辆辆小轿车锃光瓦亮，风驰电掣，成为高速公路上最靓丽的风景线。

欧洲的高速公路上，全然没有灰的、黑的、脏兮兮的敞开式或蒙着蓬布的货车，一辆辆都是漂亮晃眼的集装箱货车。车体清洁光鲜，浅蓝色或橘红色的车厢，喷涂着少量精致的图形或文字标识，轮胎水洗过似的一尘不染。

远远看去，飞驰的集装箱货车就成了一件件移动的工艺品，成了高速公路上的第二道风景线。

欧洲允许摩托车上高速，于是第三道风景线出现了。

一队队黑色、蓝色或红色的摩托车轰鸣着旋风似的从我们乘坐的埃威恩左侧或右侧呼啸而去，摩托车的吼叫声盖过了所有汽车的引擎。

说来也怪，欧洲人沉默寡言，喜欢清净，在公共场所说话一般都比我们低八度，习惯了大声交谈的同胞就常在商场、酒店被欧洲人"嘘"住，但欧洲的飙车族却喜欢把摩托车的声音弄得惊天动地。新出厂的摩托车消音器本来很好，飙车族买回来后第一件事就是用电钻在排气筒上打几个小孔，使发动机的声音能充分尖锐地外泄，以达到震耳欲聋的效

■ 拖挂式旅游房车

果。欧洲摩托车的功率本来就大，再加上 130 公里的车速，德国和西班牙的车手甚至能把摩托车飙到 180 公里以上，而且是在两条快车道中间抢过去，那种隆隆的声响，赛车般的速度，看得人肉跳心惊。他们一个个戴头盔、穿皮衣，神气十足。不但男的疯，女的更狂，急驰中还偶来一个飞吻，惊险热艳。

当然，他们都不是赛车手，而是发烧友。

还有一道独特的风景线。从法兰克福到慕尼黑的高速公路上，我第一次看到这种奇异的景象：

一辆辆小轿车拉着一辆辆比自身大好几倍的小公共汽车似的车厢，在小轿车、集装箱车、摩托车的车流中南来北往，十分显眼。

这就是流行于发达国家的旅游房车，被称为移动的别墅。

1928 年夏天，美国底特律药业公司老板舍尔曼带着他的家人到密执安北部旅游。他买了一部当时刚刚上市的大篷车——其实是一辆卡车，车篷到露营地才能搭起来，极不方便。舍尔曼吃足了苦头，却是磨难熬

毅骨，困境激智慧。他一拍脑门，突发奇想。于是，亲自设计并亲手制造了一种把大篷固定在卡车上的旅行车：车箱抬高，顶棚由帆布做成，车后装门，整个旅行车就像一间房子，并取名房车。

这款车1929年秋在底特律汽车展示会上一亮相，立即引起了轰动。于是，舍尔曼在底特律建起了房车生产工厂，并不断改进工艺，不断翻新款式，不断扩大规模。到1974年，舍尔曼对房车产业的巨大贡献得到业内认可，被称为房车之父。

目前的旅行房车主要有两大类。一类是自行式房车，车和房是一体的。一类是拖挂式房车，我们在高速公路上看到的大多是这一类，前面是小轿车，后面拖的是房车。不管自行式还是拖挂式，房车内都置有卧室、客厅、厨房、卫生间，还配有空调、彩电、电脑、冰箱、微波炉、煤气灶、淋浴器等，可供4至6人住宿。

自行式房车和拖挂式房车各有优势。自行式房车适于远距离旅行。拖挂式房车适于中短距离休闲旅游，当人们转悠到某地，可将车与房一分为二，白天开小车去市区或景区观光，而将房车留在宿营地，晚上回来住进房内，一举两得，方便实惠。

■ 自行式旅游房车

开房车旅行的，大多是老年夫妇。

沿着房车的轨迹，我们可以窥视欧洲人的生活轨迹——与我们大异其趣。

一般而言，欧洲人18岁开始，就会甩脱父母这座靠山。即使家财万贯，即使仍在上高中、上大学，也要找份临时活计独立谋生，职业不分高低贵贱，端盘涮碗当保姆做家教送报纸，行行出状元。囊中羞涩时父母的资助只当借用，参加工作后再逐步偿还。

年轻人找到工作后第一件事就是贷款，买漂亮汽车，买高级别墅。而后是恋爱、结婚、生孩子。

欧洲人结婚晚，生孩子更晚，还有许多人只同居，不结婚，不要孩子。为解决总人口下降的趋势，许多国家特别是北欧国家出台了鼓励生育的优惠政策。然而年轻人依然我行我素。

他们一方面拼命工作，一方面尽情享受。

他们的人生哲学是，儿孙自有儿孙福，各自潇洒两不欠。

欧洲人在饭店吃饭，大都实行AA制。父子、亲友、同事，谁请谁都无所谓，各点各的菜，各算各的账，见面"Hello"，分别"Bye-bye"。疯够了，玩累了，也就到了退休的年龄。储蓄、退休金和各种保险金加起来，不但还清了所有的债务，还成了小富翁。

于是，他们再买辆房车，老夫妻俩又开始了周游列国的第二次蜜月旅行。

如果学校放假，就带上小孙孙或小外孙。

他们怡情山水，悠哉悠哉。累了，爬到床上躺会儿；饿了，到厨房做美食吃；想看电视想听歌，打开电视和音响尽情享受。东欧的草原、乌拉尔山和伏尔加河，南欧巴尔干半岛、亚平宁半岛、伊比利亚半岛和地中海风情，西欧浩瀚的大西洋和一望无际的绿色平原，北欧瑰丽的高原、丘陵、湖泊和冰岛的白夜，中欧多瑙河和阿尔卑斯山风光，他们东南西北，春夏秋冬，走城串乡，游山玩水，逍遥快乐似神仙。

开房车旅游，露营地是必不可少的。于是房车宿营俱乐部便应运而生。欧洲的河畔、湖边、海滨、山脚、风景区，优美的房车露营地比比皆是，据说有5万之多。

美与丑：感悟欧洲

■ 房车露营地

旅游房车到露营地，接通上下水管，插上电源，就是一座设施齐全的小别墅。几十辆、几百辆房车停靠在山坡、树林、堤岸、沙滩，依山傍水，临景而居，车外细雨斜风，车内温暖如春，情与美景交融，人与自然同乐，成为欧洲城乡又一风景名胜区。诗曰：

湖畔山腰就绿茵，
彤云花雨赶星辰。
天涯海角逍遥走，
别墅拖来四季春。

等到路也走不动了，他们再卖掉房车，住进养老院，手捧《圣经》，耳听圣音，口诵天主，等待上帝召唤，进天堂享福。

当然，房车作为一种时尚，也有一些年轻人借租旅游。

浪漫的新婚伴侣则把房车当作洞房，驾着移动的爱巢，既可体验新奇，又比乘飞机住酒店或驾小车住酒店节省一半左右的费用。

由家人、朋友、同事组成的房车旅游小团体，则能相互照应，增添热闹情趣，增加安全感。

还有一些公司，用房车把商务谈判拖到名川大山或海滨湖畔，当谈到剑拔弩张的时候，观赏一下自然风光，心情自然多云转晴，谈判亦更见奇效。

欧洲篇

我国的房车旅游还是一个新鲜话题，而且在短时期内不可能形成产业。

原因很简单。一是房车价格较高，一般在100万元人民币左右，有的甚至高达200万元，能买得起房车又有时间驾房车旅游的人不多；二是房车露营地极少，且设施极其简陋；三是相关法规不配套，如拖挂车辆不准上高速公路等等。

但可以预言，随着生产力的不断发展，随着人们消费水准的不断提高和生活方式的移转攀升，房车旅游也必将成为我国21世纪中叶时尚的休闲度假方式之一。

欧洲的环境环保

路边的野花不能采

我们在西欧转了一个大圈,埃威恩横穿10国,行程约3000公里。说到欧洲的自然生态,大家都心照不宣:真美!

天,总是碧蓝碧蓝的,透淋淋得仿佛能看到遥远的星辰。清晨的太阳闪射出一圈桔红色的光晕,午时的太阳近乎莹白,傍晚的太阳则常常扯起一片橙黄色或光焰般赤红的晚霞。正是望月前后,晚上一般都憩宿在城郊的我们,一边能静听蛙鸣虫唧,一边可观赏明净的月亮,与遥远的家人共赏婵娟。

云,总是淡淡的,轻轻的,柔柔的,似有若无,高高地飘浮在蔚蓝色的天空。喷气式飞机划过的痕迹呈乳白色的直线,高空的风一吹,飘带似的扭动起来,舒缓地延展,最后也变成一丝一缕,淡化在无垠的天际。

地面的风很小,但只要有微风拂来,特别是在清晨和傍晚,那就一定会挟裹着鲜花的芬芳。

空气总是那么清新透明,大地总是那么洁净翠绿。

城镇没有发臭的垃圾,乡村没有裸露的黄泥。

不见冒黑烟的烟囱,不见吐黄水的工厂。

不必担心衬衣的领口会发黑,皮凉鞋也不会蒙上一丝灰尘。

高速路两旁,是一望无际的森林,绵延不断的草场,清澈见底的河流,波光粼粼的湖泊。远处是白雪皑皑的群山,山坡有懒散肥胖的牛羊;绿茵如毯,鲜花馥郁……整个欧洲仿佛就是一幅绵延千里的画卷,风光旖旎,诗意盎然。诗曰:

沃野葱茏燕雀翔，
湖光山色漫牛羊。
雪峰闪耀云杉翠，
画卷风舒日影长。

许多城市就像一座立体花园。

如果把城市拟人化，那么，居高临下的教堂尖顶像城市的头颅，古色古香的建筑是城市的躯干，精巧别致的喷泉公园是城市的心肺，绿树成荫的大道是城市的四肢，穿街走巷的双层大巴和叮当作响的有轨电车是城市流动的血脉，绿茵茵毛茸茸的草坪是城市的皮肤，花花绿绿的广告和闪烁靡丽的霓虹灯是城市漂亮的衣裳。

更多的游人则聚集在大大小小的广场——它们被称为城市的客厅。

欧洲人还在广场上鼓捣了许多喷泉、雕塑和草坪，把客厅布置得漂亮整洁、富丽堂皇。

广场是最热闹的地方。它见证了欧洲的沧海桑田，充满了传奇色彩。

欧洲篇

■ 荷兰风光

美与丑：感悟欧洲

　　法兰克福的罗马人广场，梵蒂冈的圣彼得广场，巴黎的协和广场，有许许多多可歌可泣的故事。古罗马元老院就聚集在广场上举行会议，恺撒和路易十六则先后殒倒在广场的血泊中。查理曼大帝和威廉一世的青铜像，拉斐尔和米开朗琪罗的雕塑，从君士坦丁堡圣·索菲亚教堂掠夺来的鎏金铜马和从埃及千里迢迢进献的方尖碑，至今都站立在广场上，向来自四面八方的客人讲述着各自神奇的经历。

　　欧洲人最讲究个人隐私，但欧洲的广场却是最随意最开放的。人们不管是从家门口、教堂里、市政厅走出来，还是从啤酒屋、咖啡馆、图书室返回来，一撩腿就走进了广场。四面八方的人带着八方四面的话题或活计，旁若无人地在广场上说，无所顾忌地在广场上做，包括批评国家元首、抨击时政，竞选演说，喝咖啡聊天，谈情说爱，甚至同性恋拥抱接吻。

　　于是，广场的功用被无限扩张，政客把广场演说为沙龙，商人把广场喧闹为市场，情人把广场浪漫成情场，游人把广场观赏成剧场。

　　到处可以感受到人与自然是那么和谐。

　　在威尼斯圣马可广场，千万只灰色的鸽子悠闲地在人群中觅食；在卢塞恩罗伊斯河畔，雪白的天鹅与游人共赏美景；在阿姆斯特丹风车村，海鸥、水鸟、松鼠与游人同舞——它们根本就不担心来自人类的伤害。

　　欧洲人还在公园、街道边的树丛中悬挂了很多人工鸟巢，鸟儿们住别墅、吃美食、夫唱妇随、子孙满堂，其乐融融。

　　欧洲的草地、草场、草坪很多。城市的、乡村的、野生的、人工的，人们都可以踏上去，在那里小憩、野餐、晒太阳，甚至放纵地打滚。

　　欧洲人喜欢草地的气息。或许他们真是牧羊人的后裔，或许他们着意把自己装扮作牛羊想尝尝被放牧的新鲜。反正在草地上聚会，在草地上嬉戏，不但成为普遍的风俗，也成为独特的风景。

　　应该承认，欧洲自然环境得天独厚，降雨量充沛，气候湿润，温度适宜，上帝对信奉他的欧洲人有一种特殊的偏爱。

　　但这仅仅是冰山一角，问题的一面。

　　欧洲是最早进入工业化的大陆，饱尝过高耗能、重污染的苦果。

　　譬如德国，在20世纪中叶，为了加速经济发展，他们在全国各地竖起了一排排冲天烟囱，大量的工业废水直接排入莱茵河。德国重工业区鲁尔更是植被被毁，河水被污，黑烟滚滚，扬尘漫天。到70年代初，莱茵河被称为"欧洲最大的下水道"、"欧洲的公共厕所"。

保护环境成了最紧迫最棘手的课题。德国联邦政府开始颁布相关法律治理环境。

20世纪80年代，在我国乡镇企业村村点火、户户冒烟的同时，欧洲国家已普遍开始大范围、高强度的环境整饬。

基于"先污染、后治理"的历史教训，欧洲国家用政策法规的强制性，率先实现了由环境污染"事后补救、末端控制"的被动反应模式，向"事前预防、源头控制"的主动行动模式的转变和升华。

特别是1992年联合国环境与发展大会之后，欧洲国家很快形成了保护环境、节约资源、清洁生产、循环发展的共识和自觉行动，普遍走上了人与自然和谐相处、可持续发展的道路。

可以说，欧洲优美的生态环境，是走过曲折弯路、经历了痛苦的抉择和不懈的努力才逐步形成的。

欧洲多数城市地铁四通八达，地面保留有轨电车，以最大限度地减少汽车尾气污染。

许多汽车使用柴油，因为柴油燃烧彻底，污染较小。

有些国家和城市还兴起了骑自行车热，在荷兰首都阿姆斯特丹，街道两旁的栏杆上就锁满了各色各样的自行车，构成了一道独特的风景线。

公路上许多汽车大白天开着灯行驶，这样既可引起对面来车和行人的注意，又可不按喇叭减少噪音。因此，欧洲虽然车多如流水，却听不到喇叭的鸣叫声。

商场和餐馆，从来没有人高声叫卖，大声喧哗。有些酒吧、咖啡厅虽然播放音乐，但清幽柔曼，音量极小。

欧洲也是戒烟最严格的地区，无论是飞机、汽车、轮船，还是餐馆、酒吧、咖啡厅都一律严禁吸烟。

德国、瑞士、卢森堡、荷兰等国国土面积的90%至今仍然为农田、草场、湖泊和森林。虽然许多草地和森林是人们精心侍弄的，但却几乎看不出人为雕琢的痕迹，好像全然是大自然的原始杰作。

奥地利甚至不允许在河流上兴建水电站，以防河水被污。为保护一棵千年古树，奥地利人会让新建大楼的外墙凹进去一块，被传为美谈。

在巴黎市郊,建有现代化的垃圾处理厂,末端还配有垃圾发电厂。

有的国家甚至推出了会说话的垃圾桶,当人们掀起它的盖头时,垃圾桶会用悦耳的声音向人们说:Thank you。

瑞士法定可耕地必须保持一定比例的自然状态,只要达到既定环境生化指标,国家将给予土地所有者以经济补偿。因此,瑞士草场连畴,牛羊遍野,农民不但清闲,而且养牛羊领补贴利得双双。

瑞士城市的大街小巷绝没有烟头烂纸。托尼半开玩笑地说,如果有个人在大街上吸烟,会有一个老太太拿塑料袋在那里等你扔烟头;如果有个人"咳"的一声,并"呵"起来准备吐痰,会有两个老太太拿塑料袋去招呼。

瑞士冬天多雪,除雪的办法是用专门的清道车在街道上撒烘干的小石子,前面撒,后面收,洗净烘干后再撒……清洗石子的水,要经过24道工序处理才排进河流或湖泊中。

因此,瑞士是世界上唯一宣称"我们所有的湖水都是可以饮用"的

■ 瑞士山村

国家。

瑞士人1893年就在阿尔卑斯山挖出了第一瓶"Valser"矿泉水，至今一直是世界优质矿泉水的第一品牌。

瑞士不允许用渔网捕鱼，加上人们有喂养天鹅的喜好，因而有成群的天鹅放弃了迁徙的习性，赖在这个饮食无忧的美丽家园。这些水中仙子安闲舒适，杨玉环似的体态丰满、雍容华贵，吸引了无数游人艳羡的目光。

欧洲人回顾先污染、后治理的经历时，有一种追悔莫及的慨叹。

我国正经历欧洲从污染到治理的快速发展阶段。而且"有水快流"的做法已使我们走了不少弯路，付出了沉重的代价。

前车之覆，后车之鉴。我们不应再有急功近利的冲动，我们不应再有祸及子孙的遗憾。

往者不可谏，来者犹可追。节约资源，保护环境，人与自然和谐发展，应是我们的震天誓言，应是我们的撼地行动。

2007年3月，欧盟签署了一项雄心勃勃的环保协议。其中包括争取到2020年，把欧盟的废气排放总量压减20%，把可再生能源和生物燃料的比例增加到20%和10%。

据说欧盟还准备拟定一项旨在打击破坏环境现象的环保新法规，采摘野花都将被列入绿色犯罪行列，严重的将被处巨额罚款，甚至面临牢狱之灾。

路边的野花不能采，可通俗形象地阐释欧洲环保政策的精髓。

欧洲的农村

魅力乡村

如果说,欧洲是一幅巨大的风景画,那么,城市就是风景画的中心花园,乡村就是花园的延伸和拓展,而且比城市更靓丽、更优雅、更舒适,更具诗情画意。

德国和奥地利的乡村像童话世界,当碧绿的田野和草场在森林边戛然止步,就会有三三两两别墅从森林里探出头来,白墙、红瓦、尖顶,几只黄的或花白的奶牛在山坡上悠闲地散步,风景树和鲜花掩隐的小径,依山就势,穿过高尔夫球场般的绿地,绕了好几个弯,才蜿蜒到门前。

意大利的乡村又高又远,许多房子干脆就建在山顶上,大理石颜色灰黯,粗笨厚重,古堡似的陈年和结实,时间都好像凝固在那里。

梵蒂冈没有乡村,而列支敦士登整个国家就散落在山村里。

瑞士的乡村建在阿尔卑斯山区,世外桃源似的清雅和明丽,木楼结构的小别墅,干柴整整齐齐地垛在一边,另一边的小狗在欢欢地追赶天鹅飘曳在溪湖边的倩影,楼顶上则似乎永远有乳白色的炊烟袅袅升腾。

卢森堡和比利时的乡村,要么在深沟峡谷,要么在阿登高原,春天一片花红,夏天一片草绿,秋天一片金黄,冬天一片雪白。

荷兰的乡村在北海边的芦苇丛中,堤坝外是波卷浪涌的海平面,堤坝内有一架或几架风车不紧不慢地旋转着,水草丰茂的旷野,荷兰奶酪把郁金香滋润得流光溢彩,艳丽无俦。

法国的乡村建在平原和山区的葡萄园里,葡萄园一片葱茏,葡萄酒香气弥漫,因此就更多了几分田园风光和浪漫情趣。诗曰:

旖旎乡村处处新，
风流妙曼绝凡尘。
山青水碧云霞艳，
鸟语花香四季春。

　　欧洲各国乡村风光独具，各呈风流。但建筑风格却大同小异。
　　独门独院独楼式别墅占绝大部分，许多村庄，原汁原味的老住宅虽然不多了，但大部分住宅的外形、尺度、砖木结构、尖顶斜坡和最上层的阁楼仍然没有改变，呈主流构架。
　　在欧洲，老住宅、乡村住宅要比新住宅和市区的单元楼金贵，人们

■ 瑞士山村

欧洲篇

在传统习惯和市场走向引导下,尽可能地维护旧住宅,因而,欧洲乡村的住宅也就以古为主体,以旧为特色了。

各国乡村还有一个共同的标志性建筑,那就是摩天接云、非常醒目的教堂尖顶。

说到欧洲的乡村,自然绕不过城乡差别这个话题。

在欧洲,新的城乡差别已基本形成。不过,这个差别是倒过来的:近90%的乡村人不愿意离开乡村,而50%多的城市人希望住到乡村去。

欧洲乡村的发展方向并不是工业化、城镇化,那是上个世纪中叶的黄历。

现下欧洲乡村的标准是生态化。

乡村分生产区与生活区,生活区也像城市一样叫社区,而且比城市的社区更具特色。

■ 山村住宅

乡村社区的交通、供电、供暖、供气、给排水系统、垃圾处理系统等均由市政当局负责。

在我们搞村村硬化的时候，欧洲国家居民门前原先冷冰冰、硬邦邦的水泥路面，已被草坪、碎石沙土小径和木质的篱笆取代，蔓草湮路，天然野趣。乡村社区没有城市的烦嚣和喧嚷，没有城市的拥堵和纷乱，它们处在绿色海洋的包围之中，碧水蓝天，鸟语花香，环境美，人悠闲。诗曰：

欧洲篇

　　白墙红瓦绿篱笆，
　　密草疏林淡杏花。
　　碧水游鱼鸳逐影，
　　紫藤绕蝶鹊喳喳。

如今，欧洲的农村社区已成为一种流行的国际模式。20 世纪 90 年代以来，美国就常把欧洲农村社区的模式移植到城市社区的建设之中。

乡村的生产区一派现代化和生态化，这里给城市提供了充足的肉、蛋、奶、水果、蔬菜等农副产品和发展轻工业的优质原料，农民也因此获得更丰厚的收入。而且，农民还可以享受国家向农业倾斜的许多优惠政策。20 世纪后半叶以来，欧洲发达国家农民的收入，已逐渐高于城镇一般职工。他们有土地、牲畜、农机农具等生产资料，是真正的"有产阶级"。而且越来越多的城镇高收入群体逆向流动，喜欢到山清水秀、环境幽雅的城郊建别墅居住，那里更是人们融入自然、闲适放达的理想之地，他们穿休闲装，开普通车，回归自然，怡情山水。而蜗居城中闹市，西服笔挺，皮鞋铮亮的人，大多是小职员，是打工族，是"无产阶级"，是"穷人"。

当然，欧洲城乡格局的演化，不可能脱却历史的轨辙。

欧洲是最早步入城市化的发达地区。数百年来，欧洲也存在城市剥削乡村，工业掠夺农业，城乡对立的矛盾，而且是一段相当漫长而又痛苦的历程。二次世界大战以后，特别是近半个世纪以来，欧洲国家加大对乡村建设的投入，以工业化的理念抓农业，以车间化的方式搞生产，不论是养殖业还是种植业，欧洲乡村大多已实现了机械化、产业化，规

35

模农业、生态农业、观光农业融为一体，使乡村迅速富裕起来，较好地解决了城乡差别，逐步达到城乡共荣、人和景明的境界。

我国工业化、城市化进程从起步到现在不过几十年时间，应该说，我们已经取得了巨大的成就。

但毋庸讳言，相对于我国农村、农民对国家革命和建设所做出的贡献而言，我们城乡发展的剪刀差是不公允的。

我国的农村萌生了中国革命的火种，农民作为中国革命的主力军，用鲜血和生命换来了新中国的艳阳天。建国后，也是农民勒紧裤带支援了国家的工业化、城镇化建设。解放初到改革开放前的1978年，我国对农产品实行统购统销，极低的价格背离了商品价值规律，农民收入很低，生活很清苦，而农民却为国家提供了4000多亿元的建设资金，占同期全国固定资产投入的80%。

可以说，我国工业化、城镇化的原始积累，是在对农民不公平的基础上实现的。

改革开放以后，农民获得了第二次解放，农村经济也有了较快发展。但相对于国家和各级财政投入的重点——城市、工业和大型基础设施来说，国家政策对农村倾斜的力度显然不足，农村的经济发展仍显缓慢，农民增收的空间越来越小，体制性的城乡"二元结构"，已成为我国科学发展、和谐发展的严重障碍。

2006年，我国城乡居民收入差距已达3.28倍，居全球之冠。不同区域、省份、行业、群体之间收入失衡，基尼系数已大大超过0.4的国际警戒线。

而且，我国十一五期间农民收入增长幅度仍低于城镇居民0.8个百分点，十二五期间农民收入也难以实现较大突破。也就是说，问题早已显现，锁结也可以说找到了，但打开锁结的钥匙尚在熔铸之中，城乡差别消除或逆转的拐点还隐藏在冥冥之中，需要艰难地探寻。

作者认为，城乡二元结构的问题，应该从更深的理论层次上探讨和用更开阔的视野、更宽阔的途径来解决。

譬如农民和市民所占有的生产资料不同，农民的三、二亩土地可持温饱，却不足以致富，而且是承包，不是拥有。改革开放以来，我国城乡基础设施建设加快，消耗了大量土地，占用城镇的国有土地，既伤不到各别市民的利益，每亩还须数十万甚至上百万元的征用费；而占用农民赖以温饱的土地却没商量，农民必须充任一路绿灯的先锋，每亩只有寥寥数千元的补偿，有的甚至更少，还被东挪西欠。也就是说，我国基础设施建设的丰碑，也有农民牺牲自身利益筑就的巨大基石。

不仅如此，农民在享受公共产品、公共服务、上学、就医、就业、社会保障等方面更不能望市民项背。城市的公共设施和国家的保障制度，要么与农民距离太远，要么给农民太少。敢于闯出农村在城镇打工的"农民工"，他们的工资、居住、工伤、养老、子女入学却得不到公正的对待。

但所有这些问题产生的原因，并不是生产力发展的必然归宿，而是体制性的城乡两种户籍、城乡二元结构的弊端。也就是说，人为的痕迹很深。

作者认为，我国的计划经济时代结束了，但计划经济的影响还在；市场经济体制确立了，但市场经济还不成熟。因而"政策经济"的成分很大，政策向那里倾斜，那里就受益多多，如特区、沿海开放城市，以及现在实行的振兴东北老工业基地、西部大开发、中部崛起政策等等。

我们有必要重新审视形成城乡巨大差距的因由，从感情上贴近农村、关注农民，从体制机制上、政策法规上还农民以国民平等待遇。要在加快工业化、城镇化进程，使更多的农民从土地上转移出来的同时，积极探索和建立城乡平等统一的户籍制度、就业市场、公共服务体系、社会保障体系以及生产资料分配、土地使用、征用和流转制度等等，推进城乡一体发展，共同繁荣致富。如果说，我国改革开放三十年多来一直是摸着石头过河的话，那么现在应该是顶层设计、用法规制度把改革开放的成果厘定下来，并使之更多更公平地惠及城乡最广大的人民群众的时候了。

欧洲篇

欧洲的商场

城市的橱窗

　　各种各样的橱窗是商场美丽的面庞,而各种各样的商场则是城市多彩的橱窗。

　　橱窗是一门综合艺术。

　　欧洲国家的橱窗各具形态,异彩纷呈。

　　有向外凸出来的,有镂空凹进去的,有单幅的,有联片的,有平面的,有立体的,甚至还有整体巨幅透明橱窗和真人秀。背景、模型、色彩交织,

■ 商场的橱窗

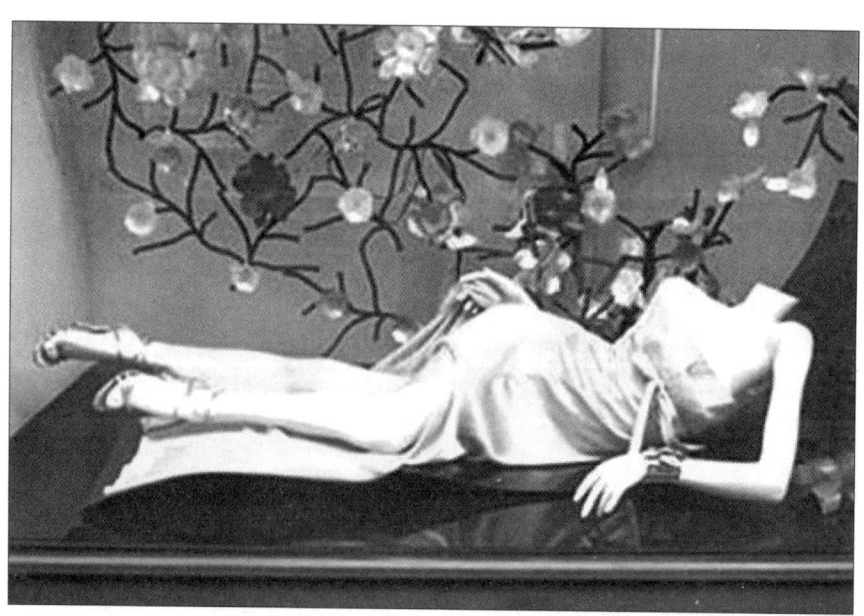

■ 老佛爷百货夜景

雕刻、绘画、摄影组合，千娇百媚的模特儿，五光十色的霓虹灯……别出心裁的构思，大胆新奇的创意，或古朴典雅、或新潮前卫，或激情奔放、或柔美温馨，或粗犷、或细腻、或娇艳、或冷峻、或深沉、或童趣……

橱窗，使欧洲的白天多姿。

橱窗，使欧洲的夜晚多彩。

透过一扇扇装祯精美的橱窗，你可以感受时代脉流的搏动，跟随季节步履的悄移，体验城市品位的雅俗，品评异域文化的情趣。

欧洲城市的橱窗更像美人的面庞，巧笑倩兮，美目盼兮。她把滴溜溜的媚眼抛向熙熙攘攘的人流，抛向每一个充满欲望的天涯客，柔媚温婉，让你心旌缭乱，魂魄荡漾。好像有一只绵不可触的手牵着你，让你情不自禁地把你的好奇，把你的热情，把你的慷慨，把你的潇洒，尤其是把你的欧元，投进她那充满诱惑力的香囊。

欧洲国家为了吸引外来游客购物消费，在景区周围设置了许多漂亮橱窗，因此我们就自觉不自觉、愿意不愿意地享受了许多捆绑式游购一

条龙服务。

　　他们不仅把商场、超市打扮得花枝招展,还给予退税的优惠和热情周到的服务,譬如华人售货员、中文导购图、办理退税处、接受各种银联卡刷卡等等。虽然各国退税率从6%到12%不等,但游人在离开欧盟国家时,都可从任何一个设在机场的海关获得退税。有的免税商场则当场就办理了退税手续。

　　理智告诉我们,欧洲不适合我们这些工薪族购物。但那只绵不可触的手魔力非凡,我们被牵着、拖着,徘徊逡巡,进退踟蹰,大都曾阔绰过一回两回。女同胞更是大手笔,她们有备而来,精神亢奋、兴趣盎然地阔绰了一回又一回。

　　说阔绰,一点都不算夸大其辞。欧洲国家人均月工资近3000欧元,我国人均月工资近3000元人民币,而我们赴欧时欧元与人民币的比率是1:10.25。我在几个商场和超市详细探问过欧洲的物价,食品类价格平均高于国内10倍,如1块巧克力2欧元,1公斤西瓜2欧元,1公斤西红柿4欧元,1公斤豆角6欧元。欧洲品牌的服装、化妆品价格大多高于国内,只有少数比国内略低,但憩宿、餐食、打的、景区参观的要价基本是国内的10倍。以低于欧洲10倍的收入购买高于国内10倍价格的商品,当然算阔绰奢侈了。

　　德国的摄影器材、刀具,奥地利的水晶制品,意大利的工艺玻璃、服装、皮具,列支敦士登的邮票,瑞士的手表、军刀、朱古力,比利时的花边、巧克力,荷兰的钻石、木屐,法国的时装、香水、化妆品、葡萄酒,都是具有民族特色的国际品牌,自然是多数旅欧人员的奢侈目标。

　　在欧洲购物,不能讨价还价,却可以享受打折的优惠。欧洲人认为,讨价还价是不文明、不诚信的行为,买卖双方在价格上的较劲,不过是实力和心理承受力的较量,有欺诈、侥幸的成分,最后的结果往往是双方都心存芥蒂,阴影郁郁。而打折则不一样,明码标价,阳光作业,计算器噼里啪啦,商家让利优惠多少,消费者便宜少掏多少,一目了然,童叟无欺,商家大度,消费者满意,"哈喽、拜拜",皆大欢喜,体现了"人际关系的和谐"与"社会的文明"。

　　坐落在巴黎奥斯曼大道的Lafayette,是我们在欧洲光顾的最大商场。根据发音,Lafayette本该翻译为"拉法耶特"的,可几经中国人

■ 老佛爷内部一角

欧洲篇

的演绎，就成了人人听一遍就能永志不忘的颇具中国传统色彩的名字：老佛爷。

　　走访巴黎的中国人，可能不知道孟德斯鸠、伏尔泰和狄德罗，不知道圣心教堂、枫丹白露，但几乎所有的人都拜谒过老佛爷。

　　老佛爷百货从外到里都装潢得豪华典雅，美轮美奂。走进一楼，我们就看见了专门设置的华人接待处，还有日本人的、韩国人的接待处。

在这里既可以打问什么东西在什么地方有卖,拿到一张中文导购图,又可以办理退税手续,旁边还有小憩的沙发和特别提供的热水。

不过,老佛爷的商品并不是最时尚的,价位中等偏上,欧洲真正的名牌大多在精品街,在专卖店。

老佛爷是我们团里女同胞最崇拜的偶像和终极目标。好像她们在其他地方的无精打采和斤斤计较,都是为了积蓄力量在这里一掷为快。她们仿佛上满了发条的指针,不知疲倦地旋跑着,香水、化妆品、首饰、时装、葡萄酒、坤包甚至男用的皮带、领带、钥匙链都是她们准星的猎物。她们购物的智商极高,目光如炬,心细如绵,既多谋又善断,既挑剔又慷慨,大包小包,拎着拖着……晚上在回酒店的路途和回到酒店之后,她们还在兴奋地交流购物的体验和乐趣。回国前在巴黎戴高乐机场的免税商店,也是她们率领男同胞打发那些剩下的零钱。

说到购物,自然就联想到购物者的形象。

由于历史的原因,在相当一段时空里,欧洲人固守着对中国人的偏见和鄙夷。长矛、弓箭、辫子、大烟是较早的,糠窝头、红宝书、羊肚毛巾、自行车也成为定格了的中国人的"另类"形象。

改革开放以后,我国的经济翻筋斗似的连番增长,综合国力日渐强盛,国际影响与日俱增,中国人的形象也发生了根本性的变化。

今天,中国人在欧洲,感受到的是平等基准上的额外尊重,因为旅欧的中国人不仅在数量上而且在旅欧期间的购买力上也已超过了美国人、日本人和韩国人。

忽如一夜春风来,腰包鼓起来的中国人,走出敞开了的大门,成群结队地涌到了欧洲。

他们对欧洲感到新奇,赞叹欧洲的古典、经济的发达、环境的优美、生活的舒适、社会的公平,却抱怨宾馆设施简陋和饭菜质量低下(当然,他们喧哗、吐痰、丢烟头的习惯也难以一下子割除);他们既去特里尔追寻马克思主义圣地,又毫不掩饰对金钱与消费的欲望,尤其是家庭地位远远高于男性、掌管家庭财政大权的女同胞,她们似乎有花不完的欧元,用张狂的态度笑纳连欧洲人都毕恭毕敬的品牌。

所以,当一拨拨中国人大声谈笑着走进商场,商场的老板就会像迎接上帝似的脸上堆满笑容和殷勤。因为他知晓,一会儿将会有大把欧元落入钱袋的快感。

中国人在欧洲,还有一种特别值得自豪的骄傲,那就是中国制造。

中国制造已逐渐成为欧洲人日常生活中不可或缺的紧俏品。

在中小商店和超市,从丝绸、服装、鞋袜、瓷器、工艺品,到玩具、闹钟、水果、风味小吃,中国商品应有尽有。在大型商场,也常见中国制造的微波炉、电话机、DVD、吸尘器、热水器、电熨斗和空调等等。国内著名的春兰、海尔、远大、青岛等厂家都在欧洲许多国家设立了办事处,它们的产品不仅在欧洲市场具有一定的档次,而且在消费者心目中更有价廉物美的良好印象。就连旅欧的中国人,一不小心,也会买一个"Made in china"——中国制造。这"出口转内销"可是要花10倍冤枉钱的。

不过,赴欧洲考察的多是各级机关、企事业单位的中高层干部,纯粹组团旅游的也是率先富起来的小部分群体。而更多国民特别是占总人口60多%的农村居民,才刚刚由温饱过渡到小康,出国还只是一种奢望。作为发展中的大国,我国人口众多,基础薄弱,经济社会发展不平衡,人口、资源、环境矛盾凸显。虽然我国经济总量已跃居世界第二位,但人均收入却排在世界100名之后。我们不必理睬西方理论界过高估计我国生产力的发展现状,也不必在意他们恶意诋毁我国改革开放的成果,但我们必须保持清醒的头脑和冷静的思考。

欧洲的宾馆饭店

旮旯酒店

赴欧洲考察，吃、住、行、看、听、拍、购，几乎已成为标准程式。但动笔记记，动脑想想的人恐怕不在多数。

托尼开玩笑说，许多赴欧洲的人，"上车说笑，下车撒尿，商店购物，景区拍照，吃饱睡好，回去忘掉"。

本篇叙写的，就是憩宿的宾馆和就餐的饭店，托尼一律称之为酒店。

此次赴欧，行程表标明我们入住的酒店是三星级。但实际憩宿的，也就与国内县城的小旅馆差不多。而且一律在城郊偏僻的小镇或小村，我们称之为旮旯酒店。

酒店一般是三四层的小楼，只能容纳几十个人。

当埃威恩停在一个偏僻的小楼前，我们就知道："下榻"的酒店到了。大伙儿不管是打盹儿的还是交流观感的全都精神亢奋起来，收拾随身携带的东西下车。

朱利亚特已打开底层放行李的自动车盖，麻利地把码放得整整齐齐的旅行箱一个个提下来等我们认领。

酒店的一层不叫一层而叫接待大厅，二层三层四层才依次叫一层二层三层。接待我们的一般是一个中年妇女或中年男人，他们是夫妻也是酒店老板，酒店其实就是我们国内常见的夫妻店。但店名却很有气派：假日酒店、航空酒店、旅行者天堂等等。

多数酒店有电梯，领到房卡，就可以乘电梯进入房间了。但电梯却小得出奇，像我们大箱小包的只能乘3人。刚开始，我们发挥国内习惯了的挤的优势，挤进去四五个人，不想电梯却罢了工。于是年轻人就干脆提着行李上楼。

当然，用不着操心出现出国培训时描绘的情景：服务生热情地抢着提行李，而后狡黠地等着你付小费。因为我们憩宿的酒店根本就没有那样的服务生。

欧洲的小酒店，不但规模小，房间更小，6到8平方米的样子。房间以两人一室为标准。但欧洲人一般不会两个男性或两个女性同住一室。要么单人，要么夫妻或带小孩的夫妻住一间，床也就是一张双人床或一大一小两张床。

不难想象，我们两个大老爷们儿睡在一张大床或一大一小两张床上有多么别扭。

■ 小镇酒店

欧洲篇

美与丑：感悟欧洲

　　整个房间除了床，几乎连放行李的地方都找不到。电视一律吊在房间的一角。壁挂式电视下面有一张极小的桌子，上面有一部电话、一盏台灯和一本服务指南。进门一边的墙上有几只挂衣钩；一边是设计紧凑得仿佛飞机上的洗手间，没有浴池，但可以冲淋浴。

　　房间的设施倒是干净清爽，床单被罩雪白整洁。但一般没有拖鞋、牙具等一次性用品，只配备毛巾和手纸。这并不是酒店吝啬，而主要是出于对环境的考虑，因为这样既可以节约资源，又能减少人造垃圾和人为污染。欧洲经济发达，居民生活富足。但人们普遍不事铺张，崇尚简朴俭约。欧洲的餐桌上决不会有吃不完的大鱼大肉，当然这也不是出于AA制各自买单的考虑，而是一种生活习性和社会风尚。

　　房间不提供开水，因为欧洲人没有喝开水的习惯。洗手间的自来水有热水和凉水两种。凉水可以直接饮用。热水则一般是污水处理后的中水，只能洗澡洗脸。

　　而要用自带的热水器开水或给手机、相机充电还颇费周折。

　　出国前，我们大都按提示在北京买了两个电源转换插头，一个是欧洲通用的双脚宽形圆柱插头，一个是意大利专用的直线三脚圆柱插头。没想到在瑞士酒店烧开水时却出了个小插曲——这两种插头都不能用：瑞士的插座是椭圆形三脚的。托尼与酒店老板套了好一阵近乎，才破例送了我们几壶开水。

　　条件最好的要算法兰克福城郊的酒店，那里不但有热水器，还有免费的咖啡，洗手间还提供LUX沐浴液。而多数酒店小桌上的火腿、矿泉水、啤酒之类的食品和饮料都是要另收费用的。

　　在意大利酒店，托尼一再叮嘱我们：洗手间类似我国过去农村使用的那种拉盒开关的绳子千万不能拉，因为那是火警开关。他以前带团时一个年轻人出于好奇拉了一下，顿时刺耳的警报声响起，全副武装的消防队员立马赶来……差点耽误了整个团队的行程。

　　酒店一般提供免费早餐，当然是西餐。早餐很丰盛，羊角面包、火腿、鸡蛋、咖啡、鲜奶、果酱、水果，种类很多。火腿切得很薄，直径足有12厘米，几乎全由精瘦肉压制而成，口感极好。鸡蛋有时做成国内水蒸蛋的样子，绵软可口。

　　餐厅在接待大厅的一角。同伴们三三两两坐在清幽洁净的餐桌旁，刀叉轻轻，话语轻轻，动作虽然生硬，却仿佛文雅了许多。

酒店周围环境很美。欧洲的特色和魅力，或许在小镇上会体悟得更多一些。

傍晚或清晨，我们曾多次在酒店周围散步。小镇行人稀少，三层或四层小楼，毫不炫耀的静静地释放着柔和的光线或温驯地享受着清晨橘

■ 寂静的夜晚

红色阳光的抚慰。

街道不宽，两侧停满了各种各样的汽车，中间只有狭窄的、仅能对开的车道。楼房许多窗口都向外伸出一盆鲜艳的花朵，周围绿树成荫，草坪青翠，鹅卵石小径也已踩磨成风景。有的酒店旁边还有小溪、湖泊，天鹅嬉戏，水鸟啾啾，一派美丽的田园风光。

中午和晚上，除在瑞士高速公路服务区吃过两次西餐，其余全都在中餐馆消费。

每到一国一地，托尼找中餐馆都轻车熟路，而且与餐馆的中国老板或老板娘相当熟悉。起初我们还挺纳闷，后来才悟出其中的奥妙。

在欧洲中餐馆的经营链条中，导游族是链接经营者和消费者的关键

环节，从某种程度上讲，这个中介决定着中餐馆的兴衰。饭店老板通过他们广揽顾客，他们也从中获得一笔可观的小费。因而，几乎所有的中餐馆和导游都有各自相对稳定的关系户。如果说，中国游客是中餐馆的上帝，那么导游就是上帝的上帝。因而，每到一个中餐馆，老板或老板娘给托尼的笑容总要比给我们灿烂得多。

欧洲的中餐馆大都开在比较偏僻的小街小巷、旮旯拐角处，门面与那里普通居民的楼门几乎一模一样，只是门面上方有一个不大的招牌，上书北京餐馆、上海饭店、川府酒家、广东粤菜馆、山西面食馆等等，店名大都与地名有关，让来自国内不同地方的人都可能找到一种乡韵亲情。

餐馆里面只有一间或两间房大小，有二层的就算豪华大饭店了。餐馆正中供奉着关公或观音的塑像，四壁装潢大都仿唐仿宋，红的金的色彩鲜艳，具有浓郁的民族特点。老板多是夫妻，服务生多是他们的儿女或打临时工的留学生。

餐厅里坐10个人的大圆桌放得满满当当的，进出都需要侧身。有的餐桌铺着一次性塑料薄膜，有的用几张晒图纸似的厚纸拼凑起来当桌布使用。如果数十人同时拥进餐厅，立马就会有人满为患的感觉。

菜谱是提前定好的，所以上得很快。红烧鱼、炖猪肉、炖豆腐、炖白菜、青豆角和一盆西红柿菠菜汤，一盘切得很小的橙子块，米饭、馒头不限。在欧洲10国，中午和晚上几乎就是这同一个食谱：5菜1汤1果，不上凉菜不上酒水，顶多是红烧鱼变成黄焖鸡、炖猪肉变成过油肉，或者炖白菜换成莜麦菜、青豆角换成紫茄子。

饥肠辘辘的10个人要共享这5个菜，自然讲不得绅士风度，道不得姿态优雅。男女老少该出手时就出手，风风火火，眼疾手快，不一会儿就盆儿干盘儿净。不奢侈，不浪费，既香甜，又快当，倒也乐在其中。

在中餐馆用餐还能享受两大优惠，一是饭后可将水杯灌满开水，二是上洗手间免费。在不提供开水又到处收费的欧洲，这小小的方便，还真能给人一种家乡般温馨的感觉。

欧洲的教育

泥巴嘴巴

欧洲篇

中国人推崇老吾老以及人之老，幼吾幼以及人之幼，亲朋好友，同窗同事，喜庆欢聚，其乐融融。

欧洲人喜欢独来独往，独善其身，老子儿子妻子，各花各的票子，各得其乐。

中国老太太有一筐苹果，生怕放坏了，总是从虫蛀摔破的吃起，剜剜切切，结果她吃的大多是最不好的；欧洲老太太有一筐苹果，也怕放坏了，却先从最好的吃起，靓靓丽丽，结果她吃的大多是最好的。

中国退休老爷子说，忙活一辈子，终于攒够买房子的钱了——他住了一辈子又小又破的旧房子；欧洲退休老爷子说，忙碌一辈子，终于把债务还清了——他住了一辈子豪华舒适的洋楼别墅。

欧洲人在思维方式、生活方式、人生观、价值观、道德观、伦理观等许多方面与我们有许多不同，这除了历史渊源和地域差异，在很大程度上，还与他们的教育有关。

巴黎。雨后绿茵茵的草坪。一对年轻夫妇坐在那儿小憩，他们不满周岁的小男孩儿则爬在草地上玩耍。突然，小男孩儿抓起一把泥巴塞进嘴巴。中国留学生妈妈吓得尖声叫了起来。孩子的法国爸爸却若无其事地说：没事儿，他一会儿就会吐出来。孩子果然很快就吐出了泥巴。法国爸爸说：这下，你不用教他，他一辈子都会记着这东西不能吃。

这就是欧洲式的教育。

欧洲人不是喋喋不休地教育孩子应该怎么样不应该怎么样，而是从

小就培养孩子养成独立观察、独立思考、独立生活、独立工作的能力和习性,当然也养成了欧洲人的冷漠与人情淡薄。

　　一个普通的法国家庭。客厅。放学后的孩子在那儿玩篮球。突然,篮球把一个花瓶打落在地板上,摔掉一大块瓷片。那是祖传的中国古董,价值不菲。孩子吓坏了,慌忙把碎片用胶水粘起来,把花瓶放回原处。孩子的母亲回来发现后问:是不是你打碎了花瓶?怕挨打的孩子撒谎说:一只野猫从窗口跳进来,在客厅里上窜下跳,最后碰摔了花瓶。就寝前,母亲让孩子到书房里去。孩子胆颤心惊,以为难逃一顿暴打。母亲却从一个精致的盒子里拿出一块巧克力递给孩子:"宝贝,这是奖给你的,你用丰富的想象力创造出一只会开窗的野猫,你以后很可能写出悬念迭出的侦探小说。"接着又拿出第二块巧克力:"这块也是奖给你的,你的修复能力很了不起,如果用强力胶水,再师从专业艺术家学习,你很可能成为修复古董的艺术家。"母亲最后拿出第三块巧克力:"这块代表我对你深深的歉意,作为母亲,我不应该把花瓶放在那么容易摔碎的地方,希望你没有被砸着或吓着。晚安,宝贝。"

　　结果人家都应猜得着,那孩子不一定成为侦探小说家或修复古董的艺术家,但他一辈子再没有说过谎话。

　　把惩罚变为奖赏,把一顿火辣辣的暴打变为一阵温情脉脉的启迪,这也是欧洲的教育方式之一。

　　欧洲人在对待子女问题上,也相互攀比。但他们攀比的,不是给子女留下多少遗产,而是子女学会了什么本事。

　　欧洲的学校教育,更与我们高强度的灌入法不同。

　　德国的小学生早8点入校,下午1点放学。在学校他们只上4节课,扣除老师在每节课里花去三分之一的时间评点作业,学生们真正听课的时间加起来也就2个多小时。放学后也很少布置家庭作业,老师把更多的时间留给学生自己去学感兴趣的东西,观察感兴趣的事物,思考感兴趣的问题。

　　许多学校经常安排野营、郊游、参观、实习等活动。通过各种丰富多彩而又趣味十足的课外活动,引导学生在宽松和谐的氛围中感悟人类文明和科技创造的快乐,在大自然、在社会生活的感知与体验中,激发学生的思维灵感和创造潜能，使每个学生的自主意识、独立人格得到良好的发展和挥洒。

欧洲国家对教师的要求极严。法国有专门培养教师的师范学院，实行全国范围的统一考试，应试者必须具有大学本科毕业文凭。德国的教师从不同大学选择，但必须参加国家统考，还要再经过两年见习期才能成为正式教师。德国教师享受公务员待遇，但教师的业务考核、职业道德考核、教学业绩考核十分严格。一旦考核不合格，即刻就被取消教师资格，再不录用。

欧洲的基础教育居世界前列，多数国家实行中学义务教育，有的到大学的费用也全部由国家承担，推行全民教育及终身教育制。学前教育一般不带强迫性，幼稚园大多由教会、工商业团体等社会机构和民间组织设立管理。

欧洲最有特色的是职业教育。

职业教育在欧洲得到特别的重视，这也是欧洲国家尤其是德国、瑞士、法国在机械制造、精密仪器、航空航天等领域领先世界的秘密武器。

德国中学生毕业后，一部分升入大学，相当一部分则同相关企业签订培训合同，再到相关职业学校就读。这种在学校是学生、在企业是学徒工的"双元制"职业教育模式，把教育和社会需求直接链接起来，既能减少培训费用，又可标定教育目标，学生学习、培训结束后很快就能成为企业的熟练工人，成为实用型技术人才。

法国有专门的职业教育部，以国家法律的形式把职业继续教育确定为国民的义务和权利，并明晰了参加培训的人员、经费、时间和机构。

瑞士曾培养出16位诺贝尔奖得主，而70%的中学生毕业后就走上了职业学校、学艺创业的途径。瑞士普遍形成了这样的社会共识：一个国家不能只培养科学尖子，还要注重培养职业技术尖子。瑞士75%的老板曾就读于职业学校，瑞士最大的银行——联合银行的大老板施图德尔就出身于职业学校。

相比之下，我国的基础教育很不均衡。职业教育发展缓慢，教育与需求常常脱节，而且原先一些培养职业人才的学校如师范、煤炭、电力、农机、水利、林业等专科学校逐渐被冷落，出现边缘化倾向。

高等教育不在提高教育质量上下功夫，而是一窝蜂地大搞专升本，或者把不同类型的大学拉郎配，似乎只有大学才是培养人才的孵化器，而大学也似乎越大、涵盖学科越多才算一流大学。前几年更提出了"教育产业化"的错误口号，几乎把教育引向歧途。

许多家长望子成龙，认为只有考上大学特别是重点大学才算抱定了人生的敲门砖，职业专科学校则统统被视为庶出。

学生就业的政策法规、社会用人的观念和风气也存在这样那样的问题。

这就造成了我国人才结构不合理的现状。

■ 古老的巴黎大学

一方面，是本科以上学历的毕业生动用所有智慧和资源往国家机关里挤而挤不进去，造成人才浪费；另一方面，是企业急需的大量实用型人才特别是职业技术尖子又严重短缺，稀如凤毛麟角。

它山之石，可以攻玉。我国的教育特别是职业教育，应该借鉴欧洲成功的经验。

当然，欧洲教育也有许多不尽如人意的地方。

一是义务教育学制从8到12年不等。

二是大学学制3年、4年到5年、7年的都有。欧洲许多国家不设本科学位，其第一学位就相当于硕士学位。

三是高等教育投入不足，教育质量下降，名校越来越少。

大学起源于欧洲，最早的巴黎大学已有1000多年的高龄。但20世纪以来，高等教育的王冠却拱手让给了美国。在近几年公认的50所世界名牌大学中，美国有35所，而欧洲却只有牛津、剑桥、伦敦大学和荷兰乌德勒支大学榜上有名。

欧洲上世纪90年代以来大学毕业生获得的博士学位，75%是由美国授予的，而且有40多万高级学者、专家、研究人员长期滞留美国。

这种状况引起了欧盟国家的高度重视。

本世纪初，欧洲大地逐步展开了各国高等教育体制趋同的联合行动，旨在21世纪前10到20年建成"欧洲高等教育圈"。其主要目标是各国的高等教育要有趋同性、可比性、相容性和透明性，要在教育体制、学分、学位等方面实现国际通用的一体化，以利于它在欧洲、在全球的交流与合作，以利于学生和人才的跨国流动，增强国际竞争力。

这必将是一场巨大而深刻的教育变革，而这种卓识和魄力是值得赞赏的。

欧洲的建筑

尖塔罗马柱

古色古香的欧式建筑,是欧洲各国的主要看点之一。

欧洲古代建筑以大理石为骨架,因而不仅众多著名的建筑留存至今,而且,不同时期、不同建筑风格传承和扬弃的脉络十分清晰。

不同时期的建筑,闪耀着不同时期的灿烂文明。

爱琴海是欧洲古代文明的摇篮,古希腊的建筑更是爱琴海文明的瑰宝。正如长城的雄伟震撼我们的心灵,古希腊建筑雄浑壮美,大多建造在山坡和高地上,体现了接近上帝的宗教意识和营造国家权力的威严气氛,它是整个欧洲建筑最博大、最经典、影响最深远的杰作。

人类最初的探索,就是美学艺术的发端。当古希腊人想要在神庙建筑中建造一种既能承重又具有公认的外观美的神柱时,首先想到了人类本身。他们认为人类汲足了自然界所有的精华,并且发现男子的脚长是身长的1/6,这个黄金比例更具无与伦比的至美。于是他们就以柱身直径的6倍作为神柱的高度,不用柱基,柱身刻20条凹槽。这样,以男子身体刚劲优美为特征的"多立克"柱式就出现在神庙建筑中,男性首先幻化为神灵。

后来,当人们想要修建一座不是给男神阿波罗而是献给女神狄安娜的神殿时,就把柱子的直径做成高度的1/8,纤细修长,柱头有一对少女一样的垂鬈,柱子的24条凹槽像女性长袍的皱褶。这就产生了"爱奥尼亚"柱式,纯美的少女也高拔在众神之列。

科林斯一位少女去世后,其坟墓上的花篮边长出一种旋涡式的毛茛,

■ 尖塔罗马柱

建筑师们灵感顿发，把这种旋涡形的装饰叠加在爱奥尼亚柱式的柱头，使雕刻与建筑完美地融合起来，这种柱式被命名为"科林斯"柱式，从而女神的地位开始超越了男性神祇。

　　粗壮的多立克、纤细的爱奥尼亚和华丽的科林斯是古希腊建筑最重要的三种柱式，以这三种柱式为构图要素的神庙建筑，成为古希腊乃至人类建筑艺术的典范。

欧洲篇

古罗马建筑是古罗马人沿习亚平宁半岛上伊特鲁里亚人的建筑技术，承接古希腊建筑成就而广泛创新的建筑风格。他们改进了多立克柱式，创造出柱身没有凹槽的"塔斯干"柱式。他们还把科林斯柱式和爱奥尼亚柱式混合式起来使用，以追求更加华丽的效果。这样，多立克、塔斯干、爱奥尼亚、科林斯和混合式，就成为古罗马建筑中最常见的五种柱式。

但我国许多人对罗马柱的认识只限于两种，一种是粗壮光滑的塔斯干雄性罗马柱，一种是细长带凹槽有柱饰的混合式雌性罗马柱。

古罗马建筑在公元1到3世纪攀达西方古代建筑的峰巅。大型建筑物的风格雄浑凝重，构图和谐统一。其中最重要的贡献，就是用十字拱把拱顶的重量集中到四角的墩子上，并把十字拱、筒形拱与穹隆组合起来，新创了拱券覆盖下的复杂空间。

他们还新创了柱式同拱券的组合艺术，遍布罗马的凯旋门大多是券

■ 罗马祖国祭坛

柱式结构。古罗马建筑以大理石为主构架，亦羼杂木结构建筑，那时的木结构技术已能够区分桁架的拉杆和压杆。

古罗马建筑有万神庙、维纳斯神庙等宗教建筑，也有皇宫、剧场、角斗场、公共浴场以及广场等公共建筑。

公元476年，西罗马帝国灭亡后，古罗马建筑日渐式微。代之而起的是东罗马帝国即拜占庭帝国的拜占庭建筑艺术。

拜占庭建筑承继东方建筑传统，改进了古罗马建筑艺术，对东西方许多国家，特别是俄罗斯等东正教国家的建筑影响巨大。君士坦丁堡（即伊斯坦布尔）的圣·索菲亚大教堂就集中体现了拜占庭建筑的特点：正方形平台上覆盖圆形穹顶；石柱从"圆柱形"过渡到"正方形"，附加一层斗形柱头垫石，柱身加铜箍；内部装饰富丽堂皇；重点部位镶嵌彩色玻璃。

罗曼建筑是10到12世纪，欧洲基督教流行地区的一种建筑风格，譬如意大利比萨教堂建筑群。

罗曼建筑承袭初期基督教建筑，采用古罗马建筑的半圆拱、十字拱和简化的古典柱式，并逐渐用拱顶取代了初期基督教堂的木结构屋顶。他们改进了古罗马的拱券技术，采用扶壁以平衡沉重拱顶的横推力，后来又逐渐用骨架券代替厚拱顶。罗曼建筑的特征，是墙体巨大而厚实，墙面用连列小券，大门用同心多层小圆券，以减少沉重感。顶部建有钟楼。窗口窄小，在较大的内部空间营造出阴暗神秘的氛围。中厅许多大小石柱有韵律地交替排列，侧廊较大的空间变化打破了古典建筑的均衡感。

哥特式建筑是11世纪下半叶起源于法国，13到15世纪普遍流行于欧洲的一种建筑风格。

哥特式的称谓来源于日耳曼人的一支哥特人，有野蛮、怪诞等含义。哥特式建筑主要见于天主教堂，也影响到世俗房舍居室。

哥特式教堂的结构体系由石头的骨架券和飞扶壁组成。其基本单元是在一个正方形或矩形平面四角的柱子上做双圆心骨架尖券，四边和对角线上各一道，屋面石板架在券上，形成拱顶。飞扶壁由侧厅外面的柱墩发券，以平衡中厅拱脚的侧推力。为了增加稳定性，常在柱墩上砌出高高的尖塔。

由于采用了尖塔、尖券、尖拱和飞扶壁，哥特式教堂的外部高耸入云，内部空间高旷、神秘。

哥特式教堂是欧洲最多最有特色的教堂建筑，在建筑史上占有十分重要的地位。一般认为，第一座真正的哥特式教堂是巴黎郊区的圣丹尼教堂，早期哥特式教堂的代表作是巴黎圣母院，亚眠主教堂则是法国哥特式建筑盛期的典范。

文艺复兴建筑是14到15世纪欧洲文艺复兴运动的成果之一。最明显的特征是扬弃了中世纪的哥特式建筑风格，而重新崇尚古希腊、古罗马的柱式构图要素，并将文艺复兴时期许多科学技术上的新成果融入建筑实际，呈现出空前繁荣的景象，对以后几百年的欧洲建筑风格产生了广泛持久的影响。一般认为，15世纪佛罗伦萨圣母百花大教堂的建成，标志着文艺复兴建筑的开端，也是最主要的标志。

古典主义建筑流行于17到18世纪的法国，19世纪又出现了古典复兴主义建筑。古罗马的广场、凯旋门和记功柱等纪念性建筑成为效法的榜样，代表作是巴黎卢浮宫的东立面、凡尔赛宫、雄狮凯旋门、马德兰教堂等等。

17到18世纪，在文艺复兴建筑基础上还兴起一种巴洛克风格的建筑。其特点是外形自由，追求动态，喜好富丽的装饰、雕刻和强烈的色彩，常用穿插的曲面和椭圆形空间。

巴洛克一词的原意是奇异古怪，古典主义者用它来称呼这种被认为是离经叛道的建筑风格。这种风格打破了对古罗马建筑的盲目崇拜，也冲破了文艺复兴晚期古典主义者制定的种种清规戒律，在追求自由奔放的格调和表达世俗情趣等方面另辟蹊径，独领风骚。同时，巴洛克风格的教堂典雅富丽，而且能营造强烈的神秘气氛，契合天主教会炫耀财富和追求神秘感的宗旨，譬如罗马的耶稣会教堂。因而，巴洛克建筑从罗马发端后，不久即传遍欧洲，甚至远达美洲。但有些巴洛克建筑过分追求精美华贵，甚至到了繁琐堆砌的地步。

洛可可风格是在巴洛克建筑基础上引申出来的室内装潢艺术。其特点是细腻柔媚，常采用不对称手法，喜欢用弧线、S形线和鲜艳的浅色调，卷草舒花，缠绵盘虬，变化万千。室内墙面爱用嫩绿、粉红、玫瑰红，线脚大多用金色。护壁板有时用木板，有时做成精致的框格，框内四周有一圈花边，中间常衬以浅色东方织锦。洛可可风格反映了法国路易十五时代宫廷贵族的生活趣味，代表作是凡尔赛宫的王后居室，曾风靡欧洲。

浪漫主义建筑流行于18到19世纪下半叶的英、德等国，强调个性，提倡自然主义，追求超凡脱俗的趣味和异国情调。建筑主要限于教堂、大学、市政厅等中世纪就有的建筑类型。

稍后的建筑风格有功能主义建筑、折衷主义建筑、现代主义建筑、有机建筑等，但在欧洲国家数量较少。

欧洲的古建筑，几乎每一栋都是古董，每一个构件都是精品，每一个细节都充满了艺术气息。虽然许多建筑有一种沧桑感，但依然十分坚固，有的甚至依然色彩艳丽。

巨大的教堂、宫殿、博物馆、凯旋门、纪念柱耸立在城市的中心，控制着制高点，成为远视近观的风景线。就是街边的一排排住宅，山村的一栋栋别墅，粉红、乳白或浅黄色的外墙，黑色的雕花窗棂，灰褐色或棕红色的屋顶，或掩映在绿树丛中，或荡漾在小溪湖畔，都是一幅幅美不胜收的风景画。

欧洲许多建筑都经过精心设计、精心建造，有的耗时数十年，有的历经数百年，体现了欧洲人的精品意识和长远目光。

而在经受数百年甚至上千年风雨剥蚀后，仍能呈现出千姿百态的建筑风格，则显示了欧洲人对历史文化的尊重。

欧洲许多国家在对古城和历史性建筑的保护方面制定了严格的法规。他们既要使新建筑穿插其中，为城市增添情趣和现代化气息，又不破坏城市古老的建筑和整体风格，同时还能够彰显时代更迭与建筑的演化进程，应该说，煞费苦心，匠心独具。

欧洲的建筑，就是欧洲历史演进的缩影。俄国著名作家果戈理说得更精采：“当歌曲和传说已经缄默的时候，建筑还在说话"。诗曰：

> 圣殿王宫态势雄，
> 栉风沐雨更雍容。
> 圆圆石柱尖尖塔，
> 古色幽香雅韵浓。

欧洲人在保护古建筑方面还有一个绝招：护面换肠。他们为了延续城市建筑风貌，常保留许多建筑原有外观立面，而对其内部空间进行重新设计和改造，有的甚至完全改变了建筑的原有功用。因此，我们在欧洲，映入眼帘的几乎全是清一色的古建筑，但进入某些建筑物内部，感受到的却是现代化的气息，现代化的服务，而且现代化的程度常令人惊讶不已。

当然，为了适应时代发展的需求，欧洲一些城市也在远离旧城区的地方规划了新区。

新区更多地注重了对室外环境的营造，譬如房屋间距、日照、通风、绿化、交通、购物、医疗、教育、文化、娱乐等环境质量和服务设施。他们充分利用现代设计理念、现代建筑材料和技术进行了全新的创造，更显得亲切、舒适，更具人性化，实现了人与建筑、环境的和谐相处。

近年来，国内一些城市建筑和房地产商纷纷投入欧式建筑的开发，追求雍容华贵、典雅富丽和浪漫色彩。但形似而非神似，不伦不类者居多，鲜有精品。作者以为，适当借鉴一些欧洲建筑风格和点缀一些欧式建筑，可以增加多样性和不同人群的需求，完全西化、唯"欧"为美则大可不必，甚至大错特错。

中华民族泱泱五千年辉煌的历史，自有屹立于世界民族之林的精华凝结，长城、故宫、布达拉宫、应县木塔、西安大雁塔……无不闪耀着中华民族悠久灿烂文明的光芒，而在西方人眼中则更显得神秘和博大精深。

我们在古为今用、洋为中用的同时，挖掘民族特色，创新民族优势，弘扬民族主旋律，才是正确的选择。

欧洲的宗教

教堂十字架

欧洲篇

考察欧洲，宗教如影随形。几乎每个国家、每个城市都有看不完的宗教圣地，说不完的宗教故事。

宗教圣物——黑色十字架随处可见；宗教圣地——教堂更是遍布欧洲大地。可以说，欧洲最古老的建筑是教堂，最华丽的建筑也是教堂，最宏伟的建筑还是教堂。埃威恩风驰电掣，那些一闪而过、大大小小、奇形怪状的教堂——古罗马建筑、哥特式建筑、巴洛克建筑……组成了欧洲国家一道道奇特的风景线。

欧洲人多信奉基督教。

基督教是在犹太教基础上发展起来的，信奉上帝和他的独生儿子耶稣。

基督教起源于公元1世纪初罗马帝国统治下的巴勒斯坦、以色列地区。最初的基督教受到统治者的严酷迫害，基督教的创始人耶稣和他的大弟子圣彼得就都是被统治者钉死在黑色十字架上的。

后来，由于基督教教义宣扬人与人之间的忍耐和宽容，爱人如己，约束人们的暴戾行为，倡导按上帝的意旨修善积德，悔过自新，符合统治者的利益，因此逐渐得到罗马帝国的承认和支持。

公元4世纪，基督教终于跻身为罗马帝国的统治宗教，黑色十字架被奉为基督教的圣物。

从此，基督教日渐隆盛，并逐渐渗透到统治机体。到中世纪，基督教从教义的完整性到流传的普及性都走向了顶峰。罗马教皇气焰熏天，

压倒了所有的皇权,俨然欧洲的主宰。许多国家不得不实行政教合一的政体,许多国家的皇帝都以罗马教皇亲自授予皇冠为荣。

基督教严酷的统治,把欧洲禁锢了一千多年。古希腊的文明,古罗马的辉煌,几乎被毁弃殆尽。

1054年,基督教内部发生了第一次大分裂,正式分野为罗马公教和东正教。

■ 卢森堡的教堂

东部教会包括君士坦丁堡、耶路撒冷等牧首区,承袭希腊文化传统,强调自己的正统性,称为正教或东正教,与罗马分庭抗礼。

西部教会包括以罗马为中心的帝国西部地区,承袭拉丁文化传统,强调自己的普世性,称为公教或罗马公教。

罗马公教传入中国后,被译为天主教。

16世纪,罗马公教再度分裂。这次分裂以新兴资产阶级反对封建制度为背景,带有明显的政治色彩。1517年,德意志神学家马丁·路德发表《九十五条论纲》,抨击教皇出售赎罪券敛财,吹响了这场宗教改革运动的号角。从此,宗教改革如狂飙劲风,在欧洲迅速蔓延,很多国家的政治借机摆脱了宗教的控制,许多公教则脱离罗马另立新教。

欧洲的宗教改革具有划时代的意义。它吹落了基督教的皇冠,迫使基督教不但从政教合一的峰巅滑落,而且逐渐蜕变为统治者的附庸。

但作为世界上惟一曾超越皇权且统治范围广袤、统治时间漫长的宗教,基督教仍顽固地盘踞在欧洲并逐渐向世界领域蔓延,附着于教徒们的肉体,控制着教徒们的灵魂。

到17世纪,基督教三大教派即罗马公教、东正教和新教基本界定了各自在欧洲的势力范围。目前,新教占主导地位的是英国和北欧国家;罗马公教占主导地位的是法国和南欧诸国;德国、荷兰、瑞士等国罗马公教和新教势均力敌;希腊和东欧国家由东正教盘踞。各种小教派则多如繁星,数不胜数。

基督教三大教派有共性,也有许多分歧。

共性是其精要,他们共同认可上帝"耶和华"是宇宙的主宰,都把《旧约》和《新约》奉为圣经,相信人是有"原罪"的,要接受上帝的儿子基督耶稣的救赎洗礼。

分歧主要是:罗马公教强调通过教会和神职人员来传播圣音,教牧人员称为神甫或神父,等级制度森严,所有神职人员,均须遵守独身制度;而新教则推崇由个人凭借自身的修为和圣灵的感应来接近上帝,教牧人员称为牧师或长老,上帝面前人人平等,所有教牧人员都可以结婚。罗马公教和东正教在教堂里举行的宗教活动称为弥撒;而新教则称为礼拜,新教教众祈祷时也不在胸前划十字。东正教强调自己的正统性,最

具保守、封闭、神秘的特点,教徒们要站着参加宗教仪式。另外,三大教派在教阶制度、圣经使用、宗教礼仪、宗教节日、神品设置、使用教历等诸多方面都有所不同。

目前,基督教拥有教徒约 10 亿人,是世界上教徒最多的宗教。

■ 在圣彼得教堂做弥撒的人们

　　许多欧洲人终身与宗教为伴。新生儿要在教堂接受洗礼,结婚要在教堂举行,死后也要到教堂举行葬礼。

　　中国的佛寺大多建在深山老林,进香许愿或祈求平安者,需要远涉山水,以考验信徒的虔诚。

　　欧洲的教堂则建在城市最中心最热闹的地方,教堂之多,就像中国的社区居委会,就像邻家的院子,就像自己的另一个家,随时随地就可抬脚走进去。欧洲城市很少有高楼大厦,欧洲人把所有的高度几乎都让给了教堂。

　　这样的景观在小镇或乡村更为突出,在很远的地方,就可以看见哥特式教堂的尖顶。对于教徒来说,那尖顶就像一只高高举起的圣手向他们召唤，那里是上帝在人间布道的圣坛，是他们聆听上帝福音的圣殿，是他们赎罪和净化灵魂的人间天堂。

不过，随着时代的发展，欧洲教堂的属性和功能已潜移默化地发生了诸多变异。

许多国家和城市已把教堂视为祖传的人文景观开发旅游，被络绎不绝的旅游者当作风景观赏拍照。而且同世界上许多地区一样，欧洲也有越来越多的人放弃了宗教信仰，连宗教色彩最浓的意大利，做弥撒也已成为中老年人的差事，许多青年人除了婚礼仍在教堂里举行，对繁琐的宗教仪式已不再感兴趣。就是去教堂做弥撒的人们，他们在交谈中自然流露出的对宗教的信仰度和精神的依存度，也在大打折扣。

在快节奏的现代生活中，人们进入高大幽深、寂静神秘的教堂，脚步自然会慢下来，心情也会很快静下来，远离了嘈杂挤压的繁华闹区，远离了尔虞我诈的世俗是非，静静思绪，解解疲劳，听听自己的心跳声和脚步声，看看外国人，欣赏欣赏音乐，这恐怕已是更多人到教堂的主要目的。

尽管如此，欧洲的宗教色彩还是很浓。

就连世界公认高度发达、高度文明的瑞士，其国歌也没有摆脱上帝的影响：

"当阿尔卑斯山染红之时，自由的瑞士人，在你们虔诚的心灵中，要想到上帝在我们的祖国，上帝我主在我们的祖国！"

现代文明与产生于蒙昧时代的宗教能和平相处，也是欧洲一怪。

欧洲篇

欧洲的宗教文化

美与丑：感悟欧洲

亚当与夏娃

基督教不仅在欧洲而且在世界范围也有较大影响。

目前国际上通用的公元纪年法和一周7天，许多国家庆祝的圣诞节，以及文学作品中常常引用的亚当、夏娃、伊甸园、诺亚方舟、橄榄枝、圣诞老人、犹大等名词典故，都与基督宗教文化有关。

圣经《旧约全书》首篇《创世纪》叙述"上帝"耶和华如何创造世界。

宇宙起始虚朦混沌。上帝用6天时间创造了世间万事万物：天空、大地、海洋，日月星辰，风云雨雪，春夏秋冬，

■ 亚当与夏娃

河流山川，飞禽走兽，花鸟鱼虫……最后创造了人。

劳作了6天的上帝在第7天休息了，这一天就称为圣日，也叫礼拜天。

欧洲人有一句口头禅：上帝都休息了，你还干吗？因此礼拜天的欧洲，连商店都是关门歇业的。

亚洲西南部的古巴比伦人则最早使用一天24小时和每小时60分钟纪时法，并以月、火、水、木、金、土、日7个星球来命名一周中的7天。

这就是"礼拜一到礼拜天"和"星期一到星期天"两种叫法的来历，前者宗教色彩浓一些，后者自然科学多一点。

耶和华用土捏成男人，赋予他肉体和灵魂，并赐名亚当。从亚当身上掰下一根肋骨，变成了女人，赐名夏娃。

亚当和夏娃赤身裸体，无忧无虑地生活在伊甸园里。

一天，夏娃抵不过蛇的诱惑，偷吃了伊甸园里的禁果，并怂恿亚当吃。他们的眼睛突然明亮了，知道了羞耻，于是摘下无花果树叶编作裙子遮丑。

上帝知道后大怒，把偷吃禁果的亚当和夏娃逐出了伊甸园，并惩罚蛇这个教唆犯终身用肚皮走路，惩罚夏娃受生孩子的苦楚，惩罚亚当终身劳作、养家糊口。

于是，亚当和夏娃结成了夫妇，**繁衍了人类**。

蛇成为最让人毛骨悚然的动物。

后来人类逐渐被仇杀、暴戾、嫉妒、丑恶、战争和瘟疫所笼罩。于是，上帝决定毁灭一切，让人类在洪水中涅槃。

上帝嘱咐他眼中的完人诺亚打造了一艘方舟，并把诺亚和他的妻子、儿女、媳婿和足够的食物，以及一些飞禽、走兽、鱼虫全部封闭在方舟之内。之后，连降40天暴雨，淹没了大地上所有的村落、高山、生灵和罪恶。只有载荷希望的诺亚方舟在滔滔洪水中随波逐浪，漂来荡去。

150天后，水势渐消，诺亚方舟停靠在亚拉腊山上。

诺亚打开方舟的窗口，几次把乌鸦和鸽子放了出去。

鸽子终于叼回了象征平安与和平的橄榄枝。

地面的水全退到海里去了。

于是，诺亚全家和那些飞禽走兽涌出方舟，走进了人类的新纪元。

于是，亚当和夏娃晋升为人类的老祖宗，诺亚则被尊为人类的新祖宗。

圣经《新约全书》首篇讲耶稣诞生。

在罗马帝国统治下的以色列拿撒勒镇，未婚农家女玛丽亚由于圣灵感孕，一个寒冬的夜晚，在伯利恒一个客栈的马厩中生下了耶稣。那天，有一颗明亮的星星从天上坠向伯利恒。犹太人中那些智者、博士、预言家一起惊呼：救世主降生到人间来了！他们把耶稣降生的这一年作为世界的开始，叫做公元元年，就像中国的孔夫子，似乎天不生仲尼，万古将长如暗夜。公元的拉丁文含义是主的生年，现在国际上通用的公元纪年法就肇始于此。

公元纪年法使用的公历，蓝本是6000多年前埃及人发明的365天太阳历。

到公元前46年，罗马皇帝儒略·恺撒针对埃及太阳历每年比地球绕太阳运行一周即一回归年约少1/4天的误差（一回归年为365天5小时48分46秒，合365.24219天），钦定凡能被4整除的年为闰年增加1天，称为儒略历。但平均下来这又比一回归年多了11分14秒，400年就会多出三天。

1582年，罗马教皇格列高利组织天文学家对儒略历再作修改，规定公历年数是整百数的，要能被400整除才算闰年，即"四年一闰，百年不闰，四百年再闰"。这样400年中有97个闰年，3000多年才比回归年多出一天。由于罗马帝国的恺撒和奥古斯都两个皇帝分别出生在7月和8月，所以分别以他们的名字July和August命名7月和8月，并把7月和8月都调整为31天的大月，而2月份只剩下28天，闰年为29天。这就是现在世界上通用的公历或称格列历。

耶稣的诞辰在历史上并没有确切的记载，直到公元354年，罗马公教才规定每年的12月25日为"圣诞节"。

耶稣的信徒尊耶稣为"基督"，即救世主的意思，他创立的教派叫"基督教"。信徒们相信耶稣是上帝的儿子，代表上帝来到人间救赎人类。

耶稣从小学习木工手艺，30岁开始传教。他传教的范围其实只有方圆200英里，影响并不是很大。但因触动了当时统治者的利益，又被门徒犹大出卖，因而被罗马驻犹太总督彼拉多以谋叛罪判处极刑，钉死在黑色十字架上，年仅33岁。

达·芬奇《最后的晚餐》就淋漓尽致地刻画了耶稣知道被门徒出卖后的坦然心理与12个门徒的各别情态，特别是犹大手抓钱袋、脑袋后

■ 最后的晚餐

缩的丑相毫厘可鉴。

由于犹大是最后的晚餐 13 个人之一，那一天又正好是星期五，所以西方人最厌恶的数字就是 13，街道、楼层、房间、车牌等常用的序号中，是绝对没有 13 的。星期五也被称为不吉祥的"黑色星期五"。

耶稣名声鹊起和基督教的兴盛，其实是在耶稣死后，由他的追随者和崇拜者长期执着信奉、鼓吹呼号、推波助澜和统治者默许、利用才逐渐实现的。

基督教最隆重的节日有两个，一个是圣诞节，一个是复活节。

圣诞节是纪念基督教创始人耶稣诞辰的节日，地球上有 140 多个国

家和地区庆祝，是流传范围最广、参与人数最多的节日。

欢度圣诞节的活动，各国大同小异。

圣诞节来临之之际，街道、商店披起盛装，橱窗里堆满圣诞礼品，霓虹灯拉成串，五彩缤纷的圣诞树到处可见。

传说在很久以前，有位农民在圣诞节那天热情地接待了一个穷苦的小孩。小孩临走前折下一根松枝插在地上，霎时变成了一棵树，上面挂满了礼物，从此圣诞树就成为圣诞节的重要道具之一。

圣诞树一般用小松树或小柏树这类呈塔形的常青树妆成。树上挂满五光十色的灯泡，枝头上缀满金色和银色的闪光纸片，花花绿绿的拉花从树上拉向四方。树上还挂着用棉花做成的雪花，各种精巧别致的小礼品点缀在树丛之中。

夜幕降临，全家人围坐在圣诞树前，点燃一支支圣诞蜡烛，互赠圣诞礼品，分食圣诞蛋糕。这顿晚餐很像我国过年除夕的团圆饭，全家沉浸在一种团圆喜庆、祥和快乐、幸福美满的气氛中。

当孩子们困倦地上床睡觉时，还忘不了把自己的鞋袜口朝上放在大

■ 圣诞老人

壁炉旁，希望圣诞老人带来的礼物能装满自己的鞋袜。

圣诞老人是基督教童话故事中的人物。这位长着白胡子白眉毛的慈祥老头，每年圣诞节都要从遥远的北方坐着双鹿驾驶的雪橇驰来，身穿大红袍，肩负红包袱，由烟囱进入各家分送礼物。不少人家为了增加节日的欢乐气氛，还真的请一位亲友装扮成圣诞老人的模样，来到家里向孩子们赠送圣诞礼物，祝贺节日快乐。

去教堂做弥撒是基督教徒在圣诞节前必须进修的功课。子夜时分，教堂响起悠扬的钟声，人们扶老携幼拥向教堂，唱赞美诗，诵颂经文，庆祝耶稣降生，迎接圣诞节到来，从烦琐的世俗生活进入神秘的宗教世界。

复活节是纪念耶稣复活的节日。

基督教宣称，耶稣被钉死在十字架后第三日复活，继续用声音、灵魂教导其弟子，49天后升天，并预言日后还要再莅人间，对所有的活人和死人进行审判，善人入天堂享永福，恶人下地狱受永罚，此即为末日大审判。

耶稣受难于他去耶路撒冷参加犹太教逾越节的日子。后来，复活节逐渐取代了逾越节。公元325年，尼西亚会议议定，每年过春分月圆后第一个星期日为复活节。16世纪西欧改用格列历后，东正教因历法不同，复活节的具体日期同罗马公教和新教常相差一两个星期。

复活节是欧洲仅次于圣诞节的重大节日，各国都要举行纪念活动，多数举行化妆游行。

兔子是复活节的宠物，象征生命和兴旺发达，鸡蛋被染成红色，象征生活幸福。

欧洲的风俗

天堂和地狱

　　湛蓝湛蓝的天空，清澈见底的河流，碧绿如洗的草坪，整齐葱茏的林荫，迎风绽放的鲜花，懒散肥胖的牛羊，四季常见的雪山，古色古香的建筑……这似乎已成为定格了的欧洲风光。

　　而欧洲各国的风俗习惯却五花八门，难以尽述。

　　欧洲很早就流传着一个笑话，它讲的是天堂和地狱的组合方式。

■ 雪山奇观

■ 奥地利街头艺人

天堂是什么样子呢？

天堂里警察是英国人，厨师是法国人，技师是德国人，情人是意大利人，而且由瑞士人安排一切。

那地狱又是什么样子呢？

地狱里警察是德国人，厨师是英国人，技师是法国人，情人是瑞士人，而且由意大利人安排一切。

这则笑话形容的虽然并不完全熨帖，譬如德国的警察现在也很讲礼貌，英国厨师的水平也在不断提高，法国人技术水平也不差，瑞士人面冷心热也有可爱的一面，意大利人只要认真敬业组织能力尚可。但这则笑话却一针见血地点出了各个民族的特性，因此有些欧洲人至今谈起这个老笑话依然津津乐道。

有一段顺口溜也能反映各国的不同特点。

到了德国才知道死板还一套一套。

到了奥地利才知道乞丐都能弹出高雅的曲调。

到了意大利才知道迷人的地方其实都是破庙。
到了梵蒂冈才知道从任何地方开枪都可能打到罗马的鸟。
到了列支敦士登才知道最抢手的原来是精美的邮票。
到了瑞士才知道开个银行账户没有百万会被人嘲笑。
到了卢森堡才知道钢铁王国居然连一支烟筒都看不到。
到了比利时才知道小英雄正光着屁股撒尿。
到了荷兰才知道男人和男人当街拥吻也那么火爆。
到了法国才知道被人调戏还会很有情调。

欧洲人喜欢幽默,但通常只幽外国人的默,取笑的对象通常是邻国人。奥地利人嘲笑德国人,德国人挖苦奥地利人,法国人和比利时人相互幽对方的默,而荷兰人的"慷慨"、法国人的"谦逊"、德国人的"浪漫"、瑞士人的"活泼",则是邻国人永久的笑料。

德国人不苟言笑,行事古板,总是随身携带记事本记事。不管遇到什么急事,他们的一个习惯性动作就是伸手掏记事本,一个习惯性用语就是:请稍候,让我看看记事本。人们形容说,在午夜1点以后看见红灯还停车的,全世界只有德国人。

奥地利人不但音乐天赋极高,还是天才的即兴表演家,面部表情极为丰富。如果你不小心撞倒了一个奥地利人,他爬起来后,在短短的几分钟内,脸上会出现懵懂、失措、愤怒、埋怨、无奈、无所谓、原谅、勉强的笑、微笑、开心的笑以及拜拜、祝你好运等等表情,再配以手舞足蹈,就像上演了一出滑稽剧。

法国人编笑话嘲笑比利时人是愚蠢的土包子。一个比利时人发现了一只猴子,问警察该如何处理。警察说,你带它去动物园吧。第二天,警察看到那个人还带着猴子在街上溜达,并洋洋自得地告诉他说,我昨天带它去逛了动物园,今天要带它去看电影。

比利时人则编笑话回敬法国人的风流和聪明。一个法国人乘坐的飞机失事后,流落在一个海岛,岛上的黑人酋长收留了他,并待他为上宾。一年后,酋长的老婆生了一个白皮肤小孩。岛上的黑人群情激愤,架起柴火要烧死法国人。生命悬于一线之际,法国人急中生智,指着一群白羊中惟一的一只黑羊说:你们看,白羊可以生黑羊,黑人怎么不能生白孩子呢?法国人侥幸死里逃生,半夜却又自作聪明吓唬酋长:其实,你和那头白母羊的事，我也知道，但我绝不会告诉别人……

荷兰人的节俭，被人揶揄得更惨。有则笑话说，一位美国飞行员首飞欧洲，教官告诉他，你飞过大西洋后看到一大片绿色的土地，那就是欧洲；地面上如果有白色的飘带，那就是荷兰——当地人正在晾晒用过的卫生纸。

相对与东方有较大差异而言，欧洲一些国家的风俗习惯又是相似和接近的。

欧洲人普遍禁忌13和星期五，但却很喜欢7，这当然与基督教有关。

在我国代表吉祥、喜庆、长寿的大象、孔雀、仙鹤图案，在欧洲一些国家则被分别视为蠢笨、淫妇和蠢汉的代名词。

中国人与多年不见的老朋友相遇，总是热情豪爽，把酒言欢，最少不了的，就是要关切地询问别后的境况，对方也会详尽地以实相告。欧洲人却最忌讳谈论男人的工资和女人的年龄，甚至在何处就职，在哪里居住，都认为是个人的绝对隐私，不允许别人涉问，更不会与别人谈论有关政治、宗教方面的传闻。

欧洲人极少邀请别人到家里作客。一旦邀请，就像发出最后通牒，没有十万火急的情由，被邀请人很难推拒，且必须准时赴约。

女人在办公室或赴宴、参加舞会时，讲究端庄大方，不穿长裤，只着裙装。

欧洲人的求爱方式很特别，荷兰人送一双精美的木屐，德国人送一棵小白桦树。德国布里德格罗姆过去有一棵远近闻名的老橡树，人们称它橡树月老。每天都有收信地址为"布里德格罗姆的橡树"的情书被邮递员投进老橡树的树洞中。这些信件是公开的，人人都可以拆阅，守候在月老身旁的青年男女通过阅读信札，寻觅自己的意中人。

在德国的民间传说中，镜子被视为魔鬼的工具。因此，人在临终前要用布帛将镜子蒙住，以使亡灵能安详地脱却尘世罪孽，升入天堂。

在德国南部山区，人在临终时，家人则要打开窗户，揭开楼顶砖瓦，以便给死者敞开一条通向天国的坦途。

欧洲人的婚纱是白色的，丧服是黑色的。

欧洲人也喜欢送鲜花，但忌用菊花、杜鹃花、石竹花。

欧洲人见面有拥抱、吻手和握手等礼节。拥抱是最隆重的礼节，多

欧洲篇

行于官方或民间的迎送宾朋或祝贺致谢等隆重场合，许多国家的涉外迎送仪式多行此礼。吻手礼只限于上层人士，高雅而浪漫，受礼者一般为已婚女士。长辈与晚辈见礼，则一般吻少女的额头。握手礼最为普遍，但只是轻轻地一碰，不像美国人掰手腕似的较劲。

在商务会晤及私人交往中亦互赠名片。

与欧洲人打交道不能直呼其名，长辈对晚辈要用爱称，朋友相见一般称姓氏，对一些有职务和学术头衔的人，称呼他们时则要冠以这些头衔，以示尊敬。

天堂和地狱，在基督教的神秘世界里，是抑恶扬善的工具；在但丁的梦幻文学里，是影射现实的武器；而在现实生活中，它只是一个老而不旧、古而翻新的形容民族特性的笑话。

德国篇

德意志联邦共和国	很特别的国度
法兰克福	法兰克人的渡口
慕尼黑	啤酒城

德意志联邦共和国

很特别的国度

我们落足欧洲的第一个国家是德国。可这篇关于德国的文字却斟酌了很长时间。因为我总觉得德国很特别，不知道怎么下笔。

德国的民族很特别。

德国人的祖先，早在公元前5世纪就游荡在北欧地区，后来有一部分向南迁徙，并逐渐强盛起来，推翻了古罗马统治。罗马人骂他们是"日耳曼人"，就是野蛮人，而后来的希特勒却标榜他们是世界上最优秀的种族。

历史上的日耳曼人支系很多，乱七八糟，什么哥特人、汪达尔人、勃艮第人、弗里芒人、盎格鲁人、撒克逊人、法兰克人，林林总总，不一而足。今天你依堡为王，明天他筑城为帝，走马灯似的你方唱罢我登场。再加上宗教、战争、联姻、迁徙、殖民一阵搅和，日耳曼人的血液就流淌在北欧、西欧、中欧多数国家，地中海沿岸许多民族，甚至是美国、加拿大、澳大利亚、南非等白人的血管里。而在德国，不同地区的日耳曼人却保持着不同的习性和特征，譬如梅克伦堡人沉默寡言，莱茵兰人爽朗豪放，施瓦本人敛缩俭朴，萨克森人勤劳机灵等等。

德国的历史很特别。

德国位于欧洲中部，面积35万平方公里，人口8000多万，是欧洲除俄罗斯外人口最多的国家。这块土地虽然史前就有人类居住，但一般认为，德国历史从公元919年才能算起。那时，我国已翻过近300年的盛唐，进入了五代时期。

那一年，萨克森公爵亨利一世获得了东法兰克国王的头衔，建立了"德意志王国"。"德意志"是生活在法兰克王国东部的日耳曼部落所讲的方言，意为"人民"。

而这个蕴意为"人民"的王国却强盛蛮横，亨利一世的儿子奥托一世继位后，更使用武力胁迫罗马教皇为他加冕称帝。

称了帝，那勃勃野心还没有填满，还思谋得寸进尺。于是便找了个现成的理由——皇权既然是教皇代表上帝授予的，自然就有了"神圣"的含义，因此，从1157年起，帝国被称为"德意志神圣罗马帝国"。

其实，神圣罗马帝国和罗马帝国之间并没有合法的承接关系，恰恰相反，它是作为罗马帝国掘墓人之一出现在历史舞台上的。

中国封建的内核是中央集权，欧洲的封建实质是封地割据。因而，神圣罗马帝国始终不是一个中央集权的统一国家。帝国内有众多相对独立的诸侯国、主教国和自由市，他们各霸一方，常常兵戎相见，皇帝由势力雄厚的诸侯即选帝侯选举产生，有名无实，就像我国春秋末期的王权。随着地方封建诸侯日益强大，皇帝的权力更不断衰落。1806年，

■ 德国的教堂

当拿破仑攻占德意志时,早已风雨飘摇的神圣罗马帝国就彻底覆亡了。

1815年,维也纳会议成立了以普鲁士和奥地利为主的德意志联邦。普鲁士和奥地利都想由自己主宰联邦并称霸欧洲,普鲁士的"铁血宰相"俾斯麦凭借武力取得了胜利,到1871年,威廉一世在巴黎凡尔赛宫加冕成为德意志帝国的皇帝,现代意义上的德国才算完成统一。

德国从此实力大增,并很快成为世界工业强国。

1914年,以萨拉热窝事件为由,德国与奥匈帝国一起挑起了第一次世界大战。结果以失败告终。但德国败而不甘,1939年,希特勒以闪电方式侵占波兰,又策动了第二次世界大战。1945年德国战败投降,被美、英、法、苏分割为西德和东德两个主权国家。

德国是两次世界大战的策源地,给欧洲和世界人民带来深重的灾难,也使德国的经济彻底崩溃。

■ 德国风光

但西德战后却奇迹般地崛起，到 20 世纪末期，成为仅次于美国、日本的世界第三号经济强国。

德国同许多欧洲国家一样，由于长期处于民族融合和政治分裂过程，不仅国土和国家的概念是不一致的，国家观念更不像东方国家那样神圣和庄严。神圣罗马帝国时期，疆域辽阔，民族众多，但实际控制区域和统治能力却很有限。德国和奥地利，历史上就打打闹闹，分分合合，1938 年，当希特勒在霍夫堡皇宫的阳台上宣布奥地利从此与德国合并时，广场上的人群竟向希特勒欢呼致意。再说两德，1990 年，当前西德总理科尔提出两德统一的条件之一是马克可以 1 比 1 兑换（当时东西德马克的实际比值是 10：1）时，东德群众高呼着"科尔"、"立即统一"的口号，推倒柏林墙，并入西德。

值得赞许的是，现在的德国不像亚洲那块茅坑里的石头，又臭又硬，冥顽不化，而是敢于直面历史，坦诚谢罪，赢得了过去受害国政府和人民的谅解。

德国篇

德国的名人很特别。

贝多芬出生在德国，却到奥地利成为世界级的"乐圣"，并定居和终老于维也纳。

希特勒出生在奥地利，却成为德国元首，成为二战元凶，最后在柏林自焚。现在，奥地利人还讽刺德国人："好人都来奥地利，坏人全跑到德国去了"。

德国出生的马克思成为全世界无产者的领袖，他的理想在东方大地上变成了美丽的现实，而他的国家却策动了两次世界大战，仅在二战期间，他的同宗犹太人就被希特勒屠杀了 600 多万。他的国家也一分为二，42 年后才再次统一，而统一的方式更出乎他老人家的预料。他甚至不被自己的祖国所容，先后流浪法国巴黎、比利时布鲁塞尔、英国伦敦，逝世后安葬在伦敦的海格特公墓。

爱因斯坦也是德国人，而他关于时空和引力的基本理论——相对论，却是在瑞士勾勒的框架。他的发现被称为近代物理学领域最伟大的革命，被授予诺贝尔物理学奖，但却因反对希特勒发动战争被驱逐出境，最后在美国普林斯顿逝世。他在 1949 年写了一篇《为什么要社会主义》的

论文,提出了"计划经济并不是社会主义"的看法,政治和经济上的远见卓识也超出了人们的想象……

莱辛、康德、费希特、谢林、费尔巴哈、黑格尔,德国的哲学家璨若星辰,形成了包罗万象的哲学体系,以至于有人说,所有西方的哲学都是用德语写成的,德国人在思维上的严谨和尊严足以让他们傲视全球。

德国人的习惯很特别。

德国人干什么都循规蹈矩,一板一眼,有机器人之称。

德国人的遵章守纪,表现在战争年代绝对服从命令,和平年代下级绝对服从上级、雇员绝对服从老板。这种铁板一块的纪律,机器人一样的士兵和雇员,既体现了极强的团队精神、民族特质,又有极高的工作绩效。欧洲人对此有一种既敬佩又畏惧的心理。随着柏林墙的倒塌,随着一个更强盛的德国的出现,欧洲人这种心理有增无减。因为德国发动两次世界大战的阴影还不能完全从人们的心头抹去。

德国人非常讲究秩序,讲究法律面前人人平等。他们信奉的是:既然有规定,就必须遵守,否则规定就失去了意义。

德国人勤勉务实,不尚浮夸。他们具有强烈的实事求是意识,朴实无华,悉心敬业。不管是普通职员还是大企业家、高级官员,责任心都极强,兢兢业业,一丝不苟,一旦失职失误,就须另谋高就。德国有句俗话:公务是公务,烧酒归烧酒。私下烟酒不分的朋友,办起公事来却叫真较劲,不徇一点儿私情。

德国人待人坦诚,执礼彬彬。如果你在大街上向陌生的德国人问路,他会热情地为你指点迷律。如果他也不知道,他会替你去求别人,或不辞劳苦地陪你走一段。他们在公共场所穿着整洁得体,礼让老弱妇孺,讲究社会公德。他们不喜欢传播谣言,蜚短流长,注重维护国家声誉,尽管在大选时,各政党间相互攻讦,但决不对外发表对国家的不满之词。

德国的产品很特别。

电视剧《大染坊》中侯勇饰演的陈寿亭说,日本机器是小草驴,德国机器是大骡子,小草驴只能拉边套,大骡子才能驾辕。

这句话很经典。

德国的许多产品都要经过破坏性的测试，易损易坏部分暴露出来后就可得以加固和改进。因此，德国几乎所有的产品都有坚固结实、经久耐用的特点。即使是一座建筑、一套设备、一件家具，譬如门、锁、开关、衣架、玻璃、灯罩等都要考虑百年大计，注重实用，宁肯失之笨重，决不虚有其表。

世界十大名车德国就占了一半：宝马、保时捷、奔驰、奥迪、大众。与美国、日本的汽车比较，德国车以刚劲沉稳著称，不仅在车身安全性和机械系统的精良程度上技高一筹，在耐用性上更堪称天下第一。

早先宝马汽车的广告就很有创意：一个结满蛛网的修车门面，一个白胡子老头，一把生锈的扳手。

德国人的质量观念是，主张人们大胆使用而不是小心保护，产品保好而不保修。保修的产品质量不过关，高质量的产品不必保修。

德国的环境很特别。

德国的风景名胜和人文景观，与欧洲其他国家相比，并无奇特之处，无非是勃兰登堡门、柏林墙遗址、科隆大教堂、古城纽伦堡、贝多芬纪念馆、博登湖等等。但德国的总体环境却是一流的。

德国的自然生态环境居欧洲之冠。2006年全球评出的10大宜居城市中，德国就有杜塞尔多夫、法兰克福、慕尼黑3个城市位列其中。

德国的社会环境也领先于欧洲国家，高收入高福利。

德国全日制公司职员年收入超过3万欧元，相当于我们30万多元人民币。

德国的社会保障制度非常完善。

德国的社会救济是为每一位需要救济者能"维持体面生活"而设立的。一个3口之家的失业公民，一个月可领到近千欧元的现金生活费，他家600多欧元的房租和医疗保险也由政府支付，换季过节另发衣物食物，如果生活仍有困难还可申请额外资助。

德国政府在社会保障方面的支出占国内生产总值的1/3以上。

德国，确实有许多很特别的地方。

法兰克福

法兰克人的渡口

在美因河和莱茵河交汇之处，坐落着一座60万人口的城市，它就是黑森州的首府、德国第五大城市法兰克福。

法兰克福的历史可以上溯到公元前。那时，罗马帝国的军团就在这里戍边。但随着罗马帝国的崩溃，这里日渐荒芜，几乎被人遗忘。

公元794年，法兰克王国查理曼大帝在一次对萨克森人的战役中吃了败仗，逃到美因河边时，大雾弥漫，洪水滔滔，不辨东西。前有大河，后有追兵，境况十分危急。慌乱中有人发现一只母鹿在平缓处涉水过河，大军尾随而过，才转危为安。为纪念此事，查理曼大帝下令在此修筑城池和驻跸行宫，取名法兰克福，意为"法兰克人的渡口"。

从此，法兰克福就一直是德意志重要的政治舞台。神圣罗马帝国时期，这里共选举产生过33位皇帝并有10位皇帝在这里加冕登上宝座。

恢弘的历史，使得法兰克福很早就成为一个繁华的商业城市。

但在第二次世界大战中，盟军对法兰克福进行了33次地毯式的大轰炸，千年古城变为一堆废墟。

战后，法兰克福迅速重建，高楼林立，发展惊人。

今天，法兰克福的化学、电子、机械工业相当发达，第三产业如交通、金融、博览事业更现勃勃生机，一跃成为德国乃至欧洲最具现代化的城市。

法兰克福的清晨慵倦、静寂，清新的空气中飘曳着鲜花的芬芳。

■ 法兰克福风光

这是我们踏上欧洲的第一个清晨。早餐后，我们乘车参观法兰克福市区。

第一印象是高楼林立。耸立在市中心的博览会"铅笔大楼"就是该市的标志性建筑。其实，就建筑规模和数量来说，法兰克福根本不能与纽约、香港、北京、上海等国际大都市相比。但在德国，在欧洲，它却是拥有最多高层建筑的城市，据说欧洲最高的10座摩天大楼有8座在法兰克福，因此，法兰克福被称为美因河畔的曼哈顿。

法兰克福的建筑体现了现代风格和古典建筑的完美结合。在一大群现代化高层建筑的裙裾下，分布着战后按照原型修复的罗马广场、老歌剧院、歌德故居、保罗教堂等传统建筑和著名的历史遗迹，现代建筑与古典建筑交相辉映，显得既古老又年轻。

或许是由于星期天的缘故，我们一行走进市中心的时候，整个城市还沉浸在太阳红色光晕笼罩的睡梦中。大街上行人稀少，清净无尘，偶

尔一辆有轨电车驶来，也慢悠悠空荡荡的。商场自然同欧洲所有国家一样，星期天全部关门。只有几家咖啡厅营业，窗口新鲜的花束和新出炉的羊角面包混和着浓浓的咖啡香气飘出很远很远。

我们首先在保罗教堂前拍照留影。这座红色砂石建筑重建后已不再保留教堂的功用了，而是颁奖和举办各类政治文化活动的场所，被视为自由、统一和民主的象征。1948年这里就曾召开过第一次国民大会，现今德国宪法便是以那次会议诞生的宪法草案为基础的。

而后我们参观罗马贝格广场。

它坐落在美因河北面，最早是城市的集市中心，到中世纪时成为市区最大的广场。

广场西侧三座人字型的红色建筑就是著名的罗马人大厦。1405年，法兰克福议会把它从古罗马贵族手中买来改建成了市政厅，直到今天，

■ 罗马人大厦

这里一直是市长的办公场所和城市议会所在地。在二战的轰炸中，整座市政厅也只有这幅外墙保留了下来。这里曾是神圣罗马帝国举行皇帝加冕仪式的地方，外墙上四个巨型人物雕塑，据说是历史上对法兰克福贡献最大的四位帝王。

广场的南侧是始建于1290年的圣尼古拉宫廷教堂，它的建筑规模虽不大，但它的色彩在欧洲教堂中却几乎是独一无二的：浅粉色的墙面，深红色的边框，淡绿色的尖顶。中世纪时钟楼上还设有号兵，当美因河上有船只到达时，号兵就会吹响号角致意。

广场的东侧是一排宏伟壮观的木条式桁架结构的楼房，风格独特，精致漂亮。

广场上塑有两尊女神雕像。一尊是正中央铜绿色的正义女神，她右手持剑，左手高举天平，象征公平。一尊是东侧铁红色的战争女神，手擎锈迹斑斑的长戟。

具有讽刺意味的是，她们在"二战"轰炸时被市民深埋在地下，才免于粉身碎骨。正义女神没有能阻止非正义战争的灾难，而战争女神却亲身体验了战争的残酷。当人们欣赏这对孪生姐妹优美的神态和精致的铸造工艺时，心里却有一种沉甸甸的感觉和难以言状的酸楚。战争的阴影，和平的愿望，正义的呼声，公正的企盼……会交替萦绕在人们脑海。

诗曰：

> 女神妙曼态轻盈，
> 避难惶惶瓦砾横。
> 战戟何曾持正义，
> 天平怎样戥公平？

好在法兰克福已是瑞气升腾，一片文明祥和的景象。

法兰克福作为欧洲最具现代化的城市，会展、银行、股市、空港是其四大特点。

法兰克福是欧洲著名的国际展览中心，每年都要举办数十次大型国际博览会。博览会名目繁多，几乎囊括了所有的行业和领域，机械制品、化工制品、航空制品、环保制品、印刷品、纺织品、

消费品、化妆品、食品……只有你想不到的，没有它办不到的。每年参加博览会的人多达数百万，为法兰克福带来空前的繁荣。

法兰克福共有400多家银行、170多家保险公司，德意志银行、欧盟中央银行总部和欧洲第三大证券交易所都设在这里，因此，法兰克福被称为欧洲的金融中心。

欧洲中央银行是世界上第一个管理超国家货币的中央银行。独立性是它的一个显著特点，它不接受欧盟领导机构的指令，不受各国政府的监督，是唯一有资格在欧盟内部发行欧元和制定货币政策的机构。

但更能代表法兰克福银行、股市的却是罗斯切尔德家族。

且不说罗斯切尔德家族传奇的发家经历，请听老罗斯切尔德的这句名言——"只要我能控制一个国家的货币发行，我不在乎谁制定法律"，你就知道这个家族非同一般。

19世纪初，罗斯切尔德家族就被称为"欧洲唯一的强权"，连英格兰银行在他眼中都是小不点儿！他的五个儿子虎踞龙盘在欧洲的五个心脏地区。老大阿姆斯洛镇守法兰克福银行总部，老二所罗门到奥地利维也那开辟新战场，老三内森被派往英国主持大局，老四卡尔奔赴意大利那不勒斯建立根据地并作为兄弟之间的信使往来穿梭，老五杰姆斯执掌巴黎业务。到1850年左右，罗斯切尔德家族已积累了相当于60亿美元的财富，如果以6%的回报率计算，到160年后的今天，他们家族的资产至少在30万亿美元以上！

严密的家族控制，精确的协调操作，永远早于市场的信息获取，彻头彻尾的冷酷理智，以及基于这一切之上的对金钱和财富的深刻洞察和天才的预测能力，使得罗斯切尔德家族在世界两百多年金融、政治和战争的残酷旋涡中所向披靡，建立了一个迄今为止人类历史上最为庞大的金融帝国。

最能体现法兰克福城市性格和德国人特点的是法兰克福机场。

法兰克福机场是德国最大最漂亮的机场。我们晚上到达时，那顶棚和幕墙镶嵌着透明玻璃的航站楼仿佛一只巨大的发光恐龙。机场有3条跑道，90个停机位，40秒钟就可以起降1架飞机，每天有13万人次进出。机场地下，建有火车站、地铁站、公交车站、出租车停车点，中转或乘坐其它交通工具十分方便。凡到德国的国际旅客十有八九要到法兰克福转机，这正切合了法兰克福是"法兰克人渡口"的名字，也正因为这个机场的缘故，法兰克福几乎成了德国的代名词之一。有很长一段时间，我国中央电视台国际频道的世界城市天气预报，德国的代表城市就是法兰克福而不是柏林。

法兰克福机场还创造了在不影响飞机起落的情况下修复一条跑道的神话。

他们将整条 4000×60m 的跑道分段，施工人员每晚 22:30 准时进入施工现场，先用 1.5 小时拆旧，再用 4.5 小时铺新，最后用 1.5 小时冷却、恢复标记和清洁道面，确保每天清晨 6 点飞机起降。

当然，先进的技术支撑是创造神话的前提，但更重要的是严密的计划、严格的程序、严谨的作风和极高的工作效率，而这些，正是德国人的长项。

可惜我们在法兰克福市区只参观了一个多小时。不到 9 点，我们就离开这里，前往下一个目的地——慕尼黑。

慕尼黑

啤酒城

埃威恩以110公里的速度驶向德国南方的慕尼黑。

高速路两边是遮天蔽日的林荫，郁郁葱葱，密密匝匝，藤缠萝绕，仿佛不是在莱茵河平原，而是在热带原始野林里开出一条通道似的。这些林木也确非人工培植，德国人称之为天生天养，自然造化。它们以冷杉为主，叶色绿得发黑，所以远远看去，竟不是绿色走廊而是深墨色甚至是黑森森的。德国西南部那片著名的黑森林，据说就是因此而得名的。

太阳直射头顶的时候，我们进入慕尼黑北郊。

前方出现一个巨大的银灰色建筑物。那就是拉开第18届世界杯足球赛序幕的安联体育场。

安联体育场外型像一个巨大的汽车轮胎，构成这个轮胎外观的塑料薄膜似的菱形方块，能防火、防晒、防寒，还能变换不同的颜色：当拜仁慕尼黑足球队主场比赛时，整个体育场会发出红色的光芒，而当慕尼黑1860足球队主场比赛时，体育场又变成蓝色的轮胎，光映几英里之外。

毋庸讳言，慕尼黑在我以前的印象中形象极差，总觉得它是与希特勒、纳粹、阴谋和惨案紧紧地系结在一起的。

1918年，希特勒窜到慕尼黑，建立了最初的法西斯武装组织——冲锋队和党卫军。

1923年，希特勒又亲自导演了啤酒馆政变。虽然这仅是一次短命政变，却成为希特勒日后登台的预演。

■ 安联体育场

慕尼黑更因 1938 年英、法、德、意在此签订了迫使捷克斯洛伐克割让苏台德区给德国的《慕尼黑协定》、被世人称为"慕尼黑阴谋"而臭名远扬。

害人者终将害己。英法的绥靖政策不仅助长了希特勒的侵略气焰，英法也饱受了"二战"的践踏，搬起石头砸了自己的脚。慕尼黑更遭到盟军 66 次轰炸，市区仅有 3% 的建筑物幸存。

为洗刷历史耻辱，慕尼黑曾争取到 1972 年第 20 届夏季奥运会举办权。慕尼黑奥林匹克公园也曾创造了世界建筑史上的奇迹：体育场顶部 7.5 万平方米的"鱼网式帐篷"，成为世界上最大、最昂贵的屋顶。然而不幸的是，慕尼黑奥运村却上演了奥运史上最黑暗的一幕，8 名全副武装的"黑九月"恐怖分子枪杀了 11 名以色列运动员和教练，造成了震惊世界的"慕尼黑惨案"。

尽管心头萦绕着慕尼黑的重重阴影，但置身慕尼黑，却不得不承认这是一座非常漂亮的城市。

慕尼黑坐落在阿尔卑斯山北麓，美丽的伊萨尔河畔，气候温润，环境优美。

慕尼黑与法兰克福都被评为2006年全球10大宜居城市之一,法兰克福以现代化著称,慕尼黑却以古典建筑和田园风光驰名。

战后重建的慕尼黑,基本保持了古代风貌。市区耸立着许多哥特式、文艺复兴式、巴洛克式建筑,教堂、博物馆、宫殿、剧院鳞次栉比,古色古香。

走在慕尼黑的街头,蓝天飘白云,绿树映荷塘,草地绽鲜花,雕塑飞喷泉,有一种回归自然的悠闲与惬意。

虽然头顶骄阳,当地的女人却决不会撑起碎花阳伞。德国女人身材修长,金发碧眼,很是美艳。她们的皮肤本来是白皙的,却喜欢晒成棕榈色。她们认为黝黑的皮肤才是健康的标志,而不像我们国内惟"白"为美,连广告词都是"白白白,一白到底"。

两千多年前,慕尼黑只是一个小村落,因附近有一个著名的安提斯修道院,人们就将这里称为"僧侣之地",中文译名为慕尼黑。以后逐渐繁衍拓展,1505年成为巴伐利亚公国的首都,1946年起成为巴伐利

■ 宝马总部汽缸标志

■ 慕尼黑啤酒馆

亚州首府。

现在，虽然全市已有 125 万人口，是德国仅次于柏林、汉堡的第三大城市，但德国人仍称其为"百万人的村庄"，称巴伐利亚人为"乡下人"。

但这个被称为村庄的慕尼黑，却是德国举足轻重的经济重镇。宝马公司巨大的以汽缸为造型的主楼高高耸立在城市的上空，既是现代化的标志，又不失为一幅出色的广告。西门子、安联保险、慕尼黑再保险、LMU 飞机制造公司等许多国际著名 500 强企业以及众多科研机构的总部都设在这里。

慕尼黑是德国高新技术产业的基地，在信息、电子和生物技术等领域均处于世界领先地位。

不过，慕尼黑最有名的还是啤酒。

啤酒是德国人最喜爱的饮料，每年每人的消费量平均在 130 公升左右。

啤酒被称为液体面包，含有丰富的矿物质和维生素，其低酒精度和高二氧化碳也有助于放松身体，冲刷对身体有害的残质，德国人对啤酒

的狂热很大程度上应缘于此。

酷爱啤酒的德国,逐渐形成了一种特殊的啤酒文化:悠久的历史、古老的传说和独特的酿制方法,还有专属的节庆和舞蹈。

在德国,啤酒馆多如繁星,大街上到处是挺着啤酒肚的人,他们喝起啤酒来就像喝凉开水。而真正的啤酒之乡则是巴伐利亚,它的首府慕尼黑更被称为啤酒之都,是世界上最著名的啤酒城。

啤酒究竟是怎样诞生的,世上一直舆无定论。虽然传说公元前

■ 慕尼黑风光

3000 年左右,古埃及和美索不达米亚(今伊拉克)就出现了啤酒,但慕尼黑人确认,啤酒诞生于公元 6 世纪著名的安提斯修道院。

那时,每年复活节前修士们都要举行"四旬斋"。有个修士饥不择食,舀喝大麦淋雨后流出的汁液,却意外地发现这种自然发酵的汁液不仅能解渴还可充饥。于是整个修道院的修士都用这种汁液打发难熬的四旬斋。教皇知道后要了一桶品尝,竟惊为玉液琼浆,特许安提斯修道院酿造这种美味的饮料——这便是世界上最早的啤酒。

而世界上公认最早的啤酒厂,是建于 1040 年的慕尼黑威亨斯蒂芬

啤酒厂。

啤酒诞生之初,并没有现在这么爽口。直到12世纪,人们发现用蛇麻草做配料酿造的啤酒,喝起来有一种芬芳的苦味,清凉爽口,真正意义上的啤酒从此才正式诞生。

这种蛇麻草就是啤酒花。

1516年,为确保啤酒的纯度,巴伐利亚颁布了啤酒生产法令,规定只能用酵母、大麦、啤酒花及纯水生产啤酒,这也是世界上最古老的食品规范法规,在德国一直沿用至今,而德国啤酒至今也被世人称为最正宗的啤酒。

德国篇

1810年10月,为庆贺巴伐利亚王储结婚,慕尼黑举办了一场盛大的赛马会。成千上万的人聚集到慕尼黑郊外的草坪,唱歌,跳舞,观看赛马,之后又痛饮啤酒以示庆贺。从此,这个深受欢迎的活动便被延续下来,逐步演化为今天一年一度的啤酒节。

慕尼黑啤酒节除因战争中断过24年外,已举办了170多届。啤酒节一般在9月下旬至10月初举行,延续16天。啤酒节只出售慕尼黑本地的优质啤酒,每年慕名而来参加啤酒节的有600多万人,能喝掉1000多万升啤酒,再加上吃住观光,为慕尼黑带来巨额财政收入。

啤酒节最大的特点是狂欢,一种有着浓郁巴伐利亚风情的狂欢。

节日第一天,彩旗飞扬,人声鼎沸。午时,12声礼炮响过,鼓乐齐鸣。慕尼黑市长简单致辞后,打开第一桶啤酒,啤酒节便在欢呼声中揭开了序幕。

这时身穿传统服装的啤酒女郎,用单耳大酒杯将新鲜啤酒不断地运送到迫不及待的游客面前。

许多身穿鹿皮短裤、背心等民族服装的巴伐利亚人,手举啤酒杯穿行在大街上,逢人便高喊干杯。

人们喝呀,唱呀,跳呀,有的坐在地上,有的跳上桌子……飞溅的酒花,夸张的笑脸,海阔天空的胡侃,敞开情怀的狂饮,平时机械呆板的德国人变得激情奔涌,形骸放浪,占地42公顷的黛丽丝草场顿时变成一个欢乐的海洋。

狂欢过后便是癫狂,酒精的温度几乎把所有的人都燃烧得血脉贲张。有的站在高处演说,连唱带喊,唾沫飞溅,酒气冲天,居然妙语连珠，煽情煽火，直逼希特勒的张狂。

有的不分男女老少，生熟嫱妍，又搂又抱，又哭又笑，好似久别又重逢，好似死里又逃生。

街头拐角、草地楼顶，则到处是横七竖八、口吐白沫、胡言乱语、鼾声如雷的酒徒醉汉……

啤酒节过后，人们虽然热情不再高涨，但依然节去影留，天天离不开啤酒。

慕尼黑有世界上最大的啤酒馆，而踏进3000多个每天都座无虚席的啤酒馆的人至少要点一升啤酒。当地盛行一句谚语：一天喝一升，健康赛神仙。

不过，世纪之交，以啤酒为骄傲的德国人却感受到了落寞与忧伤。

1997年，捷克人夺得了人均消费啤酒冠军的头衔。

新世纪以来，德国众多著名啤酒品牌逐渐被荷兰喜力、比利时英特布鲁等啤酒集团吞并，更让德国人感觉他们的啤酒似乎风光不再了。

奥地利篇

奥地利共和国 | 音乐之乡
因斯布鲁克 | 迷你小城

奥地利共和国

音乐之乡

从慕尼黑驱车，一个多小时就进入了奥地利。

在德奥边境，没看到任何标志，没有海关人员，埃威恩欢快地一闪而过。

奥地利的形状像一把小提琴，头朝西挂在欧洲的脖子上。这把小提琴面积约8万平方公里，有800万人趴在那里拨弄琴弦。

奥地利森林覆盖率超过60%，蓝色的多瑙河，雄伟的阿尔卑斯山，美丽的维也纳，优雅的圆舞曲……奥地利因其丰富的人文历史遗迹和优美的自然风光，再加上老牌帝国潜移默化催生的风土人情和生活习性，使得这个国家充满了神秘的色彩。

奥地利在德语中意为东方王国，因查理曼帝国时地处帝国的东部而得名。岁月悠悠，东欧人、西欧人、南欧人、北欧人、西亚人甚至匈奴人都先后在这里栖息，他们在多瑙河畔修筑起一座座坚固的城堡，经营着这方荒蛮而神奇的土地。

直到公元996年，"奥地利"这个名词才首次有了书面记载。

这时，神圣罗马帝国皇帝把这块土地封给了巴奔堡家族。巴奔堡家族雄才大略，励精图治，很快使奥地利升格为一个大公国，并且把王朝迁往维也纳。

从1278年起，哈布斯堡王朝开始了对奥地利长达640年的统治。

奥地利在哈布斯堡家族统治下曾是极其强大的帝国，哈布斯堡家族精英还长期被遴选为神圣罗马帝国的皇帝，疆域辽阔，民族繁杂，囊括今天的奥地利、德国、匈牙利、捷克、斯洛伐克、斯洛文尼亚、克罗地亚、罗马尼亚西北部、波兰西南部、意大利东北部、波黑以及法国、荷兰、比利时、西班牙的大片领土，西班牙在南美的殖民地也因此划入了奥地利的版图，面积之大仅次于俄国，是最早被称为"日不落帝国"的国家。直到19世纪初，哈布斯堡家族才随着神圣罗马帝国一起消亡。

1866年奥地利在与普鲁士争夺德意志领导权的战争中失败。1867年与匈牙利合并成立奥匈帝国。第一次世界大战后帝国瓦解。1938年奥地利被纳粹德国吞并。1955年独立并宣布永久中立。

在奥地利的历史星空上，闪烁着两颗耀眼的女性明星。

一颗明星是玛丽亚·特蕾西亚。

1740年，年仅23岁的玛丽亚·特蕾西亚登上了神圣罗马帝国的宝座。

■ 蓝色多瑙河

她为哈布斯堡家族养育了16位皇嗣,其中14位公主。她的公主分别嫁给了荷兰摄政王、帕尔马王子、那不勒斯国王、法国国王……她几乎成了整个欧罗巴的老岳母。当时流行的一句话正好说明了她的精明:"啊,幸福的奥地利,结婚吧!"她精力充沛,智谋超群,像安排她庞大的家族一样治理她的国家,执政40年间,政治开明,经济发达,教育兴盛,为奥地利写下了辉煌的一页。人们至今还记着她的一句名言:宁要中庸的和平,不要辉煌的战争。

另一颗明星是伊丽莎白一世。

伊丽莎白一世是巴伐利亚的希茜公主,嫁给弗兰茨·约瑟夫一世为妻。她美貌聪慧,号称绝代佳人。虽然她的后半生充满了悲剧色彩,但奥地利人一直非常喜爱和怀念她。2002年,在她诞辰165周年之际,奥地利特别发行了一枚背面图案是希茜公主的2欧元硬币以示纪念。

奥地利最著名的河流是多瑙河。

应该说,多瑙河是一条国际河流,它发源于德国西南部黑林山东麓,自西向东流经9个国家,最后注入黑海,像一条蓝色的飘带蜿蜒在欧洲大地。只是到了奥地利,她滋养出一个山明水秀、风景幽雅的维也纳,城因河生,河傍城名,竟使多瑙河出落得更加靓丽,维也纳滋润得更加标致。

维也纳素有"多瑙河女神"之称。

女神是会永葆青春的,因而1800年的风风雨雨,只使她更添丰韵。

维也纳耸立着许多罗马人建造的城堡。15世纪时成为神圣罗马帝国的首都和欧洲经济中心。霍夫堡皇宫一直是神圣罗马帝国、奥匈帝国皇帝的居住地,现在仍然是奥地利总统办公地。美泉宫是哈布斯堡王朝的夏季行宫,也是维也纳最漂亮的宫殿,几可与法国巴黎的凡尔赛宫媲美。

18世纪以后,随着艺术的繁荣,维也纳成为名副其实的音乐之城。

许多音乐大师,譬如海顿、莫扎特、贝多芬、舒伯特、约翰·斯特劳斯父子都曾在此度过多年的音乐生涯。海顿的《皇帝四重奏》,莫扎特的《费加罗的婚礼》,贝多芬的《命运交响曲》,舒伯特的《天鹅之歌》,施特劳斯的《蓝色多瑙河》等著名乐曲均诞生于此。许多公园和广场上矗立着这些音乐家的雕像,不少街道、礼堂、会议大厅以他们的名字命名。如今,维也纳拥有世界上最豪华的歌剧院、闻名遐迩的金色大厅和第一流的交响乐团。每年元旦,维也纳金色大厅举办的新年音乐

■ 奥地利风光

会将美妙的音乐传遍了全球。

奥地利人天性中庸,心胸豁达,过着悠然自得的神仙日子。正如他们的国歌这样描述:

"啊,美丽的奥地利,多瑙河之国,阿尔卑斯山之国,森林之国,河流之国,音乐之国。"

奥地利的音乐冠盖全球,而奥地利音乐家却命运多舛。

莫扎特是奥地利人公认的最有天赋的音乐家。年仅六岁,就被当作神童带进维也纳美泉宫为女皇演奏钢琴。他创作乐曲时,兴之所至,一气呵成,文不加点,便成惊世之作。一场音乐会,只要事先把乐谱浏览

一遍,指挥时就如行云流水,绝无碍滞。而他的婚姻却难如人愿。女皇喜欢音乐,但更看重帝国,所以莫扎特虽然已在美泉宫给女王下了跪,女王还是把女儿嫁给了欧洲的国王。后来他多次坠入情网,却始终一波三折,娶非所愿。他在35岁盛年之时,猝然病故,寒酸得买不起一口薄棺材,凄凉得没几个送葬人,死因成为千古之谜,乱坟岗更找不着凸起的墓丘。

贝多芬被后人认为是有史以来最伟大的交响乐"乐圣"。但他辉煌一生的背后却是命运之神赐给他的无穷苦难。他生于德国波恩,22岁移居维也纳并终老于此。他绝顶聪明,但相貌丑陋,生就的短脖子,酒糟鼻,身材矮而胖,皮肤糙而黑,加上不修边幅,成天蓬头垢面,一脸苦相。更为残酷的是,他的交响乐虽然把全世界都震颤得热血沸腾,他自己却在26岁时就变成了聋子,听不到一个跳动的音符。他虽然先后心仪十几位女士,却没一个愿与他共结连理,所以终生未娶。晚年生活凄苦,居无定所,曾迁居80多次。

舒伯特创作了一千多首歌曲,他精湛的技巧和惊人的天赋,开创了浪漫派抒情歌曲的先河,享有"艺术歌曲之王"的美誉。但他的一生却是短暂、贫穷、多难的一生。他眼睁睁看着心爱的女人嫁作他人妇,而他自己31岁便英年早逝。

音乐大师的不幸,给如诗如画的奥地利留下了一丝抹不去的阴影,一向达观的我,也不免觉得有些天妒英才。

不过话说回来,逆境出英雄,百炼方成钢。人生一世,百岁者少,只要曾经闪光,就不枉红尘走一遭。

舜曾躬耕于畎亩,齐相国管仲曾为阶下囚,百里奚贵为秦国宰相,却是秦穆公用5张羊皮赎当的奴隶。因此,孟子说,天将降大任于斯人也,必先苦其心志,劳其筋骨,饿其体肤,空乏其身……

贝多芬正是以坚忍不拔的毅力,敢于扼住命运的咽喉,才战胜了肉体和精神上的双重折磨,铸起了成功的金字塔,成为世界上最著名的交响乐大师。

因斯布鲁克

奥地利篇

迷你小城

埃威恩向南急驰。

公路两边几乎不见庄稼，满眼是赏心悦目的草场，墨绿、翠绿、浅绿、淡黄，一片片连绵不断，却边角清晰，绝不羼杂。有的草场已收割，收割的牧草被卷成桶状，外面用白色塑料膜包裹得严严实实，有韵律地散放在田野，整洁得像艺术品，竟成为一道引人注目的风景线。

车入奥地利，公路两边的山势突然高峻起来，我们不知不觉已置身阿尔卑斯山腹地了。

阿尔卑斯山是欧洲最雄伟的山脉，它是第三个衍生期间由于非洲板块向亚欧板块北移挤压隆升而形成的。它西起法国东南部的尼斯，向南延伸是亚平宁山脉；向西南延伸是比利牛斯山脉；向东延伸是喀尔巴阡山脉，呈弧形贯穿法国、瑞士、德国、意大利、奥地利和斯洛文尼亚6个国家，绵延1200公里。阿尔卑斯山主峰即欧洲最高峰，海拔4807米，位于法、瑞、意三国交界处，因峰顶终年积雪不化，银白如玉，故称勃朗峰（白的意思）。阿尔卑斯山有许多河谷和山口，成为中欧与南欧之间的重要通道。阿尔卑斯山在第四纪冰期中曾被冰川覆盖，现在仍有许多冰川、湖泊，成为莱茵河、罗讷河、波河等许多大河的源头。

穿行在阿尔卑斯腹地，两侧风景如画。翠绿色的山坡上开满了红的、黄的、白的、紫的繁星般的小野花，悠闲的奶牛、整齐的葡萄园、小巧

美与丑：感悟欧洲

■ 阿尔卑斯山风光

　　的木屋以及桅杆一样高耸的教堂尖顶，珍珠般漂泊在姹紫嫣红的花海上。更有一些不知名的小湖小河，清澈见底，荡漾着雪山的倒影。两边的山势，有的壁立千寻，直插云霄；有的缓慢隆升，植被分明——从低到高依次是阔叶林带、混交林带、针叶林带、高山草甸、裸露的岩石以及终年积雪的峰顶。缕缕白云像轻纱一般缠绕在山腰，山顶覆盖着厚厚的白雪，阳光下云蒸霞蔚，一片灿烂。偶尔有雄健的苍鹰从山尖滑过。雪峰下常见雪水融化冲刷出来的白晃晃的沟壑痕迹，半山腰留有古代御敌的城堡。

　　高速路两边有许多蜿蜒曲折的盘山公路，有的可直上山顶，直上白云缭绕的别墅。奥地利许多有钱人喜欢住在远离尘嚣、风景优美的山上。我国唐代诗人杜牧有"远上寒山石径斜，白云生处有人家"的美丽诗句，奥地利人则有一句名言："我家住在云端里"。头顶蓝天白云，脚下草甸鲜花，眼前雪山森林，身边别墅古堡，山坡黄牛白羊，山脚湖泊葡萄园……诗一般的阿尔卑斯风光，梦一般的童话世界。

　　转过一个山口，狭窄的山谷忽然呈现出一片开阔地。一座古城依着一条河流，静静地躺在群山的环抱之中。

小城渐近渐大，不一会儿，埃威恩就驶过河上的桥梁，进入了因斯布鲁克。

这条清澈湛蓝的河叫因河，因斯布鲁克就是因河上"桥"的意思。

因斯布鲁克位于奥地利西部那个小提琴的手柄上，约 10 万人口。

别看它小，它可是国际级的迷你名城。

因斯布鲁克是一个大学城，1669 年建校的因斯布鲁克大学现有 7 个系，近 3 万名在校学生。它还是蒂罗尔州的首府，是联结意大利、德国和瑞士的交通要道。

历史上，这里是哈布斯堡家族权力与版图走向巅峰的发祥地。15 世纪末到 16 世纪初，在马克西米利安一世统治时期，这里成了国家权力中心，甚至是欧洲艺术和文化的中心，许多美轮美奂的宫殿和建筑群就是那个时期留下的杰作。

因斯布鲁克曾成功地举办过 1964 年和 1976 年两届冬季奥运会，因而成为举世闻名的滑雪胜地。

能举办两届现代冬奥会，应是一座现代化程度相当高的城市。

但我们走进街头，时光却像倒流回欧洲的中世纪。

街道狭窄到只有一线天的程度，大街两旁密密麻麻地排列着歌特式、文艺复兴式、巴洛克式的楼房，特别是有许多类似我国南方连拱走廊式的骑楼，这在欧洲是极其罕见的。欧洲 14 世纪时曾两度暴发鼠疫，夺去三分之一以上的人口，所以各国明令城市不得建走廊式骑楼，以便让更多的阳光普照城市的每一个角落，杀菌祛病。因斯布鲁克山高皇帝远，骑楼这一独特建筑便得以保存下来。

穿过两条曲曲弯弯的小巷，我们来到一条几十米宽的大街，这就是因斯布鲁克著名的玛丽亚·特蕾西亚大街广场。

大街中间的圣安娜纪念柱，是这个城市的标志。它是 1706 年 7 月 26 日为纪念敌军撤离因斯布鲁克而建的，这天正好是圣母玛丽亚的母亲圣安娜的命名日，纪念柱因此而得名。

红色大理石雕刻的圣安娜柱高 13 米，柱头雕有科林斯风格的圣母玛丽亚像，她神色凝重地眺望着远方的雪山，柱基周围有 4 个保护神，其中一个就是圣安娜。

奥地利篇

2006年7月26日，在圣安娜纪念柱建成300周年之际，奥地利邮政特意发行了一枚0.5欧元的圣安娜柱纪念邮票，可见圣安娜纪念柱在奥地利的地位。

大街北端尽头，游人麇集，争相拍照。那就是因斯布鲁克最著名的名胜：黄金屋顶。凡来因斯布鲁克的旅客，都要赶来这里一睹黄金屋顶的风采。但当我们见到它时，却同所有的游客一样大失所望：只是一幢极普通的五层红顶楼房，赭窗粉墙，偏东一侧楼门伸出一个挑楼，突兀地飘出一片屋檐般的斜面，阳光下金光闪闪。

黄金屋顶之所以有名，与它的身世有关。

这幢15世纪的建筑曾作为皇宫使用，并见证了国王马克西米利安一世与米兰公主的婚礼。1494年，马克西米利安一世委任尼克拉斯将从前破旧的挑楼改建成有哥特式穹隆的宫廷包厢，以便在这里观赏广场上的比赛和戏剧表演。阳台上的金色屋顶用2657块金箔铜板贴面而成，一是为了炫耀财富，二是为了衬托皇家的体面，黄金屋顶的称谓由此而来。

■ 圣安娜纪念柱

黄金屋顶虽有名气，却显得俗气而不大气，与我国的故宫、法国的凡尔赛宫相比，简直就是小儿科。或许当年还真有一股皇家的贵气，只是

■ 黄金屋顶

后来陆续在两侧加建了教堂、王府和那些巴洛克式的漂亮楼房，它自己反倒显得陈旧粗俗，显得不伦不类了。只是楼房每个窗口摆着大花盆，粉红墨绿的一片，才显得有些生机。

因斯布鲁克的美，还在于置身城内，不论什么季节，无论从哪个角度，一抬头就能见到白雪皑皑的山峦。

它处在群山环抱之中，紧贴小城北面，悬崖峭壁拔地而起，像一道微微闪光的蓝白色屏障，像专门为黄金屋顶设置的巨幅背景。山上的残雪把层层叠叠的森林衬托得更加青翠欲滴。山顶云雾缭绕，古堡耸立。清流碧透的因河带着阿尔卑斯山的体温，浸润着小城的河谷，即使在炎热的夏季，这里也凉爽如春。如果是在冬季，一场大雪过后，这里就完全变成了一尘不染、白茫茫的童话世界。诗曰：

雪峰环抱小山城，
碧水清流紫气萦。
灿灿黄金夸显贵，
擎天石柱护安宁。

奥地利篇

又曰：

夏日清凉看雪峰，
冬来童话罩山城。
天高云淡疯阳雀，
月朗星稀醉夜莺。

在因斯布鲁克，有两种纪念品非常有名，一是莫扎特巧克力，一是施华洛士奇水晶。

我们在黄金屋顶前拍照留影后，就是自由购物时间。许多骑楼式商店门口摆放着休闲的桌椅，那里坐满了喝咖啡聊天的人。我走进几家小店，发现所有巧克力都印有莫扎特的卷发侧面头像。莫扎特的故乡在萨尔茨堡，却跑到这里来促销，看来，借外地名人发本地财，也是一大发明。

施华洛士奇水晶创立于1895年，它的产品不是天然水晶，而是人造水晶制品，它以合成和切割工艺取胜，被世人认定是高档优质、璀璨夺目和高度精确的化身。施华洛士奇水晶是奥地利人的骄傲，北京人民大会堂、巴黎凡尔赛宫的水晶吊灯都有施华洛士奇的精品。

施华洛士奇在很多国家的城市都有连锁店，在因斯布鲁克也设有施华洛士奇水晶的顶级品牌——黑天鹅牌水晶专卖店。专卖店店门不大，就在一幢骑楼底下。甫进大门，就见橱窗里一个不停转动的水晶地球仪，在射灯下折射出炫目的光彩，标价高达4万欧元。里面的精品部，水晶制品从项链、戒指、胸针、灯饰，到飞禽、走兽、游鱼、花鸟，从莹白、橙黄、水绿、宝蓝，到浅红、淡紫、雪青、黛墨，应有尽有，有的雍容华贵，有的精巧别致，一款款婀娜多姿，光彩夺目。

大约女士与水晶有天然的缘分，男士们只是赞叹一番，女士们却大多买了一些戒指、胸针类的纪念品。

晚上，我们憩宿因斯布鲁克旁边的小村。小村依山而建，大多是三层木楼。小村的背后就是白雪覆盖的山峰，一条湍急的山溪从小村中间奔泻而下。小桥流水人家，雪山绿茵鲜花，凉爽的空气，淡淡的炊烟，别有一番情趣。

意大利篇

意大利共和国	意大利风情
威尼斯	海上明珠
威尼斯贡多拉	尖尖翘翘的小船
威尼斯玻璃	色彩斑斓
比萨斜塔	倾斜的魅力
佛罗伦萨	文艺复兴的摇篮
佛罗伦萨艺术大师	艺坛三杰
意大利首都罗马	露天博物馆
罗马斗兽场	血淋淋的建筑
罗马真言之口	河马大嘴
罗马特莱维喷泉	许愿喷泉

意大利共和国

意大利风情

当一轮橘红色的太阳从阿尔卑斯山东边的山顶探出头来，山沟里的小鸟叫得更欢了。溪流潺潺，花香馥郁，柔和的阳光驱散了山岚的寒意，照射在人们身上，暖融融的格外舒适。

我们从因斯布鲁克出发，穿越400公里山路，前往意大利威尼斯。

不到9点，我们就抵达奥意边境。依然没有海关，山连山，路连路。出人意料的是，意大利高速路两边的护栏竟然锈迹斑斑的，或铁红色，或灰褐色，与欧洲国家高速路两边锃光瓦亮的护栏形成了鲜明的对比。这或许是年久失修、疏于管理，或许是故意彰显意大利是世界上最古老、文物古迹最多的国度。

意大利确有两段辉煌的历史。

一段是古罗马时期，恺撒、奥古斯都建立了以罗马为中心、囊括地中海沿岸、横跨欧亚非大陆的古罗马帝国，灿烂的古罗马文明，对欧洲乃至对世界都产生了巨大的影响。

一段是文艺复兴时期，从佛罗伦萨发起的文艺复兴运动，使欧洲从中世纪蒙昧黑暗的封建社会和宗教阴霾中解放出来，极大地推动了生产力的发展和社会的文明进步。

不过，作为现代意义上的国家，意大利却很年轻。1861年3月，亚平宁半岛上许多公国和西西里合并成为意大利王国；1870年9月，意大利王国将首都由佛罗伦萨迁往刚刚攻克的罗马，才标志着意大利统一的完成。

意大利也有两段不光彩的历史。

第一段是十字军东征。11世纪中叶，突厥人在小亚西亚（土耳其半岛）大败拜占庭帝国军队，西亚的基督教会和修道院遭到严重破坏。拜占庭皇帝频频向罗马教皇求援。1095年，罗马教皇号召西欧基督教徒进行"圣战"，从异教徒手中夺回"主的陵墓"。十字军东征由此拉开序幕。他们从1096至1291年先后组织了8次大规模的远征，其实质是西欧基督教会、封建君主和欧洲富商对地中海东岸国家进行的多次侵略。侵略军身着红色十字标记，故称十字军。他们美名其名曰维护宗教圣地，实际上烧杀抢掠，无恶不作，甚至扒开贫民的肚肠用铁丝钩寻黄金，手段极其残忍，给西亚人民带来了深重的灾难。而他们却从东方掠夺了大量财宝，盗取了布匹、绸缎的精纺、印染技术以及较高的金属加工技术，盗取了种植水稻、荞麦、西瓜、柠檬、甘蔗等农业技术。威尼斯、比萨、热那亚等意大利城市，则攫取了东部地中海的商业霸权。

第二段是两次世界大战中的丑行和劣迹。第一次世界大战中意大利先保持中立，隔岸观火，而后倒向英、法、俄协约国一边对德、奥宣战，坐收渔人之利，战后取得东非和巴尔干半岛部分土地等战利品，赤裸裸地显露出第一次世界大战是帝国主义重新瓜分世界的野蛮残杀。1922年，从米兰发迹的墨索里尼窃取了政权，并进而与纳粹德国以及日本结盟，

■ 意大利建筑

美与丑：感悟欧洲

■ 意大利雕塑

成为第二次世界大战罪恶轴心国的一员，给世界人民带来了深重的灾难。

硝烟已经散去，功过是非自有历史评说。

如今，这个形状酷似一只长筒靴子、面积30万平方公里、人口约6000万的南欧国家，是北约和欧盟的成员国，是西方发达国家之一。

国家参股的伊利、埃尼和埃菲姆三大财团掌控着全国的经济命脉。

中小企业则遍布全国各地，全国70%的财富由它们创造，因此意大利被称为"中小企业王国"。

意大利是世界第二大葡萄酒生产国，钢产量居欧洲第二，法拉利跑车位居世界三大跑车之首。

意大利有看不完的古迹。

意大利拥有的人类历史和文化遗产占世界第一位，再加上美丽的自然风光，意大利成为世界上旅游资源最丰富的国家之一。满载故事的罗马古城，独一无二的水城威尼斯，文化名城佛罗伦萨，神奇的比萨斜塔，时尚之都米兰，美丽的亚德里亚海和地中海迷人的西西里岛风情，意大利的每个角落都盛满了神话与传奇。

意大利有听不完的音乐。

男高音歌唱家帕瓦罗蒂红遍全球；帕格尼尼的小提琴在世界各地鸣奏了200多年依然盛况空前；歌剧作曲家普契尼的《图兰朵》，采用古代中国背景和民歌《茉莉花》曲调，不但倾倒了西方观众，由中央歌剧院1995年搬上中国舞台后，在东方引起了更大的轰动。意大利的巴洛克音乐、那不勒斯小调、威尼斯船歌、西西里舞曲等，都具有浓郁的意大利风情，斗转星移，经久不衰。

意大利篇

意大利有踢不完的足球。

就在我们进入意大利的几个小时前，第18届世界杯足球赛在柏林奥林匹克球场落下了帷幕。意大利在先失一球的情况下顽强扳平，并在点球大战中5比3战胜法国队，时隔24年后再度问鼎冠军，第4次夺得世界杯。国际米兰、AC米兰、罗马、佛罗伦萨、尤文图斯……意大利的著名球队数不胜数；梅阿查、皮奥拉、罗西、玛尔蒂尼、托蒂……意大利的足球先生璀若群星。意大利几乎到了全民痴迷足球的程度，国内到处是足球场，足球俱乐部比比皆是。赢了国际性的球赛他们能狂欢一个月，输了球能砸汽车，堵交通，啤酒瓶漫天飞舞。为我们开车的意大利司机朱利亚特，那天就兴奋得不得了，一路上哼着小曲，埃威恩开得飞快，见人就来个飞吻。后来在法国堵车，那家伙竟然对法国司机说：送你个世界杯让让路怎么样？

意大利有尝不完的佳肴。

意大利与中国、法国同列世界三大美食国。罗马的洋葱熏肉细面条、那不勒斯的比萨饼、撒丁岛的烤乳猪、佛罗伦萨的小牛排、威尼斯的豌豆饭……哪一样都让人馋涎欲滴。意大利面条闻名于世，比萨饼更是风靡全球。意大利人人高马大，胃口好得很，许多人一天要吃5顿饭。他们同欧洲多数人一样，再寒冷的天也只穿一条裤子。身高1.9米、重200多磅的朱利亚特，胳膊和露出的胸脯长满一寸多黑森森的毛。托尼和我们开玩笑说，你们知道欧洲人为什么不怕冷吗？他们进化得太慢，身上有尚未退化的毛，吃的是滴血的肉，连血管里流淌的都是黄油啊！当然，玩笑只是逗人解颐，我们学了两句意大利语，却总觉得与美食有

113

关：你好——"炒熬"，谢谢——"哥俩吃"。

意大利男人热情、多情、豪放、率直，被誉为全球最佳情人。

意大利女人身材苗条，瀑布样的黑头发衬托着白而细嫩的皮肤，深陷的碧眼闪烁着吉卜赛人的神秘和睿智，连吸烟的神态也洒脱不拘，有一种狂野的美。

意大利人的生活方式与许多欧洲国家的冷漠不同，常常老少三代居住在一起，家族观念较重，人情味较浓。

但意大利人所独具的地中海拉丁民族的慵懒、散漫、拖沓，却使他们在经济发展上远逊于精明强悍的德国日耳曼人。

意大利的城市建筑以褐色、灰黑为主，与德、奥、法等国家相比，在显得古老的同时也略显破旧。

在我们考察的10个国家中，意大利罗马的环境是最差的，大街上到处是烟头、纸屑、塑料瓶，交通秩序也比较混乱。

最糟糕的是意大利的治安。

这次欧洲之行的印象之一，是意大利的警察最多，但小偷似乎更多。这次在意大利，托尼也一再忠告注意防偷，因而我们一直紧张兮兮的。在罗马特莱维喷泉，我们还目击了职业小偷——几个吉卜赛女郎"叼钱"的高招。托尼说，有几个小偷是他十多年来看着长大的，彼此熟悉，因而从不向他带的团队成员下手。这些职业小偷要从小一直偷到结婚成家为止。他还提醒我们，最好的办法是看好自己的钱包。在意大利，除非是护照等证件被偷警察才会帮你去查。

令人不可思议的是，如果你在被偷时抓住小偷并把他扭交警察，小偷最多只判拘3个月，而你的境况却要糟糕得多——很可能被控"恫吓"或"施暴"而蹲半年牢房。

这就是我们不敢苟同的西方的"保护人权"。

威尼斯

海上明珠

埃威恩穿行在阿尔卑斯山腹地，沿途有许多整齐得像公园一样的葡萄园，这就是著名的葡萄酒之路。

一路向南，周围的山势越来越低，气温却越来越高了。

待我们钻出山区，就像进入了另一个世界，亚得里亚海滨的酷暑扑面而来，迷人的风光也渐次呈现在我们眼前，大家一下子从昏昏欲睡的状态中清醒过来，好奇地观赏着车窗外流动的风光。

中午在一个小镇的中餐馆就餐，依旧是5菜1汤1果，没有任何意大利特点，可大家依然风卷残云，吃得津津有味。

饭后，我们乘车参观被称为亚德里亚海上的明珠——威尼斯。

威尼斯地处一个长50公里、宽10公里的新月形潟湖中央。

公元5世纪时，罗马帝国走向衰亡，意大利北部居民为逃避外族的屠戮，纷纷躲避到这里潟湖中的岛屿上定居。

潟湖是浅水海湾被淤积的泥沙封闭而形成的湖泊，湖水略咸。潟湖水较浅不能行船，淤泥较多不能涉水，因而成为抵御外敌的天然屏障。

人们就地开采石头建屋居住。而有些岛太小，甚至小到不足以建造房屋。于是人们把阿尔卑斯山南麓巨大的树木砍伐下来，削成12米长的整体木桩，一根根并排夯进水中，从而把许多小岛连在一起，上面再铺上石块建造房屋或修成通道，终于建起世界上最僻静、最独特的处所——威尼斯。

威尼斯初期是拜占庭帝国的一个城邦。

10世纪建成了独立的威尼斯共和国。

威尼斯曾在十字军东征中大发横财,一度成为亚平宁半岛最强大、最富有的国家,其军舰威镇地中海沿岸,那些商船和富商大贾的足迹遍布世界各地。来自各国的商人们,则带着他们的语言、习俗,带着他们的建筑风格以及小亚细亚的香料、食品,东亚的丝绸、瓷器,中欧的毛织品来到了俨然欧洲中心的威尼斯,威尼斯达到了空前的繁荣。

15世纪哥伦布发现新大陆后,欧洲的商船大多不再经过亚德里亚海,威尼斯自然就开始衰落、凋败。

1797年,威尼斯共和国在拿破仑铁蹄下消亡。19世纪,威尼斯并入统一了的意大利,成为威纳托省的一部分。

埃威恩很快驶上一条跨海大桥。这座全长4公里的大桥,位于威尼斯西北部,上下两层可通行火车与汽车,是威尼斯与大陆相连的唯一通道。

大桥的尽头是一个小岛,穿岛而过有一个渡口,我们在渡口登上游船前往威尼斯本岛。

■ 威尼斯主运河

游船通过的威尼斯主运河也有4公里长,很像香港的维多利亚港湾。主运河宽30米到60米,与177条支流相通。

此时,正午刚过,赤红的太阳挂在蔚蓝色的天空,把一束束刺眼的光芒投射在湛蓝的海面上。游船破浪前行,两岸古罗马式、拜占庭式、伊斯兰式、哥特式、巴洛克式的建筑鳞次栉比,令人目不暇接。这些千姿百态的建筑,正是威尼斯在辉煌时期对各种文化兼收并蓄的产物,形成了多彩多姿的威尼斯建筑风格。船行在水天一色的空间,仿佛融入了水城环抱的海市蜃楼。我们的相机只能拍下一幅幅精美的画面,却无法诠释那难以描述的旖旎风光。

游船停靠在一个简易码头,许多木桩不规则地从水中杵了出来,高高低低,歪歪斜斜,别有韵致。

踏上码头,就踏上了威尼斯本岛。

威尼斯是一座具有1500多年历史的古城,教堂、宫殿、博物馆、艺术宫、剧院等名胜古迹有450多处。

莎士比亚《威尼斯商人》中那迷人的水巷、动人的爱情故事、侠肝义胆的安东尼奥、贪婪可笑的夏洛克、机智聪慧的鲍西娅……生动地再现了威尼斯历史的闹剧。

威尔第的歌剧《茶花女》在这里首演并获得了成功。

威尼斯还是中世纪著名旅行家、中意人民的友好使者马可·波罗的故乡,其故居就在市中心阿托大桥附近的一幢3层楼房里。

1932年,威尼斯创办了世界上第一个电影节——威尼斯国际电影节。每年八九月间,这里大腕云集,明星憧憧,英英武武,莺莺燕燕,成为世界影坛的焦点。

在斯基亚沃尼滨海大街,有许多黑人摆摊叫卖。这些黑人有本地的,也有来自地中海南岸北非国家的,廉价的小商品则大多来自我国东南沿海,是欧洲各种名牌的仿制品。

货真价实的是威尼斯特有的一种狂欢节面具,而且极有名气。

威尼斯狂欢节起源于那些喜欢隐姓埋名到赌场厮混的贵族。当人们都戴上面具时,贫富贵贱男女老少就都掩饰为一色的演员,于是他们可以完全忘情和无我地放浪形骸,潇洒一番。以后逐渐演变成一年一度、

当今世界上历史最长、规模最大的狂欢节。到18世纪，狂欢活动盛极一时，欧洲各国的王公大臣、绅士淑女都赶到威尼斯，观看精彩的室内音乐和戏剧演出，参与街头和广场上的民众狂欢，威尼斯也赢得"狂欢节之城"的称号。

逝者如川，贵族们早已作古，别具一格的威尼斯面具作为狂欢节的宠物特别是旅游纪念品，却依然火暴。

威尼斯是世界上唯一没有机动车和人力车的城市。虽然每年接待150万游客，却无车马之喧和市声之吵，除了步行，主要交通工具是一种被称为"贡多拉"的水上小船。

威尼斯的大部分建筑坐落在水中的木桩上，因此威尼斯也是世界上唯一地下植满森林而地面却没有一棵树的城市。

没有树荫的遮挡，7月的太阳直射头顶，裸露的皮肤都有一种灼热感。

我们步履匆匆，穿过一座座小桥，向市中心走去。

威尼斯有400多座造型各异的桥梁。

在一座小桥上，托尼介绍说，此桥叫干草桥，因以前常有为监狱运送干草的船只经过这里而得名。

桥里面是深深的水巷，水巷里两栋建筑物上端有一节火车车厢似的廊桥，那就是徐志摩笔下忧伤的叹息桥。

叹息桥外面看不见里面，里面却能看见外面。外面的人只能隐约地听到一声声叹息，那是里面过桥的人发出来的。因为桥的左侧是总督宫的大法院，右侧是关押死囚的"井"监狱，被判了死刑的人走过这座桥就被关进了水牢等候处决。

据说，井监狱只有一个人生还，就是富有传奇色彩的威尼斯美男子卡沙诺瓦。传说那个花花公子与许多贵妇人有染，那些贵妇人拼命地为他打通关节，使得他从叹息桥下逃走了。

不过，这可能只是人们为叹息桥杜撰的一个噱头，让游人在沉重的叹息声中轻松一笑而已。

远远看到两根精美的大理石圆柱，那就是古代威尼斯的国门。一个圆柱的顶端雕刻着拜占庭时期的保护神狄奥多尔，另一个圆柱的顶端雕刻着威尼斯的城徽——一头振翅欲飞的狮子。

它是一个神话。耶稣的门徒马可在埃及传教时遇害,威尼斯商人偷到了他的骨骸,放在猪肉下面混过了海关。当他们带着马可的骨骸回到威尼斯时,远远看见天空中有一头飞翔的狮子。他们认为这是上帝派给威尼斯的保护神。于是,他们在看见飞狮的海岸上建起一座圣马可教堂,并把飞狮铸在教堂前广场的立柱上。从此飞狮就成了威尼斯的皇冠,让所有来到这里的人抬头瞻仰。

　　跨入国门是一个小广场,小广场里面就是市中心的圣马可大广场。大广场长175米,宽78米,拿破仑称其为"世界上最美丽的客厅"。

　　这座古老的广场由教堂、钟楼、宫殿、商店、咖啡店等建筑物组成,终年游人如织,还有成千上万的鸽子在这里悠闲地散步。我买了袋玉米,手上竟飞来两只可爱的鸽子抢食,同行的团员帮我拍下了这个值得珍藏的镜头。

　　圣马可教堂和钟楼是广场的中心和灵魂。

　　钟楼高99米,像一个窈窕淑女,亭亭玉立。它是广场的主景和威尼斯最高的建筑,在海上,运河上,远远就可以看到它的倩影。

　　钟楼最早是12世纪为船只导航所建的灯塔,1902年倒塌后,威尼

■ 威尼斯国门

美
与
丑
：
感
悟
欧
洲

■ 圣马可广场上的鸽子

斯的市民捐钱，在同样的地方建起了这座钟楼，于 1912 年完成启用，能显示分钟、小时、日期、月份和月亮周期等。整点时刻有两个机械小人出来敲击巨大的铜钟，声震数十里外。1962 年里面安装了电梯，以接送旅客至顶楼俯瞰整个威尼斯。

位于广场东侧的圣马可教堂始建于公元 829 年，直到 15 世纪才完成内外装潢，整整延续了 6 个世纪，融合了东、西方建筑特色，体现出各个世纪的建筑风格。

它原为一座拜占庭式建筑，正面是希腊式十字结构，有 5 座拱型罗马式大门，后来在上面又加入了哥特式的尖拱门、尖塔和文艺复兴时期的栏杆等装饰。而它 5 座巨大的金色穹顶和 4 匹鎏金铜马，则是 1204 年威尼斯公爵丹多洛在第四次十字军东征时，从君士坦丁堡的圣·索菲亚教堂掠夺而来的"战利品"。

教堂内饰有许多以金黄色为主色调的嵌镶画、雕刻、雕塑及礼仪用品。整座教堂雄伟壮观、金碧辉煌，曾被称为"世界上最美的教堂"。

威尼斯美斯美矣，侵略和掠夺的痕迹亦很浓。

威尼斯贡多拉

意大利篇

尖尖翘翘的小船

如果说水是威尼斯的血液,那么贡多拉就是威尼斯的灵魂。

乘贡多拉游览水巷,是威尼斯一大特色。

贡多拉是一种船头船尾高高翘起的黑色平底小船。有人说它像柳叶,有人说它像新月,还有人说它像天使张开的翅膀。

这种尖尖翘翘的小船已有一千多年的历史了。纤细的船身和扁平的

■ 威尼斯贡多拉

船底,很适于穿行在狭窄的运河水巷中。

贡多拉原先的制式比较简朴。16世纪初,威尼斯的贵族们为了炫耀财富,相互攀比,经常乘坐雕刻精美、装饰着缎子和丝绸的贡多拉饮酒作乐,以致贡多拉越来越豪华,越来越昂贵。1562年,威尼斯政府为了抑制奢靡的风气,颁布了一条禁止贡多拉漆成彩色的法令,并规定了贡多拉的大小尺寸和制作方法。

如今的贡多拉长10.75米,宽1.75米,由280片8种不同的木材制成,外包漆成黑色的铁皮。船身采用不对称设计,左侧要比右侧大24厘米,所以在航行中,船会向一边倾斜。船头金黄色的铜饰好像一把梳子,带有6个齿,据说是代表以前总督的帽子与威尼斯市中心的6个行政区。小巧玲珑的铜马和镂刻精细的铁刺猬则装点在船舷。整个贡多拉造型别致,外观美丽、高雅,洋气十足,成为威尼斯自然景观和历史风貌的缩影。

威尼斯人以水为邻,以河为街,开门见水,出门乘船,贡多拉是必不可少的交通工具。

千百年来,贡多拉一直是威尼斯人的生活伴侣。婚丧嫁娶、探亲访友、运送货物、游览赏景、欢度节日、上教堂洗礼都要依仗它。

贡多拉如此重要,搞一个赛舟节那就再自然不过了。自1064年两名威尼斯女子在大运河展开第一次贡多拉比赛开始,威尼斯的赛舟节已经有900多年的历史了。至今,每年9月的第一个星期,都被威尼斯人公认为是每一年中的"激情周"。届时,不仅选手们群情激昂,两岸观众亦欢声雷动,纷纷为激动人心的贡多拉船赛加油喝彩。比赛结束时,根据名次前后,分别发以红、蓝、绿、黄四面旗,并象征性地奖励小猪一头。

威尼斯的贡多拉历史上最多时有1万多只。现在,贡多拉已经不再是单纯的交通工具,剩下的400多只主要供游客游览水城风光,以保持水域的独特风貌。

从圣马可广场往西,穿过一条小巷,跨过一座石桥,就是一个能容纳几十个人的小码头。

在这里,我们很快就成了贡多拉的贵宾。

每只贡多拉除一个船夫外,可乘坐6名游客。

"欸乃"一声，贡多拉摇摆着离开小桥边的码头，开始在带有咸腥味的水巷中穿行。

威尼斯本岛面积仅3平方英里，人口不足6万，却居住在118个小岛上。

市区有230多条水巷，就像密织的蛛网，千曲百折，纵横交错。

威尼斯的楼房就像从水中钻出来似的，地基都淹没在海水中。

水巷只有5米到10米宽，因而两边五六层高的楼群就显得很有气势，两排楼间露出狭窄的一线天。

这里的建筑，大部分已有500年以上的历史，虽然所有的楼房都爬满了岁月的皱纹，楼角、墙根长满青苔，油漆剥落的临水木门有的已开始腐烂，但绝大多数看上去依然十分坚固。

威尼斯政府鼓励居民经常维修，只要居民提出申请，政府就会资助80%的维修费用。

因而，数百年来，从水里钻出来的一栋栋豪宅，任由潮汐侵蚀着，失去往日靓丽的色彩后，再一遍遍不厌其烦的装修，古老的楼房也就会一遍遍"穿"上美丽的新装。而摇曳在家家户户窗口上的鲜花，更给人

■ 在威尼斯水巷

带来勃勃生机和无限遐思。

贡多拉在水巷中迤逦前行，人们频频按下相机的快门。

每隔数十米就是一座石桥、铁桥或木桥。

小桥连接着两侧墙上的门或窄窄的小街。

家家门前都有系船的木桩，门前的石阶磨蚀得溜圆光滑，一直延伸到海水的下方。

船夫站在船尾，身穿白色制服，胸前斜挎着宽宽的鲜红色飘带。他们身子一躬，手中的长竹篙轻轻一撑，贡多拉便向前窜去。

有的船夫喊着号子，有的亮开嗓门唱起了威尼斯船歌，此起彼落，悦耳动听。

歌德曾有过这样的描述："来自远方的歌声，像一种没有悲伤的哀诉，催人泪下……"过去，头戴遮阳帽的行吟诗人，常常划着这种既古老又高雅的贡多拉，沿大运河或小水巷游览，他们一边划船，一边吟唱情歌。现在，威尼斯悠扬的船歌，在古老的运河中更有一番特别的韵味。

不时遇到迎面返回的贡多拉。人们尽管肤色不同，语言不通，交叉而过时却像老朋友似的相互"哈喽"、"哈喽"，有的挥舞着手中的折扇或相机致意，有的看到漂亮的女郎就频送飞吻，一路上笑声不断。

人们常把我国的苏州比作东方威尼斯，把荷兰的阿姆斯特丹比作北方威尼斯，不过都是借威尼斯的声誉来提高各自的声望。其实，作为水上城市，威尼斯是独一无二的。它的地理、它的构造、它的色彩、它的神韵、它的灵魂，甚至它独特的气味都是不可模仿和再造的。

贡多拉驶进宽阔的大运河，眼界豁然开朗。

亚德利亚的海水温和而妩媚，海面上闪动着明亮的波光。贡多拉在浪花上腾越，仿佛一匹匹从栅栏里冲出来的野马。两边鳞次栉比的宫殿式建筑，就像荡漾在万顷碧波之上。

我忽然才真正悟出这座漂浮在水上的城市，为什么被称为亚德里亚海上的明珠。诗曰：

水下森林水上城，
琼宫隐在碧波中。

■ 威尼斯水城

摇舟水巷游人醉，
海市蜃楼飞彩虹。

回望威尼斯小岛，碧水微澜，清波万顷，漂浮在水上的建筑恰如仙山琼阁，烟霞明灭，飘渺迷离，绰约多姿，风采迷人。

威尼斯以水出名，但同时也受到水的困扰。每逢秋冬季节，由于受亚得里亚海水涨潮的影响，威尼斯岛上经常受到大水的侵袭，岛上建筑物的一层常常被淹没在海水中，水位高时美丽的圣马可广场上一片汪洋，可以乘船而行。

据说，威尼斯每年都在下沉，在漫长的历史过程中，整座城市已下沉了30英寸，其中在上个世纪就下沉了5英寸。

但愿现代科技能挽救这颗海上明珠，这个人间仙境。

威尼斯玻璃

色彩斑斓

在威尼斯，我们还参观了工艺玻璃制作。

一栋很普通的小楼，一间20平米的车间，炉火燃得正旺。

一个60多岁、红光满面的师父手持一杆长长的火钳，将一块泥巴送进熊熊燃烧的火炉。隆隆的鼓风机声响起，炉火燃得更欢。稍顷，泥巴烧红，老师父迅速用长钳拖出，而后一手用长钳夹着泥巴，一手用小钳造型，他夹、拉、押、扭、转、挑……一团赤红的玻璃，像麦芽糖似的在他手中迅速变换着形状。不到两分钟，一匹精美的骏马就活脱脱地呈现在我们面前。

"哇，真神！"

"呀，真美！"

人们情不自禁，啧啧赞叹。诗曰：

烈焰炉中窜，
红光罩老翁。
泥巴三五转，
骏马已腾空。

从一块泥巴，魔术般出神入化地变成一个晶莹剔透的工艺品，一切都那么自然流畅。那火候的掌控，那心神的专注，那手法的灵巧，简直是在进行一场精湛的艺术展演。把普通劳动同高雅的艺术表演完美地结合起来，这本身就体现了劳动的本质和艺术的渊源，展示了人类创造文明、创造美的真谛。

"现在的温度仍高达 800 多度"，老师傅介绍说，"在骏马上镀一层金粉，再放进熔炉里去慢慢烘烤，金粉便与玻璃熔为一体，坚固结实，永不退色。"说完，老师父已将手中的骏马镀上金粉，放进另一只炉子里。托尼告诉我们，可以上二楼参观展室了，现在放进去的这匹马，要慢慢退火，半天后才能取出来。

每个民族都有各自独特的传统工艺，像中国的瓷器、瑞士的手表、荷兰的木屐、法国的香水等等，而威尼斯的玻璃工艺更堪称世界一绝。

玻璃的历史源远流长。公元前 16 世纪，古埃及人就发明了玻璃珠子和玻璃镶嵌片。公元前 15 世纪，古埃及和两河流域都出现了玻璃器皿。以后的叙利亚人、罗马人都发展了玻璃工艺。但罗马帝国灭亡之后，欧洲的玻璃工艺几乎灭绝。直到 12 世纪，威尼斯才展转成为世界玻璃制造业的中心。当时的政府为了垄断玻璃制造技术，把玻璃艺人集中在与威尼斯隔海相望的穆拉诺岛上。15 到 16 世纪，威尼斯玻璃产品几乎独占欧洲市场。16 世纪以后，开始有玻璃工匠逃离海岛，玻璃制造技术也逐渐传播开来并得到迅速发展。

不过直到现在，威尼斯作为世界玻璃工艺巨擘的地位却始终毫不动摇，有 700 多年玻璃生产历史的穆拉诺岛更是闻名遐迩。

威尼斯的玻璃，保持着吹制、吹模、切割、雕刻、镌刻、缠丝、镀金等独特的传统制作工艺，并融入钛、钒、锰、铁、钴、镍、铜等金属元素，使之产生色彩斑斓的效果，既饱含古典韵味，又不失现代时尚。

威尼斯的玻璃不仅远销世界各地，而且已成为许多艺术家、收藏家和达官贵人趋之若鹜的精神奢侈品，他们都以能拥有几件威尼斯的玻璃工艺品为荣。

的确，在这个繁杂的物质社会，玻璃工艺品像一泓清澈的湖水，在神秘变幻中保持着自己的纯净，它不仅以其纯粹的质感给人们以精神上的净化，更以其多变的色彩给人们以视觉上的享受。

美与丑：感悟欧洲

■ 威尼斯工艺玻璃

上到二楼的陈列室，给人的感觉就像突然闯进了龙王的水晶宫，让人眼花缭乱：货架、柜台上摆满了各种各样的穆拉诺玻璃制品，有镜子、吊灯、水杯、酒杯、水果盘、各类花瓶；有马、牛、羊、天鹅等动物鸟兽；有歌剧舞剧演员、历代帝王将相、宗教人物以及项链、耳环等装饰品，可谓应有尽有，琳琅满目，一件件金光闪烁，巧夺天工。

这里，我们还见识了威尼斯商人的精明。他们用中文解说，不但把产品"吹"得天花乱坠，而且还用锤子砸，往桌子上摔。当然，这都是为不菲的价格作广告。一旦发现有被说服的顾客，打9折还是8折就都有了商量的余地。在欧洲，除了地摊儿上的黑人小贩，这种可以讨价还价的场所是绝无仅有的。如果你要作为礼品送人，他们还现场提供雕刻时间、地址、姓名、祝福语等服务。最后用碎纸硬壳把工艺品精心打包起来，让你走遍五洲四海都无"破碎"之虞。

傍晚，当金色的夕阳将大半个天空染成了玫瑰红时，我们乘游船离

■ 在工艺玻璃展厅

开威尼斯。古海关巨大的穹顶倒映在亚得里亚海面，剪影被拉得老长老长。海风习习，海水粼粼，海鸥翩翩，海帆悠悠……

　　再见了，美丽的威尼斯。

比萨斜塔

倾斜的魅力

天,蓝得出奇,太阳也热得出奇。

埃威恩一早从威尼斯出发,急驰350公里,大约11点,驶入了著名的比萨古城。

比萨是意大利西部一个海滨城市,托斯卡纳省省会,建筑规模和人口却只相当于我国的一个县城。

但因为它悠久的历史,灿烂的文化,奇特的建筑,比萨城声名远播,世人皆知。

比萨城的名气,在很大程度上受惠于比萨斜塔。

公元前100多年,比萨作为古罗马帝国一个重要的港口城市,就曾拥有十分强大的舰队。

在第一次十字军东征后,比萨的军事力量已经远及地中海东部、北非海岸线一带。

1174年,比萨人在十字军东征中大发横财。为了炫耀战争功绩,他们决定修建一座大教堂。但由于没有夯实地基,教堂的钟塔建到三层时就发现向南倾斜,被迫停工。

比萨人建塔之心不死。94年后,经著名工程师皮萨诺反复测量,证实此塔虽斜,却无倒塌之虞,便又继续修建,并把南面每层的柱子略微加高一点以矫正倾斜。

工程于1350年竣工,前后经历了176年。

但由于地质松软，沉陷不均匀，沉重的塔身仍以每年 1.25 毫米的速度向南倾斜。

到 1990 年，塔顶已偏斜中轴线 4.8 米！

比萨塔愈来愈斜，名气却越来越大，最后竟成为世界建筑史上的绝笔！

失误有时也如此美丽！

现在，为斜而来的参观者络绎不绝，为比萨带来大把大把的钞票。而如果它是一座正塔，就绝不会有今天这样的风光。 诗曰：

　　　　土软石坚筹算差，
　　　　谁知失误化仙葩。
　　　　无奇不有此城有，
　　　　影正哪如身子斜！

意大利当局为了拯救斜塔，曾向全世界广泛征求保护方案。

而斜塔修复过程颇具戏剧性。

早在 20 世纪 30 年代，墨索里尼就曾下令矫正此塔。工程师们在地基上钻了好几百个洞，灌注了 80 多吨水泥浆，不但没有解决问题，反而使塔身进一步倾斜。

以后的几十年里，专家们讨论来研究去，注水、打钢筋、压铅块、上钢圈、拉钢绳……但最后奏效的却是最简单的纠偏办法：从斜塔北侧地基下抽出部分沙土，使向南倾斜的斜塔慢慢自然北移——最浅显的原理解决了最复杂的问题。

这就是科学。

有些所谓的书法家，把人们都认识的字，草成不认识的；所谓的教授，把人们都理解的浅显的道理，演绎成人们都不理解的深奥的玄学。其实，书法家的字不仅应该是人们都能认识的，而且应该使人感到舒适、熨帖，给人以美的享受；教授应该是能把最深奥的哲理，用最通俗的道理和最简单的语言阐述出来，使大家都理解明白。

我们的埃威恩刚刚在停车场停稳，车门口便拥来一些兜售小工艺品

的黑人。不太宽敞的街道两边密密匝匝地布满了各种各样的小货亭,古玩、服装、皮包、刀剑、项链、玉佛等小工艺品、纪念品林林总总,弄得人眼花缭乱。不同肤色的货主"hello"、"您好"地向我们打招呼,他们饱含笑意,满脸殷勤,那些黑的、黄的、蓝的、灰的眼珠热情地盯着每一个走过的游客,深情地好像能看到你的内心,让你觉得不买点什么就对不住他们似的。

■ 比萨斜塔

托尼告诉我们,这里的小商品也大多是从我国南方贩过来的冒牌货。

我们随着人流急匆匆向目的地走去。

拐了两个弯,视野一下子开阔起来,一大片绿油油的草地上,国际象棋一样摆放着一组近乎白色的建筑群。前面是洗礼堂,中间是主教堂,后面一座白色的明显倾斜的钟塔,犹如美人头上随意斜插的玉簪,那就是著名的比萨斜塔了。

聪明的商人抓住商机,在这里创造了一个斜的世界。

一进入教堂广场,几乎所有的小商品都中了"斜",不但那些用大理石、石膏、陶瓷和玻璃等不同质材制作的塔是斜的,和它们摆在一起的酒瓶子、玻璃杯、花瓶、笔筒等居然也都中了"斜",造型古怪无比。特别有意思的是,那些肤色各异的游人在观看和挑选这些纪念品时,有的竟故意歪着脖子看,甚至连身子也跟着歪斜起来。

靠近斜塔,以斜塔为背景摄影留念的游人,更想来点创意,来点与众不同,更是各有各的斜招。

他们各显身手。有的人歪着身子照,使身体与斜塔保持平行。有的人站在远处,做一个太极云手的姿势,似乎整个斜塔完全是靠他的两只手臂支撑着的。有的则站在与斜塔倾斜相反的方向,伸出一只脚向斜塔蹬去,好像那斜塔是他一脚踹歪的。

站在斜塔脚下仔细观赏,我们无不被艺术大师的灵感和巧夺天工的技艺所震撼。

这是一座典型的罗曼建筑。这座高54.5米的8层斜塔,全部以白色大理石砌成,远远看去就像一个硕大的鸟笼,精美绝伦。每层环绕着31根罗马柱,塔底层墙壁上刻有浮雕,顶层有钟亭,塔内有294级螺旋台阶,供游人登塔,远眺全城风光。

比萨斜塔的名气,除了它斜而不倒的特点,还与1590年那个愈传愈奇的实验有关。

当时的欧洲人虔诚地信奉古希腊的智者亚里斯多德。

亚里斯多德继承了苏格拉底和柏拉图的衣钵,曾充任亚历山大大帝的老师,他强调以数学体系和逻辑推理来证明科学原理。他的学问包括哲学、物理学、生物学、天文学、心理学、逻辑学、伦理学、政治学、美学等等,几乎涵盖了所有的领域。

其实，由于历史条件的限制，他的许多推论是错误的。

但由于他对整个人类的理性思维、科学发展做出了巨大贡献，以致人们连他的错误论断也毫不例外地当作了真理。

哥白尼最先否定亚里斯多德的地球中心说，提出了太阳中心说。然而他耗费36年写成的6卷巨著《天体运行论》，却被教会认为是一套闹着玩儿的幻想，受到攻击和迫害，在愤懑中与世长辞。

布鲁诺发展了哥白尼的宇宙理论，进一步指出了宇宙是无限的，太阳是太阳系的中心而非宇宙中心，地球只不过是宇宙中的一颗微小的星体。他的学说沉重地打击了宗教神学，被宗教法庭判处火刑烧死。

■ 比萨斜塔

年轻的伽利略是新的叛逆者，他指出亚里斯多德关于"不同重量的物体从高处下降的速度不同"的推论是错误的。

"这完全是胡说八道"，教授们把伽利略骂得狗血喷头，"除了傻瓜，没有人相信一滴水珠同一颗巨石以同样的速度通过空气下降"。

教授们要伽利略公开演示，想让他当场出丑。

伽利略选择比萨斜塔接受挑战。

这一天，教授、学生和许多市民都来观看热闹。

伽利略胸有成竹。他站在斜塔的顶层，一手拿一个10磅重的铅球，一手拿一块1磅重的石头，庄严地、充满自信地举起两只紧握的手并同时松开，只见一大一小两个物体挟带着呼呼的风声向下坠落，人们只听到"嘭"的一声，铅球和石头同时落到了地面！

人群震惊了，掌声响彻云霄，人们簇拥着伽利略，欢呼自由落体定律的诞生！诗曰：

意大利篇

茫茫宇宙绕迷离，
斜塔欢声已释疑。
问鼎先贤享美誉，
自由落体奠宏基。

伽利略开创了实验物理的新时代。他还发现了钟表原理、惯性原理，发明了水平仪、温度计、望远镜和显微镜等等。他为维护哥白尼、布鲁诺学说，晚年受到教会迫害，被判终身监禁。但他对科学的探索和研究始终不辍，至死不悔。他作为伟大的物理学家、天文学家、科学革命的先驱，被称为"近代科学之父"。

伽利略自由落体的实验，更增添了斜塔的神秘感和无穷魅力。虽然这次实验，演绎的成分居多，甚至很可能完全是有人为了制造轰动效应而编撰的故事，但人们宁肯信其有，而且把实验的时间、氛围、细节编造得越来越天衣无缝。

我们也在斜塔前各显神通，拍了许多斜影：扶的，推的，踹的，抱的……

佛罗伦萨

文艺复兴的摇篮

佛罗伦萨位于意大利中部阿尔诺河谷一片丘陵之中,人口约50万。

佛罗伦萨最早是由恺撒大帝建造的方形古堡式城市。这里不但是意大利南北交通的要塞,而且是中世纪欧洲众多国家通往基督教中心罗马的必经之路。因此,佛罗伦萨很早就成为欧洲重要的工商业和金融中心。

2000年过去了,整座城市仿佛被时光涂抹了一层厚厚的保护色,古铜色的建筑依然膂骨铮铮。

但古老并不是佛罗伦萨的最大特色,它耀眼的光环来自头上那顶文艺复兴摇篮的桂冠。

1348年,一场夺去无数人性命的鼠疫肆虐欧洲。教会借机要人们忏悔、祷告以收敛钱财,并用禁欲主义禁锢人们的思想行为。

恰在此时,卜伽丘的短篇小说集《十日谈》问世了。小说的背景就是欧洲大瘟疫时期,10个青年男女为避难躲到郊外一座别墅中,他们约定每人每天讲一个故事,用笑声驱散死神的阴影。他们一共讲了10天、100个故事,故取名《十日谈》。

《十日谈》仿佛就是一幅意大利市民生活的清明上河图,各行各业、各色各样的人物粉墨登场,上演了一幕幕妙趣横生的悲喜剧。

有一个印象很深的故事叫《绿鹅》。一位父亲将儿子从小带至深山中隐修,以杜绝尘世生活的诱惑。儿子到了18岁,随父亲下山,迎面碰上一群美丽的少女。头一次见到女性的小伙子问父亲这是什么,父亲要他赶快低下头去,说这是些名叫"绿鹅"的祸水,万万看不得。岂料儿子一路上最感兴趣的却偏偏是绿鹅，恳求父亲让他带一只回去喂养。老头儿这时才明白："自然的力量要比人们的教诫强得多了"。

这个故事与李娜唱的《女人是老虎》有异曲同工之妙。

《十日谈》的故事嘲讽教会的黑暗和罪恶，鞭挞封建贵族的堕落与腐败，赞美爱情和高尚的情操，谴责禁欲主义，体现了人文主义思想。

《十日谈》吹响了文艺复兴开始的号角，卜伽丘成为先驱者之一，被誉为欧洲短篇小说之父。

另一位先驱是诗人但丁。

恩格斯称他是"中世纪的最后一位诗人，同时又是新时代的最初一位诗人"。

但丁的代表作《神曲》，是他在因反对教皇，被判终生放逐的流亡生涯中写成的长诗，是世界文学史上重要的作品之一。

长诗用中古时期所特有的梦幻文学形式来影射现实。说的是但丁睡梦中在一片森林里迷了路，情势十分危急时，古罗马诗人维吉尔受但丁

■ 佛罗伦萨

青年时爱恋的美女阿特丽斯的嘱托前来搭救但丁，然后又作为但丁的向导游历了《地狱》、《炼狱》和《天堂》。

但丁笔下的地狱像个巨大的漏斗，共有九层，这里的鬼魂永世不得翻身。第一层聚集了柏拉图、亚里士多德、苏格拉底等一批古代哲学家，他们生活在耶稣诞生之前，没有接受宗教的洗礼，所以被称为异教徒，在那里等待审判。第二层到第八层都是生前犯有各种罪愆的鬼魂，越往下罪孽越重，贪色的、贪财的、杀人放火的、阿谀奉承的、卖官鬻爵的、贪官污吏、伪君子、盗贼、教唆犯、挑拨离间者、蒙骗造假者等等，他们分别接受不同刑法的惩处。譬如卖官鬻爵的，让他们倒栽在一个石洞里，两只脚都被点上了火。最下面的第九层，有3个罪大恶极的鬼魂在受刑，一个是出卖耶稣的犹大，另外两个是谋杀古罗马恺撒皇帝的叛徒卡西奥和布鲁托，他们被长着3个脑袋的撒旦咬在血盆大口里。

游历完《地狱》再游《炼狱》。炼狱里是生前犯有各种过错的鬼魂，这里的鬼魂经过炼狱之火的洗礼有望得到新生，类似可教育好的子女。

游完《炼狱》，天空中仙乐缭绕，祥云霭霭，阿特丽斯分花拂柳袅袅而来，她带领但丁遍历《天堂》，经过九重天，直达上帝陛前……

但丁的作品痛斥教皇买卖圣职、敲诈勒索、荒淫无度的无耻行径，对垄断中世纪全部文化的宗教神学给予严厉揭露和批判。表露了提倡文化复兴，尊重知识的新思路。

佛罗伦萨之所以成为欧洲文艺复兴的摇篮，有其历史的渊源。

14世纪末，信仰伊斯兰教的奥斯曼帝国军队进逼君士坦丁堡，东罗马帝国危在旦夕，一群群东罗马学者，带着古希腊的艺术珍品、文稿和拉丁文手抄本，纷纷逃向西欧避难。

当时，药商出身、欧洲最大的银行家梅迪奇在佛罗伦萨当政，他收留了这些学者，并开办了讲授古希腊哲学、历史和文学的希腊学院。

被中世纪宗教思想禁锢的欧洲人从来没有听到过古希腊还有这么优美的文学艺术和这么丰富的学术思想，不觉大开眼界，纷纷前来听讲，迅速掀起了一股希腊热。

梅迪奇还大力兴建教堂和宫殿，招募了许多著名画家、诗人、建筑师和雕刻家，这里一时间鸿儒云集，大师辈出，名作层叠，使佛罗伦萨出现了空前的艺术繁荣。

并称文艺复兴初期"三杰"的但丁、彼特拉克和卜伽丘就出生在这里;画家马萨奇奥、雕刻家多纳泰洛和建筑师布鲁内莱斯基等文艺复兴艺术的奠基人都是佛罗伦萨人;文艺复兴艺坛"三杰"——达·芬奇、米开朗琪罗和拉斐尔的盛名,更使佛罗伦萨名扬千古。著名科学家伽利略、政治理论家马基雅维利以及乔托、马萨丘、波提切利等艺术大师也都曾在这里一展风采。

文艺复兴,是新兴的资本主义文化思想的萌芽,他们呼唤古典文化的复兴,注重对人的关心和尊重,在意识形态领域里用"以人为本"的人文主义思想开展反对教会神学和封建主义的斗争。

这种涡漩在佛罗伦萨形成后,迅速涌到了罗马、米兰、威尼斯等城市,以后又激流般从意大利冲到了法国、西班牙、德国和英国,掀起了席卷整个欧洲的洪波巨浪——文艺复兴运动。

文艺复兴运动不仅敲响了中世纪的丧钟,而且在政治、经济、科技、教育、建筑、雕塑、文学、绘画、音乐等各个领域对欧洲甚至对整个世界都产生了巨大的影响。

佛罗伦萨也因此彪炳史册,流芳千古。

意大利篇

我们怀着崇敬的心情瞻仰这座历史文化名城。

埃威恩停在古城外边,我们和所有游人一样徒步入城。

这里没有现代化的建筑,整个城市都被联合国列入《世界文化遗产名录》,别说新建一栋楼房,就连一砖一石都不许撬动。

有趣的是,几乎所有的建筑物上都有千姿百态的雕塑,这些雕塑就是标志院墙主人的族徽。各个家族都拥有自己的族徽,是佛罗伦萨的世界级专利。

最多最耀眼的族徽当然是MEDICI。当年佛罗伦萨共和国的国政厅,就是梅迪奇家族的客厅。现在向游人开放的几座大教堂中,居然有4座是梅迪奇家族的礼拜堂。举世闻名的乌菲齐美术馆——据说,里面荟萃了一半西方美术史上最重要的油画,竟然是梅迪奇家族的事务所。梅迪奇家族在佛罗伦萨当政60年,不仅把佛罗伦萨带入最辉煌的黄金时代,也极大地推动了文艺复兴运动的发展。

踏着用长条石板铺出的狭窄街道,望着两边千年不变的建筑,耳边仿佛能听到古代"踢踏"的马蹄声,身边仿佛晃动着文化巨匠们的身影,而我们匆匆的脚步或许都叠印上了大师们留下的足迹。

我们首先来到米开朗琪罗广场。

这是佛罗伦萨艺术的精华所在，整个广场就仿佛一座露天博物馆。《科西摩一世》、《海神》、《萨宾的掠夺》、《珀尔修斯》等青铜或大理石雕像异彩缤纷，各具特色。而最吸引人的则是仿米开朗琪罗的石雕《大卫》，许多人排成长龙等待与他合影。

大卫是圣经《旧约》中的少年英雄，曾杀死侵略犹太人的巨人哥利亚，后来成为犹太国王。大卫面目英俊，肌肉发达，体格匀称，他充满自信地站在那里，左手拿石块，右手下垂，头微微转向左侧，炯炯有神

■ 大卫

的双眼凝视着远方,仿佛随时准备投入一场新的战斗。

　　这尊雕像体现了外表和内在全部理想化的男性美,被誉为是西方美术史上最值得夸耀的男性人体雕像。

　　文艺复兴给佛罗伦萨留下了丰富的文化遗产。全市有40多座博物馆和美术馆,60多座宫殿,还有许多大小教堂,收藏着大量优秀艺术品和精美文物。

　　阿尔诺河上的韦基奥廊桥,是欧洲最著名的老桥,那是梅迪奇家族遮风避雨和与市民保持距离的通道,也曾发生过但丁和阿特丽斯泪洒佛罗伦萨式的廊桥遗梦。

　　但丁的故居,坐落在一条幽暗而狭长的小巷里,石板铺就的小路,碎石砌成的墙壁,但丁的头像被镶嵌在三层楼房的老墙上。当我们抬头仰望时,仿佛听到老墙上的但丁还在重复着他那句名言:走自己的路,让别人去说吧。

■ 圣母百花大教堂

佛罗伦萨的另一个杰作是圣母百花大教堂。

右边高84米的乔托钟楼,把罗马古典风格与哥特式风格融合到一起,成为14世纪初一件巨型首饰般的建筑杰作。

钟楼左边是八角形洗礼堂,它比例完美协调,装饰豪华典雅,特别是雕刻有《圣经》故事的铜门极其精美,各种各样的人物浮雕形象逼真,姿态动人。昔日在此受洗的但丁称它为"美丽的圣约翰堂",米开朗琪罗则称其为"天堂之门"。

洗礼堂后面,便是耗时100年修建的圣母百花大教堂,它是排在梵蒂冈圣彼得教堂、伦敦圣保罗教堂之后世界上第三大圆顶教堂。

由于它外面没有开阔的广场,和旁边的小巷非常临近,因而无论从哪个角度和距离,照相机都不能把它整个摄入镜头,给人巨大而压抑的感觉。

教堂的外墙是用红、白、绿大理石拼贴的五彩图案,千百年来,依然艳丽无俦。

教堂的精华,是由布鲁内莱斯基建造的直径45米、赭红色的双层薄壳大圆拱顶,它在文艺复兴时期甚至到现在都是一个奇迹。

我们进入教堂内部,里面的陈设比较简陋,参观的人也很少,只是在空旷、庄严和肃穆的气氛中,有些人在那里默默地祈祷。

佛罗伦萨,古风飒飒,文气沛然,供人们重温历史,让人们评古论今。

佛罗伦萨,意大利的骄傲,欧洲的骄傲,世界的骄傲。

佛罗伦萨艺术大师

艺坛三杰

米开朗琪罗、达·芬奇、拉斐尔，被称为佛罗伦萨文艺复兴艺坛三杰。

米开朗琪罗是文艺复兴时期著名的雕塑家、画家、建筑师和诗人。

他最有名的设计是梵蒂冈圣彼得教堂那个巨大的圆型穹顶，而最负盛名的油画则是梵蒂冈西斯廷教堂的壁画：《创世纪》和《末日的审判》。

去过西斯廷教堂的人们，仰望穹顶壁画，无不惊叹那裹卷万方的气势和经天纬地的布局，无不为那旷古罕见的鸿篇巨制所震撼。而年老的米开朗琪罗，由于长年累月地仰面向上，使得"胡子向着天，头颅弯向肩……皮肉在前身拉长，在后背缩短，仿佛是一张叙利亚的弓"。

的确，米开朗琪罗是一个背负着沉重十字架的艺术殉道者。他终身未婚，一生奔波劳累，几乎从来没有享受过常人所应该享受到的乐趣，却创造出了超过常人想象的艺术杰作——无论数量之多、品种之全、质量之高，米开朗琪罗都堪称千古一人。他酿造出的艺术琼浆，让世人品味了五百年，陶醉了五百年。

米开朗琪罗23岁时独闯罗马。他在罗马的第一件雕塑作品是梵蒂冈圣彼得教堂里的《圣殇》，圣母玛丽亚右手搂着受难后遍体鳞伤的耶稣，左手微微摊开，垂首凝目，悲恸欲绝，在不可言喻的无奈和真挚的怜爱之间，把圣母对上帝旨意的顺从和丧子的哀痛刻画得淋漓尽致。

米开朗琪罗当时还是一个无名小辈，但作品却引起了轰动。人们纷纷议论这件令人耳目一新的雕塑：圣母怎么比基督还要年轻

呢？成年的儿子怎么可以躺在年轻母亲的膝盖上呢？这是谁雕塑的？人们在猜测中以讹传讹，竟把作品的作者说成是另外一个成名的雕塑家。

血气方刚的米开朗琪罗听说之后，当夜就来到圣彼得教堂，在搭过圣母肩头的衣带上郑重其事地刻上了自己的名字："佛罗伦萨人米开朗琪罗作。"

这是他第一次在自己的作品上署名，也是惟一的一次。这标志着他以一个艺术征服者的身份走上了艺术的圣坛。

有人曾攻击他：将圣母雕塑成年轻村姑的模样是别有居心。

而他的回答竟这样经典：既然圣母代表纯洁、崇高与神圣，那么她就一定可以免于岁月的蹉跎！

■ 米开朗琪罗的圣殇

■ 达·芬奇的抱貂女郎

意大利篇

在佛罗伦萨,广场上、博物馆、美术馆、大学校园……到处是米开朗琪罗的雕塑作品,他几乎成了这座城市的名片。

事实上,当米开朗琪罗声名鹊起之时,达·芬奇的声望早已如日中天。

达·芬奇画蛋的故事几乎妇孺皆晓。而许多人却不知,在此之前,他就有过"惊人"的杰作。

达·芬奇出生在芬奇镇,他的父亲是律师,希望他子承父业,而他却酷爱画画。

一天,有位农民托达·芬奇的父亲到城里请画家在一面盾牌上画一

145

幅画。达·芬奇的父亲却把盾牌交给了小达·芬奇，想试试他的画艺。

小达·芬奇凭借自己丰富的想象，画了一副骇人的魔鬼头像：毛发倒竖，两眼喷火，鼻孔生烟，口吐毒汁毒气。然后他把窗帘拉上，仅留一道缝隙，将画架竖在光线恰好落在妖怪身上的地方，请父亲来观看。

他父亲一看到这个面目狰狞的怪物，就吓得大叫起来。达·芬奇则笑着对父亲说："请您拿去吧，这就是盾牌应产生的效果。"

他父亲从此确信儿子有绘画天赋，才将他送往佛罗伦萨师从著名的艺术家维罗齐奥系统地学习绘画。而那面盾牌后来则以100金币的高价卖给了一位商人，米兰公爵得知后，又用300金币收归己有。

达·芬奇在历史上就被誉为西方第一油画大师，一部《达·芬奇密码》，更使他的作品充满了神秘莫测的色彩。

达·芬奇之所以在佛罗伦萨显得有些默默无闻，与他后来长期离开佛罗伦萨有关。

他最著名的作品《蒙娜丽莎》收藏在巴黎的卢浮宫，《最后的晚餐》则收藏在米兰圣玛利亚修道院。

米开朗琪罗和达·芬奇一个在米兰大显身手，一个在罗马牛刀小试。

后来，他们曾在佛罗伦萨狭路相逢。在市民一再呼吁下，达·芬奇准备画一幅《安加尔战役》的壁画，米开朗琪罗筹划作一幅《卡西纳之战》的壁画以较高低。

这本是人类艺术史上罕见的奇观。然而，这两位真正的对手在短时间的相持之后，却做出了相同的选择——他们最终都没有完成预期的作品。

这样的结局，与其说是一个历史的遗憾，倒不如说是上天的安排，这两位艺坛巨擘的比赛，没有结果，恰恰就是最好的结果。

不过，近来有关报道说，人们发现在佛罗伦萨一堵墙壁里面有隐藏的壁画，有人猜测很可能是米开朗琪罗或达·芬奇那次较量留下的手笔。但愿随着技术的进步，那幅作品有朝一日能破壁而现，再惊艺坛。

米开朗琪罗与拉斐尔的比赛却分出了高低。

一次，年轻气盛的拉斐尔提出与米开朗琪罗各作一幅画公开展览，让佛罗伦萨人来评品优劣。

约定的时间到了。

那一天广场上挤满了围观的人。

拉斐尔首先露面。

他把挡布揭开，人们不约而同发出阵阵惊叹声。只见画面上的葡萄鲜活水灵，竟引来几只叽叽喳喳的小麻雀去啄。

拉斐尔不免得意起来。

米开朗琪罗被观众冷落在一旁。

这时观众向他大声喊叫："请把你的挡布取下来，让我们瞧瞧你的画"。

可是米开朗琪罗仍呆呆的站在那儿。

拉斐尔见状也不免为他着急，走过去说："您磨蹭什么呀？赶快把挡布取下来，让我们看看。"说完他就去扯那块挡布。

突然，他如电击一般震呆了！

拉斐尔随即收起得意之状，转向观众宣布："我输了"。

原来那块挡布就是米开朗琪罗的杰作！

拉斐尔的画只骗了麻雀，而米开朗琪罗的画却让所有的人都看走了眼。

当然，被称为画圣的拉斐尔也决非泛泛之辈。

拉斐尔不但敢向艺术权威挑战，而且敢同神职人员较量。

拉斐尔曾在梵蒂冈皇宫里绘制壁画。他创作的宗教人物一个个特征鲜明，精细逼真。

一天，两个红衣主教来看拉斐尔作画，半开玩笑地说："你把耶稣和圣保罗的脸画得太红了。"

拉斐尔立刻反唇相讥："阁下，我是故意这么画的，因为他们在天堂里看到教堂被你们这些人管辖而有些羞惭。"

拉斐尔从前代艺术大师们的画风和技法中汲取养分，幻化出柔和、圆润、饱满的调和之美，以其洗练的画技，将文艺复兴的人文主义发挥到了极致。

拉斐尔的圣母系列作品，更是美术史上不可多得的杰作。他以世俗化的手法，将神秘的宗教题材诠释为普通现实，颂扬一般人类母性的光辉，洋溢着幸福与欢愉。

美与丑：感悟欧洲

■ 拉斐尔的西斯廷圣母

  拉斐尔的画或许缺少了达·芬奇微妙而敏锐的感受力，甚至在表现力量上也不能与米开朗基罗相匹敌，但他作品中那种幸运的适度感与和蔼可亲，至今仍使他的作品熠熠生辉，以至日益珍贵。

  拉斐尔的画被后世称为古典主义，不仅启发了巴洛克风格，也对17世纪法国的古典学派产生了深远的影响。

  就美术史的角度而言，拉斐尔不仅是文艺复兴时期的杰出画家，更为后世开启了一扇创作的新窗。

意大利首都罗马

露天博物馆

意大利篇

罗马的城徽是一座奇特的青铜雕塑。

一只母狼龇牙咧嘴,警惕的眼睛注视着前方,腹下有两个男婴,正含着母狼的乳头吃奶。

这个城徽有一段传奇故事。

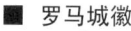 罗马城徽

　　古时候，特洛伊城被希腊人用木马计攻克，特洛伊王子埃纳亚逃到台伯河入海口。这里森林茂密，阳光灿烂，土地肥沃。埃纳亚在河岸边创建了阿尔巴城国，并自立为王。

　　王位代代相传。传到努米托雷时，他弟弟阿穆利奥篡位夺权，并流放努米托雷，处死他的儿子，逼他的女儿西尔维亚充任女祭司。

　　女祭司是终身不许结婚的。但西尔维亚却偷偷爱上了战神马尔斯，并与他私通生下孪生子罗慕洛和瑞穆斯。

　　阿穆利奥得知后，处死了西尔维亚，将她的一对孪生子装进竹篮，抛入台伯河中。

　　竹篮随波逐流，在一个拐弯处被浪花冲到岸上。

　　婴儿的哭声引来了一只母狼。

　　但母狼并没有伤害婴儿，而是慈母般地给他们喂奶。

　　后来，两个男婴被牧羊人带回家抚养长大。

　　兄弟俩和他们的父亲马尔斯一样，臂力过人，英勇善战。他们杀死阿穆利奥，迎回了外祖父努米托雷。

　　努米托雷把台伯河畔帕拉蒂诺7座山丘赐给外孙，让他们在这里共建新城。

　　城堡建成之后，兄弟二人争夺新城主宰。哥哥杀死弟弟，成为新的国王，并以自己的名字命名新城，"罗马"就是由"罗慕洛"的名字演化而来的。

　　由于罗马建在帕拉蒂诺7座山丘之上，因此罗马又被称为七丘城。

　　罗马城是公元前753年4月21日建成的，因此，每年4月21日建城节之际，罗马市民都要举行盛大的集会庆贺，人们手里高擎的标志，就是母狼哺乳两个男婴的罗马城徽。

　　罗马位于亚平宁半岛中部台伯河入海口畔，人口约300万。"条条大道通罗马"，既是中世纪罗马作为基督教中心的真实写照，也形象地表明了罗马是现在意大利政治、经济、文化和交通中心。

　　罗马作为意大利的首都，世界基督教廷所在地，其历史要比意大利悠久得多，辉煌得多。

　　罗马是世界上最著名的历史文化名城。吃狼奶长大的人们，造就了最早的元老院和人民大会组成的共和国，也造就了恺撒、奥古斯都等帝

■ 罗马废墟

国独裁者，帝国的铁蹄曾旋风般踏遍了欧洲、西亚和北非，诺大的地中海成为帝国的内海。强盛的罗马帝国既留下血淋淋的斗兽场，又留下灿烂的早期文明。

在动荡不定的中世纪，十字军一批批去远征，带来巨额财富的同时也带来死亡的噩耗；罗马教宗统领着的基督教的森严，把欧洲引入了黑暗的深渊，也埋下了艺术繁荣的伏笔。

1870年罗马成为意大利首都后，又经历了两次世界大战的风浪和战后共和国的建立……

罗马既是古罗马帝国的发祥地，又是文艺复兴时期的艺术宝库，因而被称为世界上最大的露天博物馆。

在近2800年的风雨中，罗马曾经历了无数次的时代更替和荣辱兴衰。新上台的统治者，大都残酷地毁弃掉先前的文明，再在废墟上重新构建自己的辉煌。罗马就这样重复着毁坏、重建、再毁坏、再重建的历史，却一直顽强地屹立着。

　　站在罗马街头，不论你朝哪个方向看，那数不胜数的古迹都会让你眼花缭乱，让你情醉神驰。哪怕是一根孤零零的罗马柱，一尊蚀光了的雕塑，都可能与恺撒、奥古斯都、图拉真、尼禄……这些在罗马曾权重一时的统治者有关，或者与勃拉芒特、贝尔尼尼、米开朗琪罗、拉斐尔……这些文艺复兴时期的艺术大师们有缘。

　　帝国时期，罗马的人口就达到了100万，这里殿堂高耸，神庙林立，人群麇集，市场繁华。

　　而如今，雄伟的艾米利亚大会堂、高耸的维纳斯神庙、宽阔的恺撒广场和奥古斯都广场以及元老宫、农神庙、贞女院……都已化作一堆堆斑驳脱榫的石梁、一根根断头缺尾的石柱，一片片高低不平的土坑，蛛网苔藓，莺飞草长，丝毫找不出一点当时的繁华景象。

　　只是透过废墟，依稀可以揣度当时宏大的规模。

　　还没有完全坍弛为废墟的大型建筑，大多是教堂。罗马过去最多时有2000多座教堂，现存300多处。那些较大的教堂，多是文艺复兴时期的建筑物，本身就是珍贵的艺术品。

　　教堂和许多大型建筑物表面甚至居民住宅的楼顶，最显眼的就是雕塑。罗马过去有雕像比居民多一说。广场、公园、街头、巷尾、庭院，甚至一根石柱、一方窗棂、一扇门楣都刻有各种各样的雕像，而且一个个精雕细刻，精妙异常。

　　在废墟的间隙，还散落着3000多处喷泉。罗马素有喷泉之都的美称，那些喷泉大大小小，形态各异，建造时代不同，建筑风格各异，给这座历史悠久的古城又添上一层迷人的色彩。

　　罗马的街道较为完好地保留了古代原始风貌，窄窄的，弯弯的，高高低低，坡路很多，而且很少有较大的停车场。因而这里的汽车车型很小，密密麻麻停在街道两边。

　　罗马人同欧洲多数国家一样，几乎人人有辆小汽车。而且，罗马的小汽车是欧洲最小的，譬如Mark汽车，只有2米长，只能坐两个人，欧洲人叫它"聪明车"或称"抛弃老妈车"。

停在路边的汽车许多是"撞"进去的，停车后一般不挂倒挡，以便随时"撞"出来或让别人"撞"进去，因而许多车的车身都是坑坑洼洼的。

罗马作为世界上最著名的旅游城市，每天来自世界各大洲的游人有5万之多。因此，在罗马，哪个国家的人都可能见到，什么语言都可能听到，特别是在旅游景区，几乎是外国人的世界，而真正的意大利人却很少。

当然，印象最深的还是罗马的古老。

在罗马古城，极少有崭新的建筑，更没有摩天大厦。

位于市中心卡皮托利诺山上的祖国祭坛，是我在罗马见到的最完整、最漂亮的宏大建筑，但至今也有100年的历史了。

我们不能不佩服罗马人强烈的文物保护意识。

保护而不翻新，是罗马人保护古建筑的一项基本原则。

对文物古迹，他们不翻建，不整修，不栽花，不种草，那些废墟和遗迹，或掩映在绿树丛中，或兀立在草坪之上，或横亘在街边路旁，遍布罗马大街小巷，甚至连残垣断壁上的苔藓他们都不准清除掉，而是煞费苦心地让历史的沧桑感通过这些苔藓斑斑驳驳地显现出来，尽量保持历史原貌，让历史在那里定格。

这就是罗马人创造的废墟文化，是对人类文明的一大贡献。诗曰：

　　　　煌煌罗马憧憧影，
　　　　殿宇坍驰大厦倾。
　　　　残柱垣中读强盛，
　　　　废墟堆里探文明。

罗马斗兽场

血淋淋的建筑

通往斗兽场的罗马大道中央，矗立着罗马最高大的凯旋门——君士坦丁凯旋门。

当年，胜利凯旋的罗马军团，曾在鲜花、掌声、鼓乐和女人的飞吻里无数次通过它。

他们或许就是到附近的斗兽场寻求刺激的。

远远看去，斗兽场很像一座现代椭圆形体育场。这座举世闻名的建筑实际上已是一片断垣残壁。它像一位满面皱纹的老人，诉说着过去的沧桑。它那斑驳破旧的墙头有17层楼高，在强烈的阳光下摇摇晃晃，好像随时都可能轰然坍塌。

斗兽场外面的广场乱糟糟的，地上到处是烟头、纸屑，许多黑人、白人在这里兜售小商品。同行的人，有的在买纪念品，有的嬉笑着相互摄影留念。

我却望着这堆废墟沉思。

残缺的建筑，把我的思绪引向了那段既创造了古罗马文明又十分野蛮残忍的岁月。我仿佛听到了猛兽的咆哮，角斗士的惨呼，贵族的狂欢，仕女的尖叫。又仿佛看到了刀光剑影，血肉横飞，尸痕遍地……就连夏日一丝微弱的风，从阴森森的门洞吹过来，都似乎有一股遥远的血腥气。

斗兽场这种建筑形态起源于古希腊时期的剧场，当时的剧场倚山而建，呈半圆形，观众席就势在山坡上层层叠起。

到了古罗马时期，人们开始利用拱券结构将观众席撑起，并将两个半圆形的剧场对接起来，因此形成了所谓的圆形剧场，并且不再需要靠山而建了。

罗马斗兽场原名就叫弗拉维奥圆形剧场，又叫罗马大竞技场。

斗兽场周长529米，高50米，外墙有三层大理石结构。层与层之间，有各种雕花石柱，底层是多立克柱式，第二层是爱奥尼亚柱式，第三层是科林斯柱式。但是，古希腊的这三种柱式，在罗马斗兽场中已蜕变为单纯的装饰，真正起结构作用的是隐藏于墙壁之中的结构体。罗马人将拱券与柱式结合起来使用，不仅在建筑物内部提供了可以产生复杂的跨度和宽阔高敞的空间，而且使建筑物外部更具神韵。

从门洞往里约50米，就是用于竞技的露天剧场，原先的地面用木头制成，上面铺满沙子，专门用来吸收和掩藏角斗士或猛兽的鲜血，因此亦称沙场。

■ 斗兽场外观

意大利篇

沙场四周是看台，按等级分为三个区，逐层增高并向后退缩，形成阶梯式台阶。最下面是供皇帝和元老使用的贵宾区，第二区供贵族和富人使用，第三区由普通公民和妇女使用。每层看台由80个拱券支撑起来，形成环形走廊，下层的每个拱券就是一个出入口。观众入场时可以按照

■ 斗兽场内观

自己的位置编号,首先找到应从哪个底层拱门入场,然后再沿着走廊找到所在的区域,最后找到自己的位子。整个斗兽场多可容纳5万人,据说只用10多分钟就可以进入或退出,这种出入场的设计即使是今天的大型体育场依然沿用。

沙场下面是地下室,那是竞技的后台,有武器库,有野兽的樊笼和陈尸的太平间。

四周还有30多个凹进墙中的壁槽,那是安装升降机将角斗士和野兽运上沙场的地方。

为了建造这一炫耀战绩的工程,处于罗马帝国全盛时期的弗拉维奥王朝的三个皇帝,先后役使10多万俘虏和奴隶,从公元72到82年,经过10个春秋才得以完工。

罗马人在建造斗兽场的过程中,发明并使用了水泥、黏土砖、起重机、升降机、拱券、多通道进出口等新技术。斗兽场的底部甚至可以通过暗水道注满水模拟海战。它整体设计科学合理,在建筑的功能、形式和结构上达到了高度的和谐,代表了古罗马建筑艺术的最高成就,被评为世界"新七大奇迹"之一。

然而罗马人在创造奇迹的同时,他们的野心、野蛮和残暴也膨胀到了极致。

这座巨大的剧场,一天也没有上演过人间喜剧,一次也没有散发过艺术的芬芳。

剧场是为了最野蛮的娱乐——角

斗而建造的，它目睹了奴隶制最黑暗、最血腥的一幕。

2000多年前，在场内表演的竞技，不是现代意义上的文明竞技，而是死亡竞技，是惨烈的杀戮现场，因此现在几乎没有人叫它剧场或竞技场，而叫它斗兽场，叫它血淋淋的建筑。

在斗兽场落成的时候，提图斯——这位新加冕的国王为了利用它制造轰动效应，提高自己的威望，竟宣布斗兽场开幕的那一天为全国的节假日，角斗比赛要连续举行100天。

于是，空前绝后的残杀开始了，前后有9000头猛兽和3000名角斗士惨死在角斗场上。

在斗兽场建成后的300年内，穷奢极欲的罗马贵族们在这里欣赏着兽与兽、人与兽、人与人之间的残酷搏杀。

在斗兽场参与决斗的人，大部分是被看作动物的奴隶和战俘，被称为角斗士，他们的生死完全由贵族们掌握。

一场惨烈的搏斗之后，往往全场吼声雷动，贵族们拇指朝下，大喊"杀死他！杀死他！"逼迫胜利者当众处死失败者。

然而，当胜利者刚刚庆幸侥幸不死时，升降机一阵隆隆声响，冲进沙场的或许是另一个养精蓄锐的角斗士，或许是两只饿疯了的狮子，张开血盆大口向沙场上的角斗士冲去。

于是吼声再起，震地惊天，沙场上兽追人，人斗兽，直到撕心裂胆的惨叫声和观众的喝彩、惊叫声再一次归于寂静……古罗马就以这样残忍的方式来满足贵族们嗜血的欲望。

多行不义必自毙。这种灭绝人性的游戏终于激起了奴隶们的反抗……震惊世界的斯巴达克起义，使辉煌一时的古罗马帝国迅速走向覆亡。

历史有时是如此惊人地相似。当这座斗兽场开工时，在东方，大秦阿房宫已被项羽那把大火焚毁了将近300年。据有关资料推算，当年阿房宫的面积是罗马斗兽场的2.7倍，而且宫阙、阁楼、栈道相连，覆压三百余里，隔离天日。阿房宫同样是秦始皇用奴隶的白骨和着鲜血堆起来的，项羽焚烧的同样也是民脂民膏。然而，"族秦者，秦也"，古罗马帝国和大秦帝国，都曾创造了灿烂的文明，同时也制造了血腥和罪恶，

美与丑：感悟欧洲

他们在推动社会进步的同时，他们愚昧、野蛮和残暴的统治又被进步了的社会无情地推翻，从而又创造了新的进步和文明，此所谓天道循环，沧海桑田是也。

值得深思和警惕的是，古代斗兽场的血雨腥风虽然远去了，可人类的野蛮和残杀似乎并没有停止。

16 到 19 世纪，喜欢用戈矛角斗的欧洲人，改用坚船利炮，纷纷到非洲、美洲，到南亚、中国，为了奇珍异宝，为了黄金白银，强盗般进行奴隶买卖、鸦片贸易、烧杀抢掠……

第一次、第二次世界大战死亡几千万人，近几十年来中东地区几乎每天都有无辜的人被杀，人类血腥的一面何时才能消亡？

今天的欧洲人更喜欢晒太阳，惬意地躺在草地上，喝咖啡吃巧克力谈情说爱。他们谈吐风趣，举止优雅，对人和蔼。他们在享受大自然赐给的优美环境的同时，也享受着充裕的物质财富。

但我们看欧洲，决不应停留在欧洲表面的繁华。就像眼前的斗兽场，不论它的外表如何宏伟壮观，它血腥的历史是永远也不会抹去的。诗曰：

>刀光剑影杀声远，
>血肉横飞晃眼前。
>奴隶惨呼贵妇笑，
>猛狮狂吼帝王癫。
>文明坠地欺良善，
>莽汉冲冠斩暴怨。
>断壁残垣昭后世，
>艳阳莫忘有阴天。

罗马真言之口

河马大嘴

某国公主安妮到古都罗马访问,她为繁文缛节所苦,晚上偷偷溜出宫殿到市区观赏夜色,巧遇美国记者乔·布莱德利,两人把臂同游,发生了一连串误会,引发了一连串笑话。

在临街一个走廊墙壁上的圆盘石雕面具前,乔告诉安妮,这是"真言之口",说谎的人把手伸进去就会被咬掉。说着煞有介事地把手伸进里面……突然,他痛苦地喊叫起来。安妮大惊失色,赶紧帮他使劲往外拔,好不容易拔了出来,可却不见了手。安妮捂住了嘴,险些昏厥。此时,乔笑着把藏在袖口中的手伸了出来,安妮这才从惶恐和惊诧中缓过神来,两人激动地拥抱在一起。

这是半个世纪前,曾轰动世界的美国喜剧电影《罗马假日》中的一个片段。

《罗马假日》情节简单,却凭藉男女主角精湛的演技和罗马的街头风景成为世纪经典,尤其是小巧玲珑而又典雅万方的奥黛利·赫本,其魅力倾倒了无数影迷,可爱的赫本发型也随之流芳百世。

爱屋及乌,"真言之口"很快被哄炒为罗马的经典名胜,特别被演绎成情侣们相互表达忠贞爱情的绝佳道具。当一方把手伸进"真言之口",向恋人说出"我永远爱你"时,那种柔情蜜意和罗曼蒂克会使人终身难忘。

其实,这个"真言之口"只是古代一个河神的大理石圆形面具,河马似的张着一张大嘴,是用来装饰某个水道的。水道里的水,就从河神面具的那张大嘴里流出来。

后来，人们为了遮盖科斯梅迪圣母教堂墙壁的水管，不知在什么地方发现了它，就把它镶在了墙上。

现在，游客到此都争相排队把手伸进去留影纪念。

可惜由于人太拥挤和时间关系，我们只是匆匆而过，匆匆拍了一张"大嘴"留念。

罗马帝国时代，有些将士远征返回罗马之后，怀疑妻子对自己不忠，于是将妻子拉到河神面具前，让妻子当着河神的面，回答有无对自己不忠的秽行。并让她把手伸进河神的大嘴，验证她有没有说谎。在巨大的精神压力下，有的妇女苦苦哀求，说什么也不肯把手伸进那大嘴……

在意大利国家博物馆，有一件可以说浓缩了古代全部残暴、野蛮与黑暗的展品——贞节带。那正是罗马军团的将士们出征前夜，在他们妻女的下体，套上的一种带蒺藜的铁箍。很难说得清，他们为什么先要强令自己的妻女像囚犯和奴隶一样，接受这令她们灵与肉都蒙受巨大侮辱与痛苦的铁箍，而后才能放心地跨上战马，挥舞起利矛坚盾去践踏与征服其他的民族和女人！

或许，愚昧和野蛮本身就是一对孪生兄弟。

托尼告诉我们，前几年

■ 真言之口

意大利篇

他带团时，遇到一对意大利母女，那个五六岁的女孩说什么也不肯把手伸进河神的大嘴。她扭过脸含着眼泪告诉母亲："妈妈，我昨天说过谎……"

孩子的母亲亲亲孩子的脸，对她说："乖孩子，说过谎话改了就好，河神和妈妈都喜欢知错就改的孩子，勇敢些，河神不会咬你的。"在母亲鼓励下，女孩把手大胆地伸进了河神的大嘴……她终于破涕为笑了。

多么发人深思的一幕！或许，那个稚嫩的女孩，才是最诚实的……

说真话和说假话，本是判断一个人诚实与虚伪的界尺，智者曾编撰了许多故事劝导世人诚实是宝，说谎骗人和虚伪狡诈是没有好下场的。

不过，多彩的世界是迷离复杂的，多棱镜折射出的七彩光束，从不同的侧面观察，总有不同的变化。善意的谎言和欺骗，往往能织就美丽的花环。

花木兰女扮男妆，代父从军，这是以"孝"为本，保家卫国的千古佳话；韩信"明修栈道，暗渡陈仓"，这是以"智"为本，骗敌误断的著名战例。而有些所谓的"真话"和诚实，却并不能为当事者带来福祉。在佛罗伦萨圣母百花大教堂、在梵蒂冈圣彼得教堂，我们见过不少信徒双手合十，在那里祈祷。他们不过是忏悔以往的过错，祈求上帝的宽宥，并请求上帝在他们百年之后打开天堂的大门。那份虔诚也许只能让他们自己感动得热泪盈眶，但谁真正见过哪个圣徒的灵魂升入了天堂？

国内许多寺庙与欧洲的教堂一样风光，所不同的是，在香火缭绕中，那些肯大把捐善款的善男信女们顶礼膜拜，心里默念的却是升官、发财、求子、祛病。他们诚则诚矣，却怎见得求官升官，求财发财？更有甚者，那些大腹便便的拜佛者，他们祈求的是包养的二奶不要闹事，收受的贿赂不要暴露，贪污的公款不要被查。

而那些长伴钟鼓磬钹的和尚道士，有的已不甘青灯淡蔬的寂寞，悠扬的梵音难掩躁动的凡心，手中的经卷常常变成测字化缘的卦签。他们与那些非僧非道的掮客们相互稽首，千方百计怂恿人们烧高香，数百元上千元，多多益善。钱越多当然香就越高，而香越高得到的庇护也就越多。于是，烧香者烧得心安神慰，轻松而去；卖高香者卖得心满意足，腰包鼓沉。

近年来由于高香成为一根根烟筒而被指责污染环境，敛财者便另辟蹊径，要人们改请据说有环保功用的檀香。一炷香三元确实不多，但最少也得六六三十六炷小顺吧？六十六炷大顺你不想吗？九十九炷全家福不正是你梦寐以求的吗？让多数游人哭笑不得，不仅游兴索然，还憋了一肚子被愚弄的愤懑。

难怪国内许多佛殿的门口常有这样的对联：大肚能容容世上难容之事，笑口常开笑天下可笑之人。

可笑？可悲？可憎？可恶？恐怕很难下一个准确的断语。诗曰：

> 河马焉知假与真，
> 张开大嘴唬行人。
> 心中自有乾坤秤，
> 善恶何需问鬼神？

不过东西方信徒的差异，作者还是悟出一些道道来。

如果说西方的信徒多数是通过教堂的礼拜、以赎罪的方式求得心灵的净化，而国内多数求神拜佛者，则带有明显的功利色彩，他们不求忏悔自己的以往，只求保佑以后的荣光，不求来世升天，只求一生富贵。西方人喜欢幻想和浪漫，中国人注重现实和实惠——这恐怕也是东西方伦理观念和思维方式的不同之处。

话说回来，真言之口，只是一个传说。河马大嘴里既有悲壮甚至血腥的历史，也有美丽的幻想和良好的祝愿。

罗马特莱维喷泉

许愿喷泉

　　临近午时,气温已上升到摄氏39度。我们顶着火辣辣的太阳,参观特莱维喷泉。

　　罗马的特莱维喷泉组雕十分壮观,它以波里侯爵府的一面后墙作雕背,重现了海神得胜的情景。

　　海神尼普顿驾驭两匹骏马,挟雷霆之威,裹狂风之猛,气势磅礴向游人逼近。

　　在海神左右两边各有一尊女神雕像,一尊是富饶女神,一尊是康乐女神,上面的四位少女雕像代表着一年中的春夏秋冬。

　　群雕的基座是一片看似零乱的海礁,使得雕塑形象更为逼真,人们仿佛听到了海啸马嘶之声。

　　海神的前面是清水喷泉。泉水从群雕、礁石之间喷涌而出,漫过层层岩石,流向四面八方,最终又汇于一池。

　　此时,喷泉五六米高的水柱凌空划出一道道美丽的弧线,散落的小水珠则把阳光折射成一弯五光十色的彩虹。

　　"哇,真美!"许多人赞叹不已。

　　喷泉处在三条街相交的三岔路口,意大利文称之为"Trevi",特莱维喷泉由此得名。

　　喷泉的水被称为童贞之水。传说,古罗马时期,一群从战场归来的士兵又饥又渴,是一位罗马少女将此处水源告诉了他们,因此该泉后来

■ 许愿喷泉

也被称为少女喷泉。

特莱维喷泉更有名的别称叫许愿喷泉。

在人潮涌动的喷泉旁,许多游人特别是一对对恋人,背向池水,将一枚硬币从左心房丢过右肩,一道美丽银亮的抛物线滑过池水上空,慢慢飘落于水底。接着,把第二枚硬币以同样的方式抛落于水池。之后,双手合十,停靠于胸前,嘴里默念着什么。

早些时候,游人们为了寄托对罗马的喜爱和留恋,在这里抛下一枚

■ 特莱维喷泉顶部细节

硬币，期望能够重返罗马，有些人还真的实现了这一愿望。

自从《罗马假日》中安妮公主和乔·布莱德利在这里游玩之后，特莱维喷泉又承担起人们对爱情的许诺。

于是，这个不大的喷泉就得承载每位游客的两个心愿、两枚硬币。

所以，到这里的人，总会见池底堆积着一层白花花的硬币。而池中堆积的硬币，每周会定期打捞出来作为孤儿院的救助金。

在这里抛币许愿的意大利人，据说有两种，一种是热恋中的未婚情侣，希望共结连理，白头偕老；另一种是别有所爱的已婚男女，希望离婚成功，与有情人终成眷属，因为在意大利离婚是欧洲国家中最不容易的事情。

但不论是哪种人，当一枚硬币缓缓沉落，随着硬币落水的声响，抛币人的心情一下子就会舒畅起来，对生活对爱情更加充满憧憬。仿佛那硬币清脆的落水声，就是许愿喷泉对他们美好愿望的回应。

虽然，这只是一种没有依据的传说，但传说大多是美好的，美好的传说随着时间的积累，便逐渐沉着为人们心中的夙愿。期盼殷殷，这里更成为情侣们最向往最青睐的游览胜地。诗曰：

一伙一群又一团，
一分一角又一圆。
团团伙伙求缘分，
往往来来皆有缘。

　　罗马的喷泉，始建于罗马帝国时代。古罗马的供水系统，被人们称为"供水皇后"，是古代世界的奇迹之一。为了解决 100 万居民的饮水问题，古罗马共修筑了 14 条大型水道，将周边的水引入城内。

　　帝国衰亡时，为使被围困的罗马早日投降，日耳曼人将水道几乎全部摧毁。在整个中世纪，罗马人深受用水匮乏之苦。到了文艺复兴时期，人们才将废弃的水道修复。贝尔尼尼、米开朗琪罗等艺术大师们，还在水道经过的地方，精心设计、修建了大大小小各式各样的喷泉，使罗马成为令世人艳羡不已的拥有无数艺术珍宝的喷泉之都。其中最著名的就是特莱维喷泉。

　　喷泉的位置曾是公元前 19 年修建的阿格利帕水道的水源所在地，

■ 特莱维喷泉

喷泉由尼科拉·萨尔维设计，耗时 30 年，于 1762 年建成，是罗马现存的一件巴洛克风格的晚期作品。

　　特莱维喷泉原本只是向人们叙说一个神话片断，后来人们却不断赋予它新的含义，寄予更多的期望。在罗马城 3000 余座喷泉中，也只有这座喷泉负载着芸芸众生对生活的种种企盼，以至使它的本名特莱维渐渐在人们心中淡去，取而代之的则是许多游人都不会忘记的许愿喷泉。

　　当然，我们在忙着拍照之后，也大都抛了两枚硬币在许愿喷泉。不知同胞们是否许愿，我只是为了凑趣，为了留个纪念。

梵蒂冈篇

梵蒂冈城国 | 国中之国

梵蒂冈城国

国中之国

　　城墙，是古代城郭四周筑起的高高厚厚的围墙，是抵御外敌入侵的盾牌。而把整个国家用盾牌围起来的，只有世界上最小的袖珍国——梵蒂冈。

梵蒂冈被围在斑驳而苍老的莱奥内围墙中。沿着围墙走过去，远远便能看见一组气势恢弘的半圆形大理石柱廊。穿过左侧柱廊，便由意大利首都罗马进入了梵蒂冈。

梵蒂冈位于罗马城西北角的高丘上，因而被称为国中之国。

梵蒂冈与罗马以城墙为界，城即国家，亦即首都，所以梵蒂冈又被称为城国。

梵蒂冈国土面积0.44平方公里，仅相当于北京故宫的五分之三，幅员包括圣彼得广场、圣彼得教堂、梵蒂冈宫、西斯廷教堂、博物馆、公园、街道和大约1000口人，是欧洲唯一讲拉丁语的国家。

梵蒂冈在拉丁语中意为先知之地。早在公元4世纪，教皇君士坦丁就在耶稣门徒圣彼得殉难处修建了君士坦丁大教堂。公元756年，法兰克国王丕平把罗马城及其周围区域送给了教皇。在中世纪，教皇权势日益扩张，气焰熏天，罗马成为以教皇为君主、政教合一的教皇国，成为

■ 圣彼得广场右侧柱廊

欧洲乃至世界基督教的中心。1870年意大利统一后,教皇被迫退居梵蒂冈宫中。1929年,意大利政府同教皇庇护十一世签订了拉特兰条约,承认梵蒂冈为中立的主权国家。

梵蒂冈教皇即梵蒂冈国家元首,集行政、立法、司法三权于一身。教皇自称是基督在世的代表,是世界基督教徒的精神领袖,拥有至高无上的神权,任期终身。

梵蒂冈境内没有田野,没有工农业生产,国民的生活必需品,如自来水、电力、食品、燃料等都由意大利供给。

不过,梵蒂冈有自己的邮政、电讯、银行系统,设有国际信息通讯社和梵蒂冈广播电台,它的电台每天24小时以36种语言向全世界传播圣经。

梵蒂冈还有一支约100名瑞士人组成的教皇志愿禁卫队,他们身穿据说是由米开朗琪罗设计的500年来一直不变的制服,手执中世纪的长

■ 圣彼得教堂正面

戈，负责保卫教皇和国家的安全，并参加宗教仪式。

梵蒂冈虽小，却是一个巨型国际金融托拉斯。它在意大利和许多国家都有巨额的投资和大量的房地产，有国际金融帝国之称。

据西方报刊估计，梵蒂冈在北美和西欧国家的投资高达数百亿美元，它的黄金和外汇储备超过 100 亿美元。美国的摩根财团就是梵蒂冈资产的最大代理人。

当然，梵蒂冈的特色远不止这些，它的魅力主要在于它集中了意大利文艺复兴时期许多建筑家与艺术家的惊世杰作。

踏进梵蒂冈就踏上了椭圆形的圣彼得广场。这是罗马教廷举行大型宗教活动的场所。每逢元旦、圣诞节、复活节，广场上都会聚集数十万教众。

这座由世界著名建筑大师贝尔尼尼亲自设计和监工的广场用黑色小方石铺砌而成。两侧由半圆形的大理石柱廊环抱，造型优美，气势恢弘。柱廊共有 284 根圆柱和 88 根方柱组成，分排四列，形成三条走廊。朝向广场的柱廊顶端有 142 尊 3.2 米高的大理石雕像，他们是罗马基督教历史上的殉道者。广场中央矗立着一座公元 40 年从埃及运来的巨大的方尖石碑，碑尖上是钉死圣彼得的黑色十字架造型。

方尖石碑两侧，各有一个银花飞溅的美丽喷泉，地面各有一个圆形白色大理石标志，它们是两个椭圆型廊柱的焦点。站在焦点上面观望，四行交错排列的柱廊就会魔术似的变成一条直线，仿佛只有一排，这正是贝尔尼尼精巧设计的透视效果，可谓匠心独具，巧夺天工。

位于广场正西面的圣彼得教堂是梵蒂冈的精华。这是世界上最大的教堂，可容纳 5 万余人。

圣彼得是耶稣 12 门徒中的大弟子，是个贫苦的犹太渔民，曾被权贵害得家破人亡。他在手刃仇人后，皈依耶稣门下，曾两度到罗马传教。公元 64 年，他被暴君尼禄头朝下钉死在十字架上。

圣彼得教堂是 1506 年在君士坦丁大教堂基础上重建的，历时 120 年，到 1626 年才正式宣告落成。

圣彼得教堂的重建，凝聚了意大利最优秀的建筑大师们的心血。

勃拉芒特第一个踏上这块神奇的土地。他拆卸了整个旧的教堂。然

而新教堂还没见踪影,他就随圣彼得去了。

于是拉斐尔开始了新的探索,可是6年之后,他也撒手人寰。

直到1546年,教皇保罗三世请出年轻时就曾在罗马牛刀小试、当时已72岁的艺术大师——米开朗琪罗,这片土地才出现了新的奇迹。

米开朗琪罗亲手设计的巨大圆顶标志着圣彼得教堂的最高成就。

此后经过小莎迦洛等大师的努力,终于成就了今日的辉煌。

正是由于圣彼得教堂这段独特的身世,使得建筑本身就有许多可圈可点之处。它把富丽堂皇的高贵气质与宗教庄严神秘的气氛巧妙地融合在一起,体现了巴洛克式的建筑和装饰风格。

同时,其内部也荟萃了雕塑、绘画等各类世界艺术瑰宝,美得让人惊诧不已,美得让人肃然起敬。

教堂廊檐上方有13尊雕像,中间是耶稣基督,两边是他的12位弟

■ 穹隆与华盖

子。廊檐两侧各有一座大钟，右边是格林威治时间，左边是罗马时间。

大殿有5扇门，分别是圣门、中门、圣事门、善恶门、死门。圣门每隔25年的圣诞夜才开启一次。每个星期天的正午，教皇都会出现在教堂最顶层右边第二个窗口，接受广场上教徒的朝觐，向他们祝福。

我们排队从中门进入。

刚进入这个艺术宝库，穹顶和四壁以《圣经》为题材的绘画就铺天盖地压来，拉斐尔、米开朗琪罗、小莎迦洛、贝尔尼尼等平时只能景仰的名字忽然变成了惟妙惟肖的艺术，在周围演绎出一幅幅扣人心弦的作品，令人眼花缭乱，心旌摇曳。

定定心神，首先看清晰的是前厅长廊廊檐下的镶嵌画《小帆》。它是文艺复兴初期著名画家乔托花数十年时间，用几万颗烧制的彩绘马赛克镶嵌而成的。画面描绘的是耶稣的门徒在小船上破浪前行的情景。小船头顶狂风暴雨，漂泊在惊涛骇浪之上，船上的人有的恐惧地紧抓着船舷，有的镇静地紧握着船桨，有的双手合十祈求上帝保佑，他们神态各异，活灵活现。

正门右侧，是米开朗琪罗的雕塑《圣殇》；正门左侧，是贝尔尼尼的雕塑《圣小钵》。大厅中央右壁有一尊圣彼得青铜像，据说摸他的右脚可以得到赐福，等在这里摸脚的游人弯弯曲曲排了几百人的长队。有人介绍说，现在这是一只新换的右脚，因每一位游客到这里都要摸一摸，年深月久，原来那只已经磨损坏了。

再往后的大堂中央是一座青铜华盖，这是贝尔尼尼用了9年时间建造的杰作。华盖高29米，由四角的四根螺旋形的鎏金铜柱支撑，柱上饰以金色的葡萄枝和桂枝，枝叶间攀援着许多小天使。华盖四周垂吊着金色的璎珞，闪闪烁烁，似在迎风飘舞。下面是圣彼得的陵墓以及设在陵墓之上的一个祭坛。在陵墓前的半圆形栏杆上点着99盏长明灯，象征基督教的光辉永不泯灭，同时也表示对圣彼得深深的敬意。

教堂的尽头是圣彼得宝座，上方是光芒四射的神龛，宝座装饰着象牙，飞翔着两个小天使，手持开启天国的钥匙和教皇三重冠。

教堂大厅顶部就是米开朗琪罗设计的穹隆大圆顶。遗憾的是他本人并未能欣赏到这一杰作，因为大圆顶在他死后26年才由其他建筑师完成。大圆顶直径42米，高137米，它是梵蒂冈也是全罗马城的制高点。

圣诞之夜，当圣徒们站在大厅中仰头观望，就能透过穹顶的玻璃窗，看到夜空中的点点繁星，仿佛伫立于苍穹之下，心飞灵动，接近天国。

沉浸在艺术的殿堂不觉时间的飞逝。在托尼的一再催促下，我们才恋恋不舍地离开这里。

天空中没有一片云，没有一丝风，太阳就像一只倒扣的火盆，酷热难当。

同行的女士们撑起了阳伞，五颜六色，也算一景。

列支敦士登篇

列支敦士登公国 | 邮票王国

列支敦士登公国

邮票王国

欧洲有六个袖珍国:安道尔、梵蒂冈、圣马力诺、列支敦士登、摩纳哥、卢森堡。我们这次欧洲之行踏访了三个:梵蒂冈、列支敦士登和卢森堡,都是世界上最小也最富裕的国家。

我们从罗马出发,穿越意大利西北部,前往列支敦士登。

晚上憩宿于意大利西北部的摩德纳市。摩德纳虽小,却是法拉利跑车的总部,也是世界著名男高音歌唱家帕瓦罗蒂的故乡。第二天上午穿过米兰市区,略作停留。

米兰是意大利第二大城市,人口100多万,是世界著名的时装和艺术之都。它与都灵、热那亚被称为意大利的经济金三角,经济总量占全国一半以上。可我们进入市区的感觉却很一般,街道两侧的建筑以四五层的平板楼居多,许多建筑物外面是裸露的红砖,这在欧洲也是不多见的。市区车辆很多,街道又脏又乱。女人的穿着也没什么特色,以黑、灰色为主调。

我们还在斯福尔扎城堡转了一圈,这是我们欧洲之行见到的最大最坚实的城堡:高大厚重的红褐色的城墙、巨大的角楼与森严的垛口。这个城堡建成于1466年,斯福尔扎是米兰人请来抗击威尼斯的雇佣兵头子,与敌人媾和之后,却转身做了自己雇主的主人。墨索里尼在米兰起家,最后又被吊死在这里。或许我们在米兰的时间太短,加上斯福尔扎和墨索里尼的阴影,我对米兰的印象怎么也好不起来。

据说,米兰最有名的大教堂,仅屋脊上就有135座尖塔,雕像更有

2245尊之多,誉满全球。但由于时间关系,我们也只能与它失之交臂了。

中午在一个服务区用餐。这是我们到欧洲后第一次在高速路服务区吃饭,而且是西餐。几个不习惯吃西餐的团员,每人花2.8欧元买了一碗白开水,泡吃自带的方便面就榨菜。我是西餐中吃,8.3欧元买了一盘炒米充饥。

餐厅的前半部分是超市,别的还罢了,一排卖蔬菜的货架吸引了大部分人的目光。各色蔬菜琳琅满目,单是菜辣椒,就有红的、绿的、黄的、蓝的、紫的,又大又肥又嫩,水灵灵的青翠欲滴。有的人咋舌:咋比塑料做的还鲜艳?不过价格也让人咋舌:每公斤合人民币60多元。

从餐厅出来,外面下起了太阳雨。炽烈的阳光下,几片云朵带来了几分钟的小雨,稀稀拉拉,雨点倒挺大。

在欧洲,下雨不叫下雨,叫下水。因为那"水"很干净,下在人身上,会把汗渍洗干净;下在汽车上,会把汽车洗干净。因此,欧洲没有洗车业。

欧洲降雨量较多,可我们在欧洲的10天,却一直是晴空万里,艳阳高照。这惟一的一次下水,连地皮都没有淋透。

午餐后,埃威恩自南向北沿莱茵河西岸急驰。一小时后,埃威恩减速左拐,驶上一座古朴的小桥。

桥只有10米宽,50米长。桥的尽头,就是列支敦士登,就是列支敦士登的首都瓦杜兹。

18世纪时,列支敦士登与瑞士曾发生国界纠纷,两国国王协议,各挑选一名大力士,每人抱起179公斤的大圆石,从争议处往西走,走了2900米后,两个大力士都走不动了,放下石头的地方,就成为两国的分界线。德语中"列支敦士登"的意思就是"发亮的石头"。

瓦杜兹静静地躺卧在莱茵河东岸的蒂贡山下,它不像城市,却更像山村,到处流露着清新、整洁、恬静、幽雅,气候和环境都使人感到十分舒适。

瓦杜兹没有机场,没有火车站,只有南北一条大街,几条小巷和5000多人口。

大街上商场、酒店、餐馆、邮局、银行倒是样样俱全。

各种街雕堪称一绝,有铜雕、木雕、石雕,造型抽象奇特,具有很

高的艺术观赏性。

　　街道和小巷两侧绿树成荫，花团锦簇。精巧别致的小楼散落其间。山坡上碧绿的草场中有成群的牛羊，一派浓郁的田园风光。

　　街道上行人稀少。漂亮的小火车模样、供旅游观光的电瓶车静静地停在一边，非常引人注目。一些老人悠闲地坐在小巷路旁的木椅上，沐浴着温煦的阳光。

　　阿尔卑斯山紧贴在瓦杜兹的东面。半山腰矗立着一座古老的城堡，它过去到现在都是皇室王宫。城堡始建于700年前，以后曾不断扩建修

■ 首都瓦杜兹街景

■ 列支敦士登政务大楼

缮。城堡由数座塔楼组成，墙垣紧贴，高低错落，突兀在树木苍翠的悬崖峭壁之上，蓝天下白云缭绕，给人一种神秘的感觉。

它是列支敦士登的象征，更是瓦杜兹的灵魂。由于不对外开放，游客们只能对这座神秘的古堡望而兴叹。

列支敦士登的政务大楼坐落在古堡下面的大街上，它是一幢灰褐色的四层普通小楼，这就是全国最高的建筑了。

这栋楼楼上是国务院，楼下是法院，地下室是监狱。

传说以前发生过这样一件事：有一天傍晚，副首相因加班而被不知

美与丑：感悟欧洲

■ 大街上的观光车

情的工作人员锁在办公室里，他在里面又拍门又喊叫。过了好一会儿，有个睡眼惺忪的人拿着钥匙给他开了门。这个开门的人原来是在地下室蹲监狱的犯人。

这件事似乎挺好笑：犯人既然能掌握全栋楼的钥匙，又可自由进出，他为何不跑呢？

犯人说：全国人都认识我，我能跑到哪儿去？

副首相说：你可以跑到外国去呀。

不想犯人却瞪了他一眼：亏你还是副首相，世上还有比列支敦士登更好的国家吗？

这故事令人发笑，更令人深思。

列支敦士登篇

这个迷你小国确有许多离奇的特点，可概括为"一少、两小、三无"。

人口少，全国只有3.5万人。

国家小，国土面积只有160平方公里，开车1个多小时就能沿它的国境线跑一圈。它的东南面是阿尔卑斯山崎岖起伏的山峦，山顶终年覆盖着皑皑白雪，西面是莱茵河冲积平原，山川、河流、古堡、葡萄园，气候温润，环境优美。

政府小，列支敦士登是一个君主立宪国家，世袭的大公为国家元首，政府由议会选举、元首任命的5名成员组成，分别是首相、两名副首相和两名兼管部门事务的成员。

无军队，其国防一直由没有常备职业军队的瑞士承担，全国仅有100名警察和100条警犬负责维持社会治安，治安状况非常好。它的海关、邮电及外交事务也均由瑞士代管。

无国语，官方语言是德语。

无国币，法定流通货币是瑞士法郎。

但这个国家却富得流油。

2004年，列支敦士登人均国民生产总值高达9万美元，如果单以此计算，列支敦士登当是世界上最富裕的国家。

历史上，这里曾受奥地利统治。17世纪初，奥地利一位王子向当时一个破落的伯爵买下了瓦杜兹及其附近的领地。这位王子后来在这里建立公国。1868年，约翰二世亲王为了避免卷入奥地利和普鲁士的战争冲突，宣布废除军队，要求和平中立。从此，列支敦士登成为一块和平绿洲，幸免了两次世界大战的祸患，至今保持了100多年的和平与安宁。

二战以前，列支敦士登还一直是一个以农牧业和手工业为主的贫穷小国。那么，它是怎样变成非常富有的国家呢？

一是靠发行邮票。列支敦士登的邮票始发于1912年。二战以后，鉴于全国经济萧条，大公拿出其珍藏的名画印刷邮票，大量发行，意想不到的是，这些邮票深受世界各国集邮爱好者的喜爱，国家因此获得大量的外汇收入，经济也有了好转。以后每年发行的邮票都占国民生产总值的10%以上。列支敦士登的邮票，印制技术先进，种类繁多，题材广泛，设计新颖，装帧精美，收藏价值位列世界第一，列支敦士登因此被誉为邮票王国。

二是靠发达的工业。全国有3000多家企业，平均每11人就有一个，居世界之首。这些企业虽大都是袖珍型的，但却在许多领域居世界先进行列。当年登月的阿波罗宇宙飞船，部分精密机件就来自列支敦士登。这个国家的假牙非常有名，其颜色有白色的、淡黄的、褐色的、黑色的，假牙出口可供全世界三分之一的人口使用。高耸入云的上海东方明珠电视塔，北京2008年奥运会运动场馆，都使用了这个小国的龙头企业——海尔惕提供的加固技术和钢结构材料。

三是靠旅游业。列支敦士登利用其自然条件发展旅游，到这里旅游观光的外国游客每年达15万以上，相当于这个国家人口的4倍多。

不过，有关报道说，列支敦士登最大的收入是注册公司。

报道称，这里接受任何国家、任何人来办公司，而且严格为办公司者保密。

公司只需交纳千分之一的资金税，其它税一概全免。

这里注册公司极其便捷，甚至连公司办公地址都不要，申请一个邮政信箱即可，在邮票大厦廊厅边上就有一长溜信箱。

这给全世界洗黑钱者带来可乘之机。

报道说，这种现象已引起各国重视，甚至惊动了联合国反腐机构。

我们在瓦杜兹只能停留一个小时。在大街上拍照之后，看了几个规模不大的商店，除生活用品外，主要有瑞士手表、瑞士军刀、瑞士巧克力和一些旅游纪念品。

在另一个超市，几个集邮爱好者则买了许多精美的纪念邮票。

瑞 士 篇

瑞士联邦	湖光山色话瑞士
卢塞恩	蚌壳里的珍珠
铁力士雪山	雪山聊发少年狂

瑞士联邦

湖光山色话瑞士

埃威恩穿过一条长长的隧道，眼前突现一片赏心悦目的湖光山色——瑞士就在前面了。

这次欧洲10国之行，瑞士是要单独签证的。我们以为过海关要费一番周折。没想到从意大利穿越瑞士东部边境去列支敦士登和从列支敦士登再返瑞士边境时却相当简单，托尼和朱利亚特与几个穿制服的瑞士人比划了几下，埃威恩就欢快地一驶而过了。托尼介绍说，瑞士虽然不是欧盟国家，但只要是在欧盟国家过来的考察团，一般很少认真查验。朱利亚特对海关人员吹嘘，他拉了一车中国老板，要入境买好多劳力士，海关人员便一笑放行了。

埃威恩驶入瑞士，景色突异。

这里地处阿尔卑斯山腹地，山顶皑皑白雪在阳光下闪烁着迷离的色彩，谷底松柏森森，湖波粼粼。半山坡常见一幢幢精致的别墅。隧道很多、很长，刚刚冲出一个立即又钻进另一个。当一条条隧道的灯光消失在车后，眼前豁然一亮，又是一片绿水青山……车行其间，春夏秋冬四季交替，视角景观频频变换，带给人全新的感受。诗曰：

青山泼黛雪霜头，
碧水挼蓝鸭戏舟。
车傍山形旋上下，
人随美景四时游。

瑞士历史上只存在一些各个独立的地区和族群，先后由罗马人、日耳曼人和法国人统治，直到1848年才成为统一独立的联邦制国家。因此，瑞士是由多个民族组成而唯独没有瑞士民族的国家，而且没有瑞士语言。但瑞士人多是语言高手，国内通用英语、德语、法语、意大利语，许多人能讲3种以上语言。

瑞士被称为永久和平的国度。

1815年，维也纳会议确认瑞士为永久中立国。

瑞士国内实行全民兵役制，平时没有正规军，但几乎每一个公民都是民兵，因而战时有组织50万后备军的机制和能力。

瑞士的军事战略思想称为"刺猬战略"，它无意犯人，但一遇敌人来攻，它就像刺猬一样蜷缩成一团，浑身是刺，使来敌无从下手。

永久中立的外交政策加全民皆兵的刺猬战略，成为瑞士躲避战火最

 瑞士风光

有力的武器。

　　瑞士人与德国人有一次精彩的对白。德国人问：瑞士有多少军队？瑞士人说：50万。德国人说：我们派100万军队去。瑞士人回答说：我们的士兵每人打两枪。对白形象地说明了刺猬战略的威力。

　　瑞士特殊的地理环境也让外敌不敢轻易进犯。

　　瑞士位于欧洲中南部，4万多平方公里的土地上到处是高山、河流、湖泊，特别是有230多条隧道。据说，为了抵御外敌，每条隧道两侧都可埋藏烈性炸药，一旦外敌入侵，可同时引爆所有炸药，让侵略者有来无去。

　　瑞士是世界上最富有的国家。

　　世界银行2005年公布，瑞士排在全世界10大富国之首，其他依次是丹麦、瑞典、美国、德国、日本、奥地利、挪威、法国、比利时／卢森堡。

　　瑞士最发达的是工业，曾制造了世界上最大的蒸汽机组和最大的原子能电站设备。

　　瑞士军刀独领风骚。

　　巧克力、雀巢咖啡驰名世界。

　　药品工业享誉全球，同美国、日本、德国并称世界4大药品生产国。

　　银行业在国民经济中占第二位。

　　第三是旅游业，瑞士美丽的风光使旅游业长期保持了稳定和强劲的发展势头。

　　瑞士的洛桑酒店管理学院是世界现代酒店高级管理人才的摇篮，学生还未毕业就被抢"招"一空。卓越的酒店管理水平，也带动了瑞士旅游业的发展。

　　瑞士是最著名的钟表王国。

　　从1587年日内瓦生产第一只手表迄今的400多年中，瑞士钟表一直是世界钟表业的领头羊。

　　瑞士手表以做工精细、走时准确、经久耐用、美观大方著称于世，其机芯、材质、技术、款式、品牌五大要素引领世界潮流。

　　目前，世界十大名表虽有多种排法，但宝玑、百达翡丽、万国、卡地亚、爱彼、劳力士、江诗丹顿、伯爵、欧米茄、积家等最有名的手表总部都设在瑞士。

宝玑首创了自鸣钟、避震装置和飞返计时功能手表，法国国王路易十六、英国首相邱吉尔、科学家爱因斯坦都曾是宝玑的忠实用户。

百达翡丽被称为贵族的标志，训练一名制表师需10年时间，创制一只复杂的表需2年到3年时间，每只表平均售价2万美元，最高的古董表成交价高达1100万美元，因而欧洲有"穷玩车富玩表"之说。

万国表每一只都要经历28次独立测试。

卡地亚制造了世界上最小的腕表，英国伊丽莎白公主成为它的第一个主人。

被称为手表霸主的劳力士研制出世界上第一只防水手表，"庄重、实用、不显浮华"是劳力士最大的特点，世界各地商人多用此表。在我国则是财富、身份、地位的代名词，大多戴在大款、大腕手上。新闻媒体还披露，在一些中箭落马的大贪官家里常常搜出数十只劳力士。

伯爵表首创了超薄机芯，而且开始在金壳上镶嵌昂贵的珠宝。

欧米茄荣获奥运会指定计时器达31次之多，它还是第一只也是惟一在月球上被佩戴过的手表。

瑞士银行是世界财富保险箱。

有个外国人提着密码箱走进瑞士一家银行要求开立存款账户。营业员问他要存多少钱，那人环顾四周，神秘兮兮地说："60万美元"。营业员立刻大声说："先生不要不好意思，尽管您存款不多，但贫穷不是您的过错。"

这虽然只是一个小幽默，却反映出瑞士这个国家的富庶和瑞士银行的牛气。

瑞士的金融业非常发达，有金融帝国之称。

2004年底，瑞士在岸金融资产超过1万亿欧元，离岸金融货币更多达2万亿欧元。

托尼介绍说，国外资金存入瑞士银行的年利率是-0.61%。就是说，不仅没有利息，还要付保管费。

但瑞士银行却集中了全球富豪个人资产的75%。

是什么魔力使然？

首先，瑞士是中立国，能保证储户财产不受战争威胁。其次，瑞士

银行不需要提供储户真实身份，便于隐匿财产。第三，多年的银行管理经验形成了一整套优质完善的服务体系。第四，是全球首屈一指的安全保密系统，这也是最主要的原因。

瑞士早在1934年就制定了著名的《银行保密法》，该法对保密要求极其严格。

对有钱人而言，瑞士银行保险到了牙齿。

欧洲一些国家曾要求瑞士提供他们本国人员的银行信息，被瑞士拒绝了，而拒绝的代价是不允许瑞士在他们国家投资。

可以说，瑞士银行今天的辉煌是以信誉保证和自己曾经的损失为代价的。

当然，这种保险也使很多犯罪集团，包括军火贩子、贪官及大毒枭将这里视为巨额资产的安全避风港。

而一旦一些贪官被抓，或大毒枭被击毙，他们的钱便成为无主资产。

根据瑞士法律，这些无主资产在100年后将自动转入联邦国库。

这些钱是一个天文数字。

据估计，仅二战中被纳粹迫害致死的犹太人在瑞士银行的开户数就达5万多，存有价值为60亿美元的资金，而至今只有600万美元经瑞士政府交还给犹太组织或赠与一些国际人道主义组织。

为此，瑞士银行也受到方方面面许多非议。

瑞士是环境最优美的国家。

瑞士境内多山多水多森林，雪光闪耀的山峰和蔚蓝的湖水相互辉映，湖光山色，壮丽迷人，被誉为世界公园。

苏黎世、日内瓦、伯尔尼均排在2006年全球10大宜居城市之列。

苏黎世是瑞士第一大城市，也是国际银行及金融中心之一。

日内瓦因设有众多的国际性机构而闻名。亨利·杜南于1859年在日内瓦创立的国际红十字会及1863年由他发起签订的《日内瓦公约》，首先奠定了日内瓦在外交史上的重要地位。此后，联合国驻欧洲总部、世界卫生组织等100多个世界性机构的总部都陆续设立于日内瓦，日内瓦因而被称为国际会议之城。

伯尔尼是世界上极少几个没有机场的首都，被称为花园村庄。伯尔尼四周崇山峻岭，冰川瀑布，溪流湖泊，佳景无数，巍然屹立的少女峰被称为阿尔卑斯山的皇后。

■ 瑞士风光

瑞士人享有最充分的文明自由。

瑞士没有军队、没有监狱、没有文盲、没有失业。

瑞士人一年有一半以上天数是节假日，每天工作四五个小时。

瑞士是世界上公认最民主的国家，瑞士联邦主席任期1年，不得连任。修改宪法条款和签订重要国际条约，必须经过全民公决并由各州通过后方能生效，因而，瑞士虽然与联合国有千丝万缕的关系，但直到2002年，才通过全民公决成为联合国的第190个成员国。但为了表示独立姿态，瑞士坚持升起的是红底白十字方形国旗，而不是联合国规定的矩形国旗。

为了保持独立性，瑞士至今也没有加入欧盟。

瑞士人以忠诚、勇敢、富裕、文明、自由、友善闻名于世。

美国人对哪个国家都想指手画脚，唯独对瑞士人敬仰有加。据说，只要出示瑞士卢塞恩卡贝尔桥和铁力士雪山的照片，去美国签证就容易得多。

美国人认为，到瑞士那样的人间天堂都没有非法移民的人是可以信赖的人。

卢塞恩

蚌壳里的珍珠

在伯尔尼和苏黎世之间,有一座美丽的城市——卢塞恩。

一千多年前,它只是一个小渔村。后来,为了给过往的船只导航而修建了一座灯塔,因拉丁文"灯"的发音是卢塞恩而得名。

公元8世纪,意大利人越过阿尔卑斯山来此经商,此后人群渐集,番商辐辏,遂形成城镇。

1291年8月1日,阿尔卑斯山区的农民在卢塞恩湖畔秘密结盟,反对神圣罗马帝国统治,形成瑞士最早的雏形,结盟地点就在卢塞恩湖畔的律特利牧场。

为征服这些叛逆者,神圣罗马帝国的统治者哈布斯堡家族于1315年派遣持长矛、着铠甲的中古骑士,与手持简单农具的瑞士农民对阵于莫尔加滕。

结果,瑞士农民借助复杂的地形和灵活的战略战术,用镰刀锄头把武装齐备的骑士们打得落花流水,全军覆没。

意义重大的是,这一役不仅保证了瑞士的自治,还彻底结束了称雄欧洲的骑士时代,而且代表着战略战术历史性的变化,代之而起的是步兵和机动快速、训练有素的职业军人。

18世纪时,这里一度成为瑞士联盟最大的城市。

瑞士联盟的建立最终导致瑞士1848年成为统一独立的联邦制国家。

因此,瑞士人将秘密结盟的8月1日定为国庆节,以资纪念。

卢塞恩有许多令人向往的历史建筑和人文遗迹。

早在瑞士成为旅游大国之前,这里就已吸引了无数的游客。每年的七八月份,是欧洲人带薪休假的季节,许多来瑞士的人首选的就是避暑胜地卢塞恩。

看一看曾经在卢塞恩居住和访问过的文学家、音乐家、画家、影星的名字吧:歌德、大仲马、托尔斯泰、尼采、叔本华、司汤达、雨果、瓦格纳、马克·吐温、奥黛莉·赫本,几乎就是一部欧美文学艺术史的缩影。

太多的名人为卢塞恩留下了太多的溢美之词。

大仲马称卢塞恩是世界最美蚌壳里的珍珠。

雨果写道:卢塞恩幽雅、静谧,碧水轻轻地拍打着河岸,在我的脚下流淌……这是上帝创造的卓越事物最和谐的组合,是大自然难以描绘的最伟大的演出。

德国作曲家瓦格纳说:卢塞恩的温柔使我把音乐都忘了。

连贝多芬的《月光曲》,都使人联想到在卢塞恩月光闪烁的湖面上摇荡的轻舟。

卢塞恩有毕加索美术馆,有歌德和雨果的故居,有瓦格纳的别墅,还有托尔斯泰创作著名的短篇小说《卢塞恩》时居住过的饭店。

我们首先来到卢塞恩东北角一座公园。

这座公园以一尊受伤的狮子雕塑闻名。

公园倚山崖而建,小巧玲珑,游人很多。

隔着一湾碧绿的湖水,在对面的半山崖有一个人工凿进去的岩龛,里面用整块山石雕刻着一只巨大的雄狮。

这头雄狮背部被长矛刺中,痛苦地倒在地上。它的右前爪紧紧地抓着一块盾牌,盾牌边上还有两支折断的长矛。

这头受伤的狮子似乎一直在向游客讲述着一段悲壮的往事。

那是1792年8月10日,法国大革命中的国王路易十六和王后偷偷溜走,而由800多名瑞士雇佣兵组成的卫队却全部战死沙场。

为了让后人记住这一历史,19世纪初,阵亡将士的亲友策划,请

美与丑：感悟欧洲

■ 受伤的狮子

丹麦雕塑家雕刻了这尊受伤的雄狮。

雕塑的下面用拉丁文写着：献给忠诚、勇敢的瑞士年轻人。

美国作家马克·吐温来这里参观后说：这是世界上最令人悲伤的一块石头。

瑞士联邦历史上贫穷落后，长期向欧洲各国输出雇佣兵。瑞士雇佣兵以英勇善战、誓死守职著名。因而瑞士虽然没有裹入战争的旋涡，但冲杀在战争第一线的却是成批的瑞士雇佣兵。尤为残酷的是，他们往往同宗相残，因为他们受雇并忠实于不同的雇主。

法国大革命中瑞士人的忠诚神勇，使法国人至今仍从心坎里敬佩有加。但金钱掩盖不了雇佣兵制度的残酷，以这次事件为契机，瑞士停止了向外输出雇佣兵。

梵蒂冈教皇卫队到现在虽然还全部由瑞士人组成，但这已不是原来意义上的雇佣兵，而是一种崇高的荣誉和身份的象征。诗曰：

国运蹇乖多困窘，
雇佣旧制酷无情。
沙场屡溅同宗血，
对杀还逢父子兵。
勇士尽忠神鬼泣，
雄狮哀痛世人惊。
文明富裕沧桑变，
誉满全球享太平。

我们乘车来到卢塞恩市中心，立刻被眼前美妙的景色迷住了。

蔚蓝的天空飘着朵朵白云，四周层峦起伏，阿尔卑斯山的雪峰清晰可见；清澈见底的卢塞恩湖水静静地流向罗伊斯河，几只幽雅的白天鹅在入河口的水面上悠闲地游来游去，天鹅拨水的红蹼都清晰可见；罗伊斯河两岸，中世纪的古建筑和现代化的新建筑交相辉映，浑然一体，具有一种浑朴自然、恬淡安详、闲适幽静的美。

欧洲有许多地方令人发呆，在这如诗如画、如幻如梦、童话般的仙境，我们真的都发呆了。

罗伊斯河上有7座桥梁连接着两岸。其中最著名的是欧洲最古老的廊桥——卡贝尔桥，也称教堂桥。

我们走上木板钉成的桥面，嗵嗵的脚步声仿佛走进了历史的回廊。

卡贝尔桥全长245米，像一把斜斜的曲尺斜跨罗伊斯河两岸，廊桥的尖顶由红黄色瓦片覆盖而成，廊顶下绘有110幅关于卢塞恩历史和宗教故事的彩画。盆栽的鲜花沿着木桥的两边一字排开，色彩艳丽，芳香四溢，因此此桥又被人称为花桥。

桥边水中建有一座石头砌成的八角尖顶水塔，红顶白墙，十分美观。这座水塔过去曾先后做过了望塔、监狱和金库。

廊桥与水塔是卢塞恩的标志性建筑，直立的水塔和横卧的廊桥映在清澈的水面，形成了一幅绝妙的画图。诗曰：

蚌里珍珠风景丽，
湖光山色雪峰奇。
廊桥尖塔云天邈，
古店老街碧水漪。
秘密结盟谋自立，
镰锄制胜铸邦基。
骚人多绘诗中画，
墨客频书画外词。

从卡贝尔桥返回，我们向城中商业街走去。

卢塞恩市区人口只有6万，街道两旁中世纪的建筑已经被装潢成充满时尚的商店。鹅卵石铺就的小巷通向小城一座座雅致的广场——五谷

■ 廊桥与水塔

广场、鹿儿广场、美酒市场，环绕这些广场的建筑物外墙上都绘满了漂亮的壁画。

我们走进一家最大的钟表专营店，这里一色瑞士钟表。

我们沿着一个个背景明亮、整齐洁净的柜台走了一圈，一款款昂贵的名表躺在上万瑞士法郎、10多万瑞士法郎的价签后面（当时瑞士法郎与人民币的比值为1：6.9），在白色或红色丝绸的衬托下，闪烁着迷离诱人的金色光芒。

这里"十大名表"只有一半有货，因为它们大都需要提前定做。普通的表如雷达、天梭、浪琴、英纳格等，价格都在1000瑞郎以上。我们这个团只有几个人买了几只劳力士和天梭表（这里也通用欧元和美元），其他的人只是看看、问问，一副既羡艳奢侈品，又自愧囊中羞涩的表情。

晚上住在北郊斯达特湖畔的波奇小镇。

这里依山傍水，风光旖旎。

我们住的四层小酒店就坐落在美丽的斯达特湖畔。

湖上白帆点点，许多天鹅、鸳鸯、野鸭在水面嬉戏。

铁路从后面半山腰通过。

酒店门前、湖边草坪上竖着几根高高的旗杆，夕阳里，瑞士国旗和几面彩旗迎风招展，颇有杜牧《江南春》"千里莺啼绿映红，水村山郭酒旗风"的韵味。

第二天清晨，斯达特湖畔另有一番风韵。橙红色的早霞映在湖面，微风拂来，水波迭起，把初升太阳的万道金光，荡漾成一朵朵豁亮的金花在水面跳跃，眯得人睁不开眼睛。

风清气爽，意舒胸畅，环顾远处雄伟峻峭的雪峰，山坡挺拔墨绿的杉林，四周小巧玲珑的别墅，脚下翠绿如洗的草坪……此景只应天上有，人间哪得几回见？

欧洲人说，卢塞恩是上帝宠儿居住的地方。的确，卢塞恩的山水仿佛浸透着钟灵之气，来到这里的人，不仅荡涤了满身的风尘，而且有一种衣袂飘飘、超凡脱俗的高洁、清雅之感。

卢塞恩，真舍不得和你说再见。

铁力士雪山

雪山聊发少年狂

　　12 世纪初，本尼迪特克派的修士在铁力士山下建造了一座修道院。以这个修道院为中心，这里逐渐繁衍成一个山区小镇，名曰英柯堡，即神仙山的意思。数百年来，这里恬静得像世外桃源，数千居民伴着修道院清脆的钟声和管风琴的旋律，烧着木炭，喝着奶酪，牵着猫狗，看着牛羊，悠哉悠哉过着神仙般自得的日子。

　　直到 19 世纪，人们发现这里有极好的天然滑雪场，随着小火车开进山里，小镇的宁静才被打破。

　　现在，这里已是瑞士最有名的冬季滑雪胜地，初学者和滑雪高手都可以在这里一显身手。游人们还可以坐冰川飞渡椅，玩冰川公园，赏万年冰洞、蹦极、滑翔、溜冰，或者在匠心独具的全景式观景室，一边品尝现场烤制的美味甜饼和欧洲最有名的冰淇淋，一边欣赏雪山风光，还可以借助望远镜远眺德国黑森林的奇妙景观。

　　进入这里，就仿佛进入了童话世界：雪山、森林、草地、湖泊、牛羊、教堂、小木屋、小火车站……

　　从海拔 1000 米的英柯堡到 3020 米的铁力士雪山顶，可以步行，也可以乘缆车。

　　我们选择乘缆车上山。

　　第一段是供 6 人乘坐的包厢式挂钩小吊车。缆车缓缓上升，英柯堡慢慢向后退去。金黄色的草甸与墨绿色的松林既有明显的分界又天衣无缝地衔接在一起。一群群黄牛在一片片嫩绿的草地上散步，颈项下的牛铃发出"当啷"、"当啷"清脆悦耳的铃声。这里的牛铃很大很重，是阿尔卑斯山区一道独特的风景。据说，这铃声一能驱赶饿狼，二能催肥催奶。

■ 牛铃响叮当

草甸上去是高达数十米的高山松，枝头鲜嫩的松果清晰可见。

再往上松树渐少，冷杉渐多，颜色渐黑。

回望山脚的英柯堡，一栋栋小木楼坐落于青山绿水之间，掩隐在苍松翠柏之中，高高伸向天空的当然是教堂的尖顶。

不一会儿，缆车就到达了第一站——特吕布湖。这是一个海拔1800米的高山湖泊，雪山就倒映在清澈的湖水中。这里还有一个滑雪学校，有许多人在这里进行滑雪训练。

第二段是乘坐可容纳50人的大巴缆车上升到2428米处。缆车再次启动，地面的景物在缩小，英柯堡的倩影逐渐消失在上升的缆车后面。缆车下的冷杉变得越来越稀疏，也越来越低了。再往上就是一些低矮的高山灌木，由绿渐黄的草坡点缀着黄色、白色、紫色的碎花，远处的雪山则越来越清晰可见。

到达第二段缆车的终点，竟然像进入一栋楼房。两部电梯正大开着门迎候我们。这不是我们在欧洲住过的普通酒店那种只能乘3个人的电梯，它可以乘几十个人。楼房好像有三四层高的样子，从电梯出来，就是最后一道缆车了。

这段缆车是目前世界上最先进的观光缆车，它是可以乘坐50多人的圆形旋转吊车，由铁力士雪山索道公司首创。

悠扬的乐曲响起，缆车开始启动。随着旋转攀升的缆车越来越高，

外面又薄又黄的草坡逐渐变成裸露的岩石和白皑皑的冰川，大大小小的湖泊和瀑布、溪流也越来越多。

这段缆车大约用时5分钟，从启动到升上山顶，正好旋转一周。在欢快的音乐声中旋转攀升，做360度全景式的俯瞰、仰视和远眺，别有一番新鲜刺激的情趣，有一种身轻如燕、快乐如风的感觉。

待到眼前是一片白茫茫的冰雪，我们就到达了第三段缆车的终点。

缆车终点是一栋小楼，下面是各种小商品超市，上面是观景台。

托尼领我们从下面一侧出来，先参观万年冰洞。

冰洞而在雪山峰顶，本身就充满离奇色彩，里面更像迷宫一样令人眼花缭乱。我们从右侧的甬道进去，从左侧的洞口出来。甬道下面铺着防滑的地板，两边的照明装置把五颜六色的灯光投射在冰洞的四壁，整个冰洞仿佛变成了七彩世界。

冰洞里冷得出奇，我们又穿着单薄的衣服，因此走得很快。

不时有精致的冰雕出现在甬道两侧。

快出洞口时，后面突然响起一阵轰隆隆巨雷般的声响，仿佛冰山崩塌，还有闪电划过，周围的灯光也快速抖动起来，忽明忽暗……这种模

■ 俯瞰英格堡

拟冰川探险情景的设置非常逼真,许多人真的以为后面的冰洞崩塌了,赶忙跑了出去。

从冰洞翻上一段台阶,眼前一晃,白茫茫的雪山就呈现在我们面前。

踏着厚厚的积雪,站在高处四下观望,顿觉心旷神怡。

蓝蓝的天,淡淡的云,几乎没有风,太阳照在身上暖融融的,竟然没有寒冷的感觉。

远远望去,一座座白皑皑的雪山连绵起伏,蜿蜒而来,又蜿蜒而去,直到消失在视线的尽头。

大大小小的高山湖泊像一面面透明的镜子,把太阳的光芒反射向四面八方。

远处的云雾在雪山的背后悄悄升起,宛如一朵朵硕大雪白的山茶花盛开在山顶。

少顷,山茶花隐去,从后面涌出一大群绵羊似的云朵,慢慢蠕动。

隔一会儿再看,那群绵羊竟化成了奔马,个头奇大,铆足了劲向我们这边奔来。忽然就觉得有劲风扑面,眼前有云雾飘过,雪粒儿飞溅在脸上。刚刚还是晴空万里,一会儿竟风起云涌,波诡云谲。

谁知,数分钟后,当我们正自嘲运气不佳,不能在雪山尽兴玩赏时,却已云过风息,头顶依然一轮艳阳。

居高临下,一股上天揽月、下海捉鳖的豪情从心头油然升起,想喊,想唱,想跳,想打雪战,想同所有的人拥抱,想把所有的激情宣泄出来……

早上出发时托尼说:你们昨天在湖畔发呆,今天上山去发疯吧!原来不以为然,现在想起来,还真是经典!

这里没有交叉的街道,没有拥挤的车辆,没有喧嚣的市声,甚至没有陌生的面孔……所有人都像老朋友,所有人都笑逐颜开。人们有滑雪的,有骑山地自行车的,有开雪橇的,有堆雪人打雪战的,有拍照的……连白发苍苍的老头子都聊发少年狂,孩童般玩儿得那样开心。

我们当然也加入了"发疯族"的狂欢。

许是夏天的缘故,厚厚的积雪有些松软,坐在雪地里拍照,把裤子都湿透了。想跑起来,一使劲,脚却陷进雪窝里。这只脚刚拔起来,那只脚又陷了进去,好不容易两只脚都拔出来了,一不小心,一个屁股墩

■ 漫步雪山顶

又摔倒在地。于是就两手抓了雪乱扔，有的人干脆在雪地里滚一番，扯着嗓子喊几声，那份张扬，那份放肆，那份随意，那份轻松，那份惬意，参加工作以来还只是第二次。

第一次是2000年在我国云南玉龙雪山，玉龙雪山十三峰，气势磅礴，秀丽挺拔，与铁力士雪山有异曲同工之妙。诗曰：

神仙独爱英柯堡，
游客偏钟力士山。
木屋牛羊融惬意，
森林草地蕴悠闲。
半湾湖水飘云影，
一座奇峰映雪颜。
绝顶豪情冲北斗，
凌空壮志傲人寰。

下山的时间到了。随着三段缆车从上到下的不同感觉，带走的是几分满足，留下的是几分依恋。

卢森堡篇

卢森堡大公国 | 千堡之国

卢森堡大公国

千堡之国

  玫瑰是卢森堡的国花，这是一片开满玫瑰、充满花香的土地。

  卢森堡国土面积只有 2600 平方公里，人口 44 万。这个美丽富饶的袖珍国钢铁工业十分发达，人均钢产量 5.8 吨，居世界第一，享有钢铁王国的美称。但我们两次穿越卢森堡，始终没看到一个冒烟的工厂。境内森林密布，景色迷人，优美的田野点缀着古代城堡、深涧河谷和墨绿小镇，被人们称为欧洲的绿色心脏。

  我们的埃威恩停在一片树林边。这里已接近卢森堡首都卢森堡市中心，却听不到闹市的喧哗与嘈杂。

  卢森堡市人口只有 8 万，卢森堡就是小城的意思，它以谷深、林密、桥多而著称，风光秀丽，有天然公园之美称。

  此时是傍晚 6 点多，太阳斜挂在一碧如洗的天空，金色的阳光照射在整齐的建筑物上，迷离而温馨。街道两边是一排排法桐在微风中轻轻摇曳，几辆汽车静静地停在路边……不像都市，倒像欧洲一幅具有浓郁山村风情的油画。

  走进油画里，我们似乎也艺术化了，文明得连自己都感到惊讶。街上行人很少，最多的就是我们这个团了。几十个人走在街上，说话轻轻，走路轻轻，唯恐打破这美丽的静谧，吵醒这沉睡的古城。

  街上车辆也很少，偶尔有一两辆干净的公交车驶过，里面也只坐着

■ 街头一角

三五个人。商店里顾客更少。街道两边的楼房与欧洲多数国家一样，乳白色，五六层高，一盆盆鲜花在每一个窗台上绽放，大红的、水红的、粉红的、紫红的，远看像就一扇扇精美的绘画屏风竖立在那里。

  7点整，远处教堂响起玲珑的钟声。在国内不少寺院听到过晨钟暮鼓，声音虽然洪亮，有的也算悠扬，但总觉得有些浑浊的成分，甚至掺有杂音。这里的钟声却给人晶莹剔透的感觉，纯净得不染一丝尘埃。

  很难说得清，是城市在公园里，还是公园在城市中。到处绿树成荫，草坪碧绿，鸟语花香。树荫下多布有铁椅、木凳，花坛中多设有雕塑、喷泉，抽象的、写意的、写实的、古典的、现代的，显示出多元文化的包容性和亲和力，人与自然生态、传统文化与现代文明如此和谐，身临其境，就是再愚钝、再莽撞的人也会潇洒倜傥起来。

沿着石砌的小道，我们来到了卢森堡著名的宪法广场。

广场的面积不足一个足球场大，但在卢森堡人的心目中却占有十分重要的位置。广场的中央是一座标志性的建筑——一战纪念碑。它始建于1923年，当时是为了纪念一战中阵亡的3000名卢森堡士兵，在二战被毁坏之后又进行了重建，因此就具有了双重的意义，象征着卢森堡向往和平、自由和不畏强权的独立精神。

我把镜头对准了12米高的纪念碑。

这是一座方尖形建筑，出自卢森堡艺术家克劳斯之手，碑顶上端耸立着一尊金黄色的胜利女神铜像，她神态端庄，双手高举花环，衣袂飘飘，凌空欲飞。大理石基座上是一男一女两尊铜绿色雕像，女的横卧在平台上，血迹斑斑，显然是伤亡者；男的侧坐于旁，满含哀痛、激愤之情。面对这创意独特的纪念碑，人们都不免感到震撼，许多人在那儿默哀。

卢森堡篇

卢森堡的历史无疑是一部被侵略与反侵略的历史。公元前，卢森堡是高卢人的居住地。在以后漫长的岁月里，这里先后受日耳曼人、西班牙人、法国人、奥地利人和荷兰人统治。1839年伦敦协议承认卢森堡为独立国家，但仍由荷兰国王兼任大公。到1890年，拿骚公爵阿道夫才成为卢森堡第一个真正的大公。卢森堡人民在反侵略、反占领、反外族统治的斗争中写下了一页页光辉的篇章。卢森堡人痛恨战争、热爱和平。现在全国只有500多名军人维持社会秩序。卢森堡政府致力于发展经济，美化环境，将国家税收的绝大部分用于提高人民的物质文化生活质量，因而，这个历史上一再被踩躏的民族，成了富裕、文明的乐园。

由于复杂的历史背景，卢森堡的语言显得十分有趣。官方语言为法语，报刊杂志通用德语，民间交往则用卢森堡语。因此，在卢森堡的法庭上，法律规定也要用这三种语言，即审讯犯人用卢森堡语，法官宣判用法语，判决书则必须用德语书写。卢森堡的学生，从上小学开始就要同时学习三种语言，才能成为合格的公民。

卢森堡民风淳朴，人们酷爱音乐。他们有句谚语：一个卢森堡人一个玫瑰园，两个卢森堡人一次咖啡聚会，三个卢森堡人一支乐队。可见卢森堡人心境之休闲、乐观。

■ **大峡谷奇观**

在宪法广场的两个角落，分别是两个炮台的地下入口处，下面是从坚硬的岩石中开凿出来的 20 公里长的地道、暗堡群。

卢森堡历史上有规模巨大的城堡群，始建于西班牙统治的 1644 年，其后由法国军事工程师指导，由奥地利人补建完工，形成有外、中、内三道厚墙，几十座炮台，面积达 2000 多公顷的坚固要塞，卢森堡因此被称为千堡之国。

这些古堡在历史上曾数次经历血与火的考验，具有十分重要的战略意义。在 1867 年拆除堡垒之后，20 公里城墙内的炮台仍保存良好，1994 年被联合国教科文组织列入世界遗产名录。

宪法广场的右边，就是世界著名的风景区——卢森堡大峡谷。

高原峭壁不偏不倚地切入阿尔泽河、佩特罗斯河交汇之处，形成了巨大的峡谷，成为卢森堡市的灵魂。

站在宪法广场的边沿，暮色中，大峡谷显得十分壮观、漂亮和迷人。它宛如一泓蜿蜒曲折的河流，两岸的山崖绿树苍翠，光线透过树杪散射在谷底的小溪和钢轨上，停留在几幢刺破绿茵的歌特式建筑尖尖的顶端上，显得迷离而静谧。谷底偶见游人，间或有一片片绿茵草地，垂柳夹岸，彩蝶翩翩，紫燕翻飞，令人心驰神往，身醉情迷。

　　为了把峡谷两岸连成一个整体，卢森堡人先后在峡谷上修建了十余座大桥。这些设计精湛、风格独特的大小桥梁，都有着各自的特色与风格，从而形成了卢森堡市又一道靓丽的风景线。

　　最长的一座桥命名为女大公夏洛特桥，桥架全是钢铁结构，十分壮观。

　　最著名的是阿道夫桥，它是一座没有支柱的圆拱型石桥，彩虹般飞架南北，气势非凡，圆拱上有大小不一的桥洞，非常醒目。桥右边有一小片绿地，地毯似的精致漂亮，上插7杆迎风飘扬的国旗和欧盟蓝旗。桥上偶尔有汽车通过，这个场景很像南斯拉夫电影《桥》中的镜头，于是按下快门把这个场景摄入了相机。

　　随后参观的是卢森堡大公国的王宫。

　　这是一座具有西班牙风格的古老建筑。简洁的线条，淡雅的装饰，与欧洲其他国家的大宫殿相比，显得十分朴实和随意。

　　王宫是卢森堡重要的国事及对外活动场所。然而就是这样一个重地，

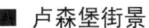
■ 卢森堡街景

门前的岗亭里却只笔立着一个警戒的卫兵。面对游客好奇的目光和想与他合影留念的请求,他面无表情,一言不发,却任由人们与他拍了一张又一张合影。

晚饭后,我们要返回法国的梅斯过夜。古堡、峡谷、森林、玫瑰、教堂、音乐……埃威恩已驶出老远,许多人还恋恋不舍地频频回头瞻望。

比利时篇

比利时王国	西欧的十字路口
布鲁塞尔	欧洲的首都
布鲁塞尔第一公民	撒尿小孩
布鲁塞尔原子球塔	巨大的原子

比利时王国

西欧的十字路口

比利时给我最早的印象,是电影《尼罗河上的惨案》中那个胖胖的侦探波洛,以及他用幽默的口气说的那句名言:"不,比利时小人。"那部电影看了好几遍,对波洛则满存敬意。如果"小人"都那么聪明,观察入微,推理缜密,且富有正义感,那么,所有的罪犯都只能束手就擒了。

比利时位于欧洲西部,纬度相当于我国黑龙江省的最北端。总面积3万多平方公里,人口约1000万。这里冬无严寒,夏无酷暑,终年绿草如茵。美中不足的是天气多变,阴雨连绵,光照时间短,只有6到8月才会阳光明媚,昼长夜短。

我们正是在阳光明媚的季节来到了比利时。

埃威恩在阿登高原上急驰。高速路两旁是连绵起伏的丘陵,绿油油的山坡上点缀着精致的村庄和成群的牛羊,随便从哪个角度看都是一幅美丽的田园风光画。

有趣的是,比利时所有的车牌都是红色的。

高速路两边每隔50米,就装有电杆路灯。比利时电能特别是核电充裕。比利时人夸口说,当世界上所有的电能快要耗完的时候,最后一盏亮着的灯肯定是比利时的。

公元前,克尔特族的比利其人就在此居住。从公元前57年起这里长期被罗马人、高卢人、日耳曼人统治。14世纪建立了勃艮第王朝。

随之又先后被西班牙、奥地利、法国、荷兰统治，1830年独立。因而，比利时没有比利时语，居民多数讲荷兰弗拉芒语，也通用法语、德语。

中世纪时的比利时是一个南来北往的贸易必经之地，它逐渐成为欧洲最重要最繁华的地方，被誉为西欧的十字路口。同时，由于位于德国、荷兰和法国三大强势文化交汇之处，德意志的坚毅、尼德兰的冷静和法兰西的浪漫便在此过渡成比利时人特有的独立、幽默、乐观的特点。

比利时工业高度发达。它是除英国以外，最先进入工业化的国家。比利时经济十分倚赖国际贸易，出口贸易额居世界第11位，人均出口是德国的2倍、日本的5倍，居世界第一。比利时对中国的投资位居欧盟第6位，知名度较高的有上海贝尔（通讯）公司、西安杨森制药等。

比利时各种特色旅游景点遍布全国。北部港口城市安特卫普是欧洲第二大港口，也是世界上最大的钻石加工地，有钻石之都的称誉。布鲁日有欧洲最美丽的风景城市之称，其精巧的建筑和布满全市的运河，每

■ 比利时建筑

年吸引着 200 多万来自欧洲和世界各地的游客。著名的阿登高地丘陵和森林是享受大自然的胜地，也是冬季滑雪的理想场所。在世界最小的城市杜迓皮市中心，有一个别具特色的树雕公园，园中 250 多个人物、动物及器皿树雕造型栩栩如生，趣味十足。

比利时的牧羊犬非常有名，黑色皮毛，体态匀称，耳朵尖立，它们喜欢保护羊群，聪明、勇敢、机警、忠实。

比利时还有一些独特的节日，譬如抛猫节。每年 5 月的第二个星期日，比利时易泊镇都要举行抛猫节庆祝活动。届时，广场上搭起彩棚，从彩棚上抛下一只装有金币的彩色布花猫，谁能抢到这只布花猫，就预示着会交好运。就像中国过去的抛彩球招亲，整个节日充满喜庆气氛，人们穿上节日盛装，涌入广场，轰来抢去，热闹非凡。这个镇历史上曾发生过鼠疫，老百姓十分憎恨老鼠，普遍养起了猫，并举办抛猫节，感谢猫为人类消除鼠害而做出的贡献。

离布鲁塞尔 20 公里，有一片丘陵起伏的开阔地，这就是当年的滑铁卢战场。

1815 年，拿破仑的法军在滑铁卢全军覆灭。如今在滑铁卢镇一座土丘上建起了滑铁卢纪念馆，里面陈列着法国著名画家路易·杜默兰于 1912 年创作的环形壁画。这是世界上最著名的巨幅油画之一。作者以如椽的巨笔描绘了震撼世界的滑铁卢战役，刀光剑影，铁骑冲驰，枪炮轰鸣，人喊马嘶。在油画与展览馆中心空间，还配有当年战场境况的泥塑：歪斜的板房，零乱的茅草，丢弃的枪炮，散乱的辎重，人马杂沓，尸体横陈，配以声光电，与油画浑然一体，逼真地再现了战役的全景，使观者如亲临其境。

土丘的泥土是由列日市的妇女从方圆几公里的战场上运来堆积而成的，因为她们战前支持过偶像拿破仑，胜利者便用繁重的苦役惩罚她们那颗躁动不安的心。但她们并不为曾经的冲动懊悔，只是心有不甘。战争大多是男人之间的残酷搏杀，为什么却要女人来承担后果？而且那些混和的泥血中，还浸泡着她们丈夫或儿子的亡灵。因而，她们在撮厝那些浸泡过鲜血的泥土时，又融入了许多汗渍和泪水。无怪连威灵顿将军后来也长叹：胜利，是除了失败之外的最大悲剧。

滑铁卢战役背后还有一段鲜为人知的历史：不见硝烟的金融大战。

那场战役的结果，不但关乎英国公债的市场价值，而且将决定整个欧洲未来的走向。

那时，英国伦敦的股市是世界上最大的股市。如果威灵顿公爵指挥的联军获胜，英国公债的市价就将直线上扬，而如果拿破仑获胜，英国公债就会变成一沓废纸。

那时还没有电报、电话，传递消息主要靠信鸽、马车和船舶。而总部设在德国法兰克福的罗斯切尔德家族早已在欧洲各地建立了战略情报收集和快递系统。

滑铁卢决战的日期在6月18日。6月19日清晨，罗斯切尔德家族就早于英国政府获得了联军胜利的消息。于是，内森——罗斯切尔德家族在英国的代表，一方面散布联军战败的烟幕，一方面开始操纵股市，他率先抛出一笔数十万英镑的英国公债，然后更大的抛单像海潮一样一波比一波猛烈，英国公债的价格开始崩溃。人们极度恐慌，纷纷出血甩卖，几个小时后，英国公债已经变成一堆废纸，票面价值仅剩5%。

而后，内森开始用零钱收破烂似的买进市场上能见到的每一张英国公债。

6月21日，带着威灵顿胜利喜讯的信使终于到达了伦敦，而此时英国公债已大部成了内森的囊中之物，内森狂赚了20倍的金钱，罗斯切尔德家族也一举成为英国政府最大的债权人。

世界上有关拿破仑作战的大型全景画仅有两处：一处在莫斯科郊外，描绘的是1812年俄国元帅库图佐夫诱敌深入，坚壁清野战败法军，拿破仑在大火中仓皇逃出莫斯科的情景。另一处就在滑铁卢。拿破仑一生叱咤风云，曾多次进行对外扩张和殖民侵略，但其战场遗址大都无迹可寻，惟这两处是他大败之地，特别是滑铁卢，这个词已作为失败的代名词被频频使用，但败军将领拿破仑的雕像却站立在滑铁卢纪念馆门前，不知热爱和平的人们作何感想？

所幸这里已是祥云霭霭，绿树葱葱，庄稼丰茂，牛羊遍野，一派和平宁静、生机勃勃的景象。

比利时篇

比利时首都布鲁塞尔

欧洲的首都

　　比利时首都布鲁塞尔是欧盟总部、北约秘书处、欧洲原子能联盟、世界劳联、国际工联等100多个重要的国际机构和办事处所在地，这里所形成的每一项决议，都将牵动欧洲，影响世界。

　　因此，布鲁塞尔被称为欧洲的首都。

　　公元979年，以森纳河流域为封邑的查理公爵，在这里筑起了要塞和码头，并为自己修建了豪华的府邸，从此这里出现了城市的雏形，当时称"布鲁奥克塞拉"，为沼泽上的住所之意，布鲁塞尔的名字，就是由此演化而来的。

　　布鲁塞尔现有100万人口，是比利时最大的城市。由于驻有众多的国际性机构，还有来自80多个国家的30万侨民，白人、黄人、黑人随处可见，使布鲁塞尔成了地地道道的人类博物馆和世界民族风俗展览馆。

　　布鲁塞尔市区呈五角形，以中央大街为界，分上城和下城两部分。上城依坡而建，是王宫、政府机关、银行、商行、美术宫、博物馆、司法宫、凯旋门等所在地。下城是繁华的商业区，楼群林立，车水马龙，热闹非凡。

　　埃威恩就停在上下城之间，我们首先要参观的是布鲁塞尔大广场。

　　路过一个小广场，有一组西班牙作家塞万提斯笔下的唐·吉诃德和他的仆人桑丘的雕塑。继续走下一些台阶，绕过一段窄窄的街道，眼前突然出现一片开阔地，这就是大广场了。

大广场其实并不大，就像我国一个较大的四合院。不同的是，我国的四合院是封闭的，这里的广场却是敞开的，四合院是中国古代保守的象征，广场则是欧洲开放的沙龙。

广场始建于公元12世纪，四周多16到17世纪古老而雄浑的建筑，散发着文艺复兴自由奔放和浪漫的艺术气息。岁月的风雨，不但没有剥蚀它们的光彩，反而使它们更添风韵。举目四望，几乎所有建筑及建筑物顶上的雕塑都是一件精美的艺术品，放射出与众不同的灿烂光芒，人们仿佛突然掉进一只珠宝箱里，惊诧得喘不过气来。无怪法国大作家雨果称这里是世界上最美丽的广场。

市政厅占据了广场一隅的大部分，顶上91米高的哥特式尖塔就像燃烧的火焰，塔尖上是脚踩撒旦、威风凛凛的天使圣·迈克尔铜雕。市政厅的大门不在正中，塔也稍偏一方。据说大厅落成后，建筑师因这个不可弥补的过失跳楼自杀了。

市政厅的走廊内绘满了壁画，古代比利时的君王和曾经统治过比利

 大广场

时的西班牙、荷兰、法国国王在同一面墙壁上演出。

市政厅对面的王宫，据说是法国路易十四的行宫，也有的说这里根本就没有住过国王，它以前是面包店，现在是国家博物馆。

除这两栋建筑之外，周围密密麻麻拥挤着比利时弗拉芒建筑艺术与意大利巴洛克建筑艺术揉合的古老行会大楼，而这些行会大楼正是广场的最大特色。

众多行业会所聚集于一个广场，这在欧洲是绝无仅有的。它体现了17世纪欧洲的社会分工和行业发展状况，透过这些行业会所，我们可以想象，那时的比利时是何等的繁华。

行会楼的楼顶上站立着许多徽章式的雕塑，这些雕塑就是行会的标志。

狐狸是服装行会的标志，狐狸的精明正是商人的特性。

母狼属弓箭手行会，这个雕塑其实就是母狼喂奶的罗马城徽，而把这个雕塑作为行会标志，具有劝诫弓箭手不要猎杀动物的寓意。

鸽子属画家行会，雨果曾寓居这里。

其它如酿酒、屠宰、纺织、裁缝、木匠、油漆、理发、独轮车、渔船等各种行会都有各自象征性的动物雕塑。这些雕塑做工精致，栩栩如生。如果它们都跳下来，那肯定是一场盛大的动物集会。

在市政厅左侧，有一只"天鹅"小咖

■ 大广场一侧建筑

啡店。这里是最引人驻足的地方,它是《共产党宣言》诞生的胜地,曾震动了整个世界。

1845年初,马克思从巴黎迁来布鲁塞尔,在这里寓居3年,写成了《哲学的贫困》,作过关于《雇佣劳动与资本》的讲演,并与恩格斯合作起草了载入史册的《共产党宣言》。

有许多人在这里拍照留念。

■ 天鹅小咖啡店

比利时篇

世纪之交,英国曾连续爆出三则震惊世界的新闻。1999年,英国剑桥大学和英国BBC广播公司,曾先后用不同方式评选千年第一思想家,结果都是马克思荣登榜首,爱因斯坦屈居第二。2005年,英国BBC广播公司再次以古今最伟大的哲学家为题,调查了3万多听众,结果马克思再次以高票荣登榜首,排在第二位的苏格兰哲学家大卫·休谟得票不及马克思的一半,西方著名的思想家苏格拉底、亚里斯多得、柏拉图、康德,更是望尘莫及,黑格尔甚至没有进入前20名。

为什么我们共产党人景仰马克思主义,而西方资本主义意识形态的人也认为马克思是最伟大的人物?

一个不争的事实是,虽然过去了一个多世纪,马克思作为一位伟大的思想家、哲学家、经济学家、社会科学家和历史学家,他所取得的研究成果仍然得到全世界的尊重,他被不同意识形态的人称为是为人类社会进步和思想发展做出了不朽贡献的历史伟人。

我们这个时代,仍然需要马克思的理论。他揭示了社会发展的基本

规律、商品经济规律,强调物质生产力的作用,认为在物质极大丰富和社会、精神高度文明时,阶级和国家必然消亡,共产主义社会一定会实现。

考察欧洲,看到欧洲发达的社会生产力,舒适的工作环境,丰富的物质生活,优裕的社会保障,优美的自然生态,特别是欧盟国家,货币统一,并正在探索制定统一的宪法,一条高速公路穿透了所有国家之间的壁垒,必然迫使我们进行深层次的理论思维。

在考察欧洲期间和欧洲回来的一段时间,这个问题一直萦绕在我的脑际。东方和西方事实上都追求物质的极大丰富和精神的高度文明,都追求一种幸福指数。只不过我们把追求的目标称为共产主义,西方称为人间天堂。西方强调自由,我们追求和谐,所以未来的世界,不管叫共产主义还是人间天堂,它早晚要出现,这是物质生产力发展的必然结果。

至于经过什么具体形式,是暴力革命还是其他途径?马克思的预见,列宁的实践和中国共产党人的成功,证明理论是在实践中不断发展和不断完善的。东欧剧变、苏联解体,马克思没有预料到。资本主义的巨大生产力将迫使自己垮掉,这是马克思的论断。但怎样垮掉,什么时间垮掉?马克思不是神仙,他不可能把身后经济社会发展的走向准确无误地划一条直线,马克思主义更不应是僵化的教条。我国探索成功的中国特色社会主义道路和所取得举世瞩目的成就就充分诠释了这个道理。

欧洲人崇拜马克思,感谢老祖宗揭开了资本主义的疮疤,他们通过一个多世纪的发展,马克思当年指出的工人、农民的赤贫状况、恶劣的劳动环境、摧残身心的劳动强度和低下的社会地位已有了极大的改变,劳资矛盾缓和,分配不公的现象通过税收调节、大幅度提高社会保障支出和失业救助,基尼系数已大大降低,就是一些失业人员的生活水平也高于我们一般群体,而且,人居环境优美,社会比较安定。那么,他们通过自身的改革和发展能祛除自身的根本矛盾吗?

同行的人一路上在三三两两小声议论这方面的问题,出访欧美的朋友在茶余饭后也在探讨这方面的问题,这也确实是一个绕不过去的普遍性的问题。

考察欧洲,是需要冷静地思考点什么。

布鲁塞尔第一公民

撒尿小孩

布鲁塞尔大广场旁边有一条名叫埃杜弗的小街。

在小街的拐弯处，有个小孩正站立那里撒尿。

他就是比利时人引以自豪并誉之为独立精神象征的布鲁塞尔第一公民——小于连。

那是500多年前的一天晚上，布鲁塞尔广场上灯火辉煌，全城人聚集在那里欢庆打败了西班牙侵略者。人们唱呀、跳呀，礼炮声、鼓乐声和欢呼声交织在一起，到处洋溢着欢乐喜庆的气氛。

谁也没有料到，此时，几个潜伏下来的西班牙人悄悄溜进了市政厅的地下室——那里堆满了炸药，一旦爆炸，后果不堪设想。西班牙人将导火索从一个院子里引进地下室，点燃之后就慌忙溜走了。

导火索"咝咝"烧向地下室，一场巨大的灾难即将降临。

危急关头，有个叫于连的小男孩到院子里撒尿。他在墙角边发现了闪着火花的导火索。出于好奇，一泡童子尿全撒在了导火索上……导火索熄灭了，布鲁塞尔化险为夷。

我们不必考究这是一个美丽的传说，还是布鲁塞尔人为了制造一个激励市民的英雄而杜撰的神话。可以确定的是，1619年，雕塑大师捷罗姆·杜克思诺创作了这尊青铜雕塑，并把他安放在大广场旁边的拐角处。几个世纪以来，他一直是布鲁塞尔人崇拜的偶像。

现在，小于连撒的当然不再是童子尿，而是自来水。

每逢狂欢节，小于连就改撒啤酒，狂欢的人们争相掬饮，为节日增

■ 撒尿小孩

添了许多欢乐气氛。

外国游客来到布鲁塞尔,必一睹小于连的风采,并争相和小于连一起拍照,作为曾在布鲁塞尔逗留的美好纪念。

我们匆匆来到这儿时,周围已是人山人海。

好不容易挤过去,只见一个约两米高的大理石雕花台座上,站立着一个半米左右的孩童,背靠石雕的神龛,前面围着一圈铁栅栏。

由于年代久远,铜表锈蚀,小于连像一个非洲小孩,通体漆黑。他头发微卷,鼻子尖俏,嘴角挂着微笑,赤身露体,叉腰亮肚,无拘无束地在人们面前撒尿,造型天真、活泼,憨态可掬。

许多人忍俊不禁,在那里张着嘴傻笑。诗曰:

喜眉笑眼小顽童,
亮肚叉腰憨态聪。
谁想一泡童子尿,
尿成惊世大英雄。

忽然,一群穿着宽大蓝色衣袍的人匆匆来到这里。他们用篷布把小于连罩了起来。而后,一阵咚嚓咚嚓的锣鼓声,一阵唱圣歌似的梵音……几分钟后，篷布揭去，小于连已面目一新：头戴蓝帽，身穿蓝衫，尿得更欢了……人们争先恐后，或用矿泉水瓶去接，或用双手接了去喝……热闹异常。

比利时篇

我忽然想起小时看耍猴的，耍猴人把一块脏兮兮灰不溜秋的苫布搭在小猴和道具箱上，口中念道：蒙上盖上，变得快当；锣鼓一响，变出猴王。而后，一阵咚嚓咚嚓的锣鼓声，口中则念了些"俺把你们哄了"的所谓真言……苫布揭去，一个头戴冲天冠，手执金箍棒的猴王，就跳出来丢跌作揖，绕圈讨赏钱……

被人群涌了一下，突然意识到这样的联想对小英雄未免不敬，忙敛神回到现场，抢角度拍摄。

为小于连穿衣和他第一件衣服的来历，却有一个真实的故事。

17世纪末，法国和西（班牙）属荷兰展开了争夺比利时的战争。为了拯救被困的法国军队，法国国王路易十四下令炮轰布鲁塞尔。但轰炸没有能挽救法国军队，却摧毁了布鲁塞尔。3年后，即1698年，巴伐里亚总督参加了布鲁塞尔的重建庆祝活动。他见小于连赤身裸体站在冰天雪地里，特将一套刺绣礼服赠给了撒尿小孩。此举一开，各国宾客纷纷效仿，争相把本国的民族服装送给这位小公民。

1979年，在布鲁塞尔建城1000周年庆典时，我国代表团也赠送了一套汉族的对襟小裤褂。据说，每年10月1日，小于连都要穿上这套中国服装。

目前，小于连已成为世界上衣服最多的人。哪个国家领导人去，他就穿哪个国家的服装迎候。现在市中心有一座博物馆，专门收藏和展览小于连接受的各种各样的服装。

来时匆匆忙忙没有在意，返回时却闻到到处弥漫着浓郁的巧克力香味。

原来这条叫埃杜弗的小街，两边布满了各种各样的小商店，除了出售大大小小的撒尿小孩——人们都称之为吉祥物，还有名气很大的巧克力和花边。比利时的巧克力与瑞士巧克力齐名，著名品牌有金边、雅克、嘉勒博等。

比利时的花边，可与中国湘绣、苏绣一类产品相媲美，堪称世界一绝。

我一向不吃巧克力，对花边也缺乏鉴赏力，倒是同行的女同胞大包小包、大块小块地买了不少。

223

布鲁塞尔原子球塔

巨大的原子

原子是构成自然界生命万物的最基本单位，不借助显微镜，人们是看不到它的踪迹的。

可我们在布鲁塞尔却看到了铁原子，而且是一个庞然大物，那就是位于布鲁塞尔西北郊的原子球塔。

原子球塔坐落在海塞尔高地易多明公园内。我们来到这里时，正午刚过。巨大的、银白色的原子球塔耸立在大片树林、草坪、鲜花和喷泉之上，在阳光下银光四射。

这是一座造型奇特、气势宏伟、令人叹为观止的庞大建筑物。

原子球塔始建于1958年，是比利时为布鲁塞尔世博会专门建造的标志性建筑。

原子球塔的设计者是比利时著名工程师昂德雷·瓦特凯恩。他根据一个铁分子是由9个铁原子组成的原理，专门设计了9个银白色圆球。其中8个球各据一角，构成一个正方体，1个球处于正方体中心。正方体以一条对角线与地面垂直，安放在3个巨大钢架支撑着的圆形大厅上。在这里，每个圆球都象征着一个铁原子，圆球与圆球之间又按照铁分子的正方体晶体结构组合在一起，从而形成了一个巨大的铁分子。

换句话说，这座原子球塔，就是放大了1650亿倍的铁正方体结构。球塔高102米，重达2200吨。每个球体直径18米，有效面积240平米，圆球之间用钢管连接，内装滚动扶梯。乘快速电梯可从地面直达顶端圆球。

无巧不成书。昂德雷·瓦特凯恩之所以会设计出这样一个新奇的方案，有三个巧合。

一是当时欧共体正巧有9个成员国。

二是比利时正巧有9个省。

三是围绕太阳运行的正巧是9个行星。

三巧合一巧，铁分子的9个原子正巧成为比利时和欧共体的象征，同时用微观世界的原子结构来展示宏观宇宙9大行星的运行奥秘，既表达了发展原子能的巨大前景，也寄托了人们利用原子能开拓宇宙资源的良好愿望。

因而，原子球塔成为历届世博会最靓丽的标志性建筑之一。

世博会是影响巨大的国际性博览会。

第一届现代意义上的世界博览会（最初叫万国博览会）于1851年5月1日在英国伦敦举办。当时的英国是欧洲乃至全世界第一强国。为了夸耀国家的强盛，英国人煞费苦心布展，仅展览用的台桌总长就达13公里。在1.4万件展品中，包括一块24吨重的煤块、一颗印度产的大金刚钻。而博览会展出的蒸汽机、水力印刷机、纺织机则展示了工业的发展和人类文明的成果，标志着工业时代的到来。

从此，世博会就成为展现人类在经济、社会和科技领域取得重大成果的国际性大型展示会。

1876年，第二届世博会在美国费城举行。大量的美国技术展现在世人面前：收割机、打字机、电话以及同步拍发两项消息的双重发报机。

在1878年的巴黎世博会上，爱迪生的留声机和钨丝灯泡首次展现在人们面前，同时还展出了冷冻船等新产品。

1939年，美国纽约世博会展出了人类的新发明——电视摄像机，美国国家广播公司就用这套设备对开幕式进行了实况转播。

截止2006年，世博会已先后举办过40届。每一届都有一个主题，一个会徽，一个标志性建筑。可以说，世博会的历史，就是现代科技发展和现代文明进步的缩影。

　　原子球塔就是一个巨大的展览馆，每个圆球就是一个科技知识展厅。9个球体内分别陈列着太阳能、和平利用原子能、航天技术、天文、气象、卫星气象、气象雷达、气象通讯、宇宙航行等资料和实物。每个圆球四周还镶着6面巨大的有机玻璃窗，窗前架设许多望远镜，可供250位游

■ 原子球塔

客同时观赏布鲁塞尔的旖旎风光。

据说,观赏原子球塔的最佳时间是在晚上。届时,9个圆球外的9圈灯炮交替追逐发光,象征电子的运动。在变幻莫测的灯光照射下,9个圆球就像天上的行星一样运转不息,散发出梦幻般的光芒,把人们带入亦真亦幻的外星世界。诗曰:

比利时篇

核能聚裂显峥嵘,
球塔高擎示妙精。
谁舞尖端双刃剑,
为争霸主为和平?

来也匆匆,去也匆匆。我们在绿草如茵、红花似火的公园内选择不同角度拍了一些照片,就恋恋不舍地离开了这里。

告别原子球塔时,心里突然升起一个问号,或者说突然冒出一种期盼——历届世博会的主办城市大都会建立一座标志性建筑,比如布鲁塞尔的原子球塔、巴黎的艾菲尔铁塔、西雅图的宇宙针塔……那么,我国2010年的上海世博会,会矗立起一座什么样的标志性建筑呢?或者说,有什么会更精彩?

227

时间荏苒。当这本书再版时，第 41 届世博会——中国 2010 年上海世博会已闭幕三年多了。当年感叹欧洲小汽车太多，如今我国多数城市也已车满为患了。上海世博会以"城市，让生活更美好"为主题，总投资达 450 亿人民币，创造了世博会最大投资规模，同时超越 7000 万的参观人数也创下了历届世博会之最。从展示社会进步和科技发展的角度讲，无疑是成功的。作者感受较深的是：世博轴建筑规模最大；中国馆最火；中国馆的造型最土；清明上河图最现代化；演艺馆最漂亮；美国馆最应付差事；非洲馆最简陋；沙特馆排队时间最长。

荷 兰 篇

荷兰王国	居住在海平面以下的国家
荷兰风车	荷兰的国家名片
荷兰木屐	漂亮的木屐
荷兰郁金香	姹紫嫣红

荷兰王国

居住在海平面以下的国家

古代的荷兰是森林和沼泽的世界。直到一千年前,一只松鼠要出门旅行,不是在陆地,而是从沼泽中的树顶上。

荷兰的原意是"低地之国"。它靠近北海,地势低洼,其国土面积

■ 荷兰风光

■ 荷兰风光

的四分之一低于海平面。荷兰有许多叫"丹"的地名，譬如阿姆斯特丹、鹿特丹等，"丹"是"堤坝"的意思，荷兰四分之一的国土是由堤坝围海造田而成的。今天阿姆斯特丹的国际机场就低于北海海平面。据说北海涨潮时，其海面竟与城内二层楼顶一样高。站在轮船的甲板，会看到许多汽车、自行车在低于海平面很多的公路上爬行。于是，荷兰的故事，就是人与自然编串在一起的传奇：海水、堤坝、运河、风车、木屐、奶酪、郁金香……

阿姆斯特丹有90个小岛，160条运河和1281座桥梁，河渠纵横，状似蛛网。很多建筑用密植于水下的木桩支撑起来。建于1648年的荷兰王宫，就建在13569根树桩上。由于地少人多，运河上泊有近2万家"船屋"，因而阿姆斯特丹被称为"北方威尼斯"。

上帝或许怜悯荷兰人栖居在世界上最低的国度里，作为补偿，便把荷兰人的个头捏拽成世界第一的高度。

荷兰人的祖先是日耳曼部落的一支。15世纪末，荷兰、比利时、卢森堡和法兰西北部地区被统称为尼德兰，是当时西欧工商业最发达、最富有的地区。16世纪时，尼德兰屈服于西班牙海盗的淫威，沦为殖民地。16世纪后半叶，尼德兰爆发了延续80年的资产阶级独立革命，直到1648年，荷兰才宣告独立。

荷兰在驱逐西班牙人的战争中逐渐强盛起来。打跑了南欧海盗，荷兰人却疾恶而为恶，把南欧海盗留下的冠带安扣在自己身上，一跃而成为17世纪世界上最强悍的西欧海盗，而且发誓一定要把南欧海盗烙烫在自己身上的耻辱印痕，揭起来粘贴在别的国家别的民族的额头。

于是，荷兰的海盗船便像飓风似的飚到了世界各地，荷兰的东印度公司、西印度公司曾是世界上最早最大的跨国公司。他们占领了南非的好望角、亚洲的爪哇岛、马六甲、斯里兰卡和我国台湾。小时看民族英雄郑成功收复台湾的故事，荷兰人被称为"红毛鬼子"，因而荷兰人在我最早的记忆中是同日本鬼子划等号的。而在父辈和祖辈的印象里，他们当然都是外国鬼子。荷兰海盗还在荒凉的北美哈得逊河口修筑了新阿姆斯特丹。数十年之后，新阿姆斯特丹成为世界上最大最优良的天然海港之一，成为荷兰人对外掠夺的前哨。

新阿姆斯特丹的繁荣使得英国殖民者垂涎三尺。同样是在海盗生涯中暴发的英国海盗最终在1664年攻克该城，并用本土约克市的名字将新阿姆斯特丹命名为新约克郡（New York），中文译音为纽约，就是今天美国最大最繁华的城市、联合国总部所在地。

荷兰海盗当然心有不甘。于是，17世纪下半叶，荷兰和英国这两大西欧海盗为争夺殖民地，爆发了三次激战，结果是荷兰的殖民优势被英国摧毁，英国从此作为最凶悍的海盗称霸世界。

荷兰海盗注重掠取实惠，英国海盗却注重文化殖民。因而，荷兰随着殖民结束，于殖民国便销声匿迹了。英国殖民者却常给殖民地留下制度和思想上的烙印。

尽管荷兰被英国挫伤了元气，又前后被法国的路易十四和拿破仑扫荡了几番，二战期间希特勒还把荷兰王室和内阁赶到了国外，但曾有的海盗暴发户的履历还是给他们留下了一定的物质的、生产方式的和制度的基石，因而，荷兰仍是西方发达国家之一：高收入、高福利、高消费。

荷兰的工业很发达。

它是世界主要造船国之一，鹿特丹是世界第一大港，货物吞吐量居世界首位。作为高度现代化的大港，鹿特丹既可以停泊超级油轮，每年进出的远洋货轮达3.5万艘之多，又有内河船舶在那里穿梭忙碌；既有大型油轮、外观整齐的集装箱船，也有快速装卸的滚装船和形状古怪的子母船。鹿特丹还是欧洲最大的炼油中心。

荷兰的飞利浦电子集团是欧洲最大的电子公司，本世纪初的销售额就高达300亿欧元。飞利浦集团的产品在彩电、照明、医疗影像诊断等领域居世界领先地位，其中飞利浦剃须刀被誉为世界剃须刀行业第一品牌。

荷兰的喜力啤酒是全球最有名的啤酒品牌，在全世界170多个国家热销。

阿姆斯特丹的考斯特钻石加工厂堪称世界"钻石加工第一厂"。1905年，它把在南非发现的世界上迄今最大的钻石"库利南"加工成"非洲之星"。1852年，它将柯伊努尔钻石首创性地打磨出57个切面，镶嵌在英国女王的皇冠上。英国查尔斯王子1981年送给戴安娜王妃的结婚钻戒也是在考斯特订做的。考斯特切割过世界最小的钻石，仅有0.0000102克拉（1克拉等于0.2克），但仍然有57个切面，被授予证书载入吉尼斯世界记录。

我们在考斯特参观时始知，克拉、色彩、纯度和切割，是辨别钻石品质的四大要素。荷兰虽然不产钻石，但由于拥有世界第一流的钻石切割和打磨技术，因而被称为钻石王国。

荷兰的农业也相当发达。

荷兰的面积和人口均相当于我国重庆市的一半，而且只有2%的人口直接从事农业生产，但却是位列美国和法国之后世界第三大农产品出口国。

荷兰人因地制宜发展畜牧业和花卉业，成为世界畜牧业的头羊和最大的鲜花出口国。

荷兰一望无际的平原上，隆起了大片大片的玻璃房，那就是花卉温室。姹紫嫣红的郁金香艳名远播，它既是价值很高的经济作物，又铺陈为独特的观光农业，世界上以花卉为龙头且具旅游观光特色的农业也只有荷兰一个国家。

荷兰农业的另一个龙头老大是养牛业。荷兰奶牛养殖专业化、机械

化程度极高。荷兰奶牛体型高大,产乳量高,每头年均产乳量为4500到6000升,居世界第一。荷兰人均一头奶牛,鲜奶多了便制成奶酪、黄油和奶粉,是世界上最大的奶酪、黄油和奶粉出口国。黄油和奶酪虽然都是从鲜牛奶中提取的干物质,但品质迥异。黄油的含量主要是脂肪,奶酪的含量主要是蛋白质。欧洲人过去喜食黄油,虽可御寒,却易发胖,因而欧洲人大腹便便者居多。现在的欧洲人改嗜奶酪,营养丰富却较少堆积脂肪,因而奶酪在欧洲逐渐走俏而黄油却销量渐少。诗曰:

茹草饮清何所求?
敢教上帝也蒙羞。
黄油奶酪生前奉,
精肉皮裘身后酬。

不过,荷兰的形象总是被人们塞入"另类"一档。

因为荷兰有黄、赌、毒、黑"四害"。

色情业是荷兰的合法产业,每年都为政府贡献大量税收。阿姆斯特丹就拥有欧洲最大的红灯区。在阿姆斯特丹,妓女和上帝两个世界只隔着一条窄窄的运河。运河的一边是放荡不羁的标有红象标志的色情场所,运河的另一边是端严整肃的建于14世纪的大教堂,它们隔河而居,鸡犬之声相闻,老死不相往来。当然亦不乏在一边堕落又在另一边忏悔者。在全市40多家博物馆中,既有收藏了"乌鸦与麦田"、"向日葵"等诸多世界名画的梵高博物馆,也有世界上独一号的"性博物馆"。

在荷兰,赌博、吸大麻、同性恋结婚和安乐死都是合法的。

阿姆斯特丹有70万人口,据说黑社会就有数万之众。他们控制着妓院、赌馆、烟馆,也左右着治安的好坏。荷兰人有句话很形象也很无奈:"警察配合黑社会把治安治理得还算可以"——可见荷兰黑社会力量之大。在荷兰,东西不是会被偷,而是会被抢,而那些抢劫者多是假警察。

荷兰还有"四怪"。

一是政府设在首都外。荷兰的首都是阿姆斯特丹,但王室、议会、首相府、中央各部和外交使团却驻跸海牙,著名的国际法庭也设在海牙。

■ 荷兰风光

二是吊运家具铁钩拽。阿姆斯特丹楼房的门很小，有的仅能容一个人走进。这与荷兰古时一条奇怪的法律有关：门越大交纳的税越多。于是人们就尽量把门做小，却把窗口做得很大，再在每栋小楼的顶部，装几个伸出来的铁钩子，用以把家具什么的东西从窗口吊进或运出。

三是自行车更比汽车快。荷兰的自行车之多，堪称欧洲之冠，加上街道狭窄，大街小巷几乎是自行车的天下，高大的荷兰人把自行车蹬得飞快。因此，在荷兰的街道行走特别是横穿马路，首先要小心和避让的不是汽车而是自行车。

四是当街撒尿很自在。在阿姆斯特丹纵横交错的临河街道，用铁片圈起许多半圆形男用简易厕所，常有人在众目睽睽下解急。虽不雅观，但据说已有相当长的历史，人们见怪不怪，也就习以为常了。

荷兰风车

荷兰名片

　　九九艳阳天，风车咿呀转，看电影《柳堡的故事》，风车充满欢乐、温馨、柔情蜜意。蠢人战巨人，令人把饭喷，看小说《唐·吉诃德》，风车充满惊险、神奇、幽默风趣。在荷兰，我们参观了阿姆斯特丹郊外的扎达姆风车村，却别是一番感受。

　　村口的村民见到我们便像老朋友似的用汉语招呼："您好！欢迎！

■ 风车村一角

照相?"嘴里说着,手里的家什已不客气地对着我们"喀嚓"起来。

出门时相片已贴在大门旁边的墙上,不满意就不必理睬,满意的交5欧元拿走了事。

走进风车村,只见十几架风车在田野里、运河边悠闲地旋转着。

湛蓝的天空漂浮着淡淡的白云,太阳透过高大的树冠把碎影撒在清亮的水面,微风拂来,漾起一层层波纹。

好像在办什么喜事,一艘华丽的游船鼓乐喧天从水面驶过,铿锵铿锵,咚嚓咚嚓,那种西方特有的鼓乐声和旋律,听起来有一种新奇愉悦的感觉。

远望旷野平畴,绿草如茵,草地上点缀着黑白相间的荷兰奶牛、棕

■ 在风车村

红色的荷兰矮马和三三两两绵羊。胖胖的野鸭、水鸟时起时落,与牛马羊和谐地共享这片丰沃的水草。

几幢朴质典雅、古色古香的木屋小院散落在水塘边,周围绿树掩隐,小桥流水,恬静得好像进入了童话世界。

踏着碧草湿地,我们来到运河边一架较大的风车前。这架风车其实是一座磨房建筑,砖木混合结构,约四层楼高,顶层是机房,车叶的中心轴在最高处。风很小,但叶片依然在不紧不慢地旋转。

太阳已经有些偏西,阳光斜照在红绿白相间的巨大叶片上,与映在运河中的倒影形成了一幅绝美的图片。这美丽的景致把我们忽悠得心醉神迷,慷慨地拍摄了许多照片。

美与丑:感悟欧洲

尽管世界各地的风车林林总总、各呈风流,譬如西班牙农舍板皮木屋风车,法国布列塔尼风车,希腊雅典娜太阳神风车,美国乡村老式风车,日本磨坊风车,科威特沙漠风车以及中国传统木制风车,但人们普遍认为,风车真正的故乡还是在荷兰,而且风车被誉为荷兰的"名片"。

多少年来,荷兰人为了抵御海水的浸袭,围海造地,沿海筑起了长达3000多公里的堤坝。

荷兰多雨,用堤坝围起来的凹地,积水很多,如果不排到海里去,那些凹地就会被重新淹没。

荷兰人想到了利用风能。

荷兰地处欧洲西部海岸,大西洋季风浩荡千里,从北海长吹直入,荷兰正处风带要冲,风车也就应运而生了。

1229年,荷兰人发明了世界上第一架为人类提供动力的风车。它是一种风叶带动齿轮转动的中空式风车。起初,风车提水的高度有限,而水的落差又很大,他们就把几个风车排起来,一级一级地提,一直把水提到高出地面的河道里,排入大海。然后通过各种方法改良土壤,把大片盐碱地逐步熟酿为茂盛的草场和鲜花种植园。

需求催生了风车,而风车技术的不断创新,又推动了风车的大量使用。欧洲流传着这样一句话:"上帝创造了人,荷兰风车创造了陆地"。

诚然,如果没有这些高高耸立的抽水风车,荷兰无法从大海中取得近乎国土面积四分之一的土地。

在过去漫长的岁月里,人们用原始的手工操作方法舂、捣、碾、磨谷物,以后是马拉踏车和水车。风车的发明和进一步发展,不但可碾磨谷物，还可加工粗盐、烟叶、香料以及造纸、榨油、压滚毛毡等等。由于功能不同，几乎所有风车的造型都独一无二。18 世纪，是荷兰风车的鼎盛时期，风车总数达 1.8 万架，许多风车有 600 匹马力。

19 世纪以后，随着蒸汽机、内燃机和电动机的问世，曾为人类服役几个世纪的传统风车逐渐衰落，慢慢退出了历史舞台。然而，令人惊异的是，荷兰这个现代化的国家并未失去它的古老传统，约千架象征荷兰民族文化的风车，仍然乐呵呵地旋转在荷兰的各个角落，成为一道独特的风景线。

虽然风车大多已不再保留原有的功能，但荷兰人古为今用，把风车作为文物古迹开发旅游。世界各地蜂拥而至的游客，都以到风车村一饱眼福为快。荷兰还大力开发风力发电，荷兰素以风车王国著称，风力发电自然有得天独厚的优势。

荷兰篇

荷兰人对风车有着深厚的感情，视风车为国宝，因而确定每年 5 月的第二个星期六为风车日，这一天全国的风车一齐转动，举国欢庆，盛况空前。

荷兰的风车，已经成为荷兰精神的象征。

风车处于不同状态，能表达不同含义。风车上挂了国旗，那是一个小生命降生了，或者是一对新人正在举行婚礼；风车静止不动、风叶板向后倾斜，是哀悼发生了不幸；风叶板形成正十字形时，是贵宾将至，表示热烈欢迎；当风车挂起花环或插满彩旗时，这天是荷兰重要的节庆或纪念日。

大海在北边，田野在南边，高大的风车默默地矗立在中间的地平线上，风叶在蔚蓝色的天空下悠闲地旋转着，向每一个来到这里的人，无言地诉说着前人艰苦创业的传奇和建设美好未来的憧憬。

感觉如诗如画的荷兰，就像这个国家的风车一样，旋转着五光十色的精彩。诗曰：

风景迷人诗画中，
风光旖旎漫长空。
风车造地千村绿，
风叶催花万里红。

荷兰木屐

漂亮的木屐

　　如果在国内饭店，餐桌上放一只鞋你多半会掩鼻而叱。而在荷兰，在我们就餐的餐桌上，一只小巧别致、色彩斑斓的木屐摆在餐桌中央，里面斜插一束五颜六色的郁金香，温馨浪漫的异国情调使我们胃口大开。

　　在扎达姆风车村，我们还参观了木屐加工。

　　一个简易的木棚里，身形高大的木屐师傅将一块木头放在刨木机上，一阵隆隆声响过后，木屑飞溅，木块上很快旋出一个大洞。然后，木屐师傅熟练地磨出木屐内外雏形，磨滑表面，切掉手攥的木把。不到五分钟，一只木屐就刨制而成，形状很像我国古时宫廷穿着的朝靴。制作木屐的木头是荷兰特有的一种柔韧且无花纹的杨树，含水量很大，木屐师傅用嘴一吹，水便从木屐外面淌出来，就像用手拧扭刚刚洗完的衣服。托尼说，这只木屐还要涂抹数次光油，才能起到既防潮又耐穿的作用。

　　荷兰雨多潮湿，人们便发明了木屐以对付恶劣的自然环境。木屐底厚，防潮、防水、防寒、防暑，加之耐用，因而深受荷兰人喜爱。由于料多而价廉，加工又极简单，所以荷兰很多人都会制作木屐。在科技和生产力高度发达的今天，荷兰乡村还保留着穿木屐的习惯，这既体现了荷兰人喜新不厌旧的特性，也凸显木屐坚实耐用的优点。目前荷兰还有20多家木屐加工厂，年产量约450万双。其中三分之一用来实际穿着，三分之二则作为纪念品出售。

　　我国的木屐是一种没有帮儿只有襻儿的木底鞋，北方人叫趿拉板儿，广东人叫木屐。

传说，我国的木屐始于春秋时晋文公重耳。晋文公流亡国外19年，即位后封赏追随他的股肱之臣，却一时忘却曾割股肉为之充饥的介之推。介子推淡泊名利，与母亲隐居山西绵山。后来，文公几次相请，他都拒不出山。文公没奈何便放火烧山，想逼他出来，谁知介子推母子却宁肯抱树焚死。晋文公感慨不已，遂在绵山建祠纪念介子推。又命工匠将介子推殉难之处那棵树根刨起，做成一双木屐，不时套在脚上，呼为"足下"，以示敬仰和怀念。直到今天，人们还把好朋友称为"足下"，就是出于这个典故。

还有一个传说，春秋美女西施，从小爱穿木屐浣纱。越王勾践把她献给吴王夫差后，吴王为取悦西施，让所有宫女都穿上木屐在空廊上走动。木屐在空廊上发出有节奏的"嗒嗒"声响，西施闻之甚喜，时人故称木屐为"响廊板"。

李白《梦游天姥吟留别》有云："脚著谢公屐，身登轻云梯，半壁

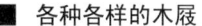

■ 各种各样的木屐

荷兰篇

见海日,空中闻天鸡。"谢公屐,即南宋诗人谢灵运喜穿的特制木屐。谢灵运生前好游名山秀水,他寻山陟岭时,"常着木屐,上山则去前齿,下山则去后齿。"这说明,他这种木屐前后有两个可活动的"齿",各有妙用,上坡下岭,如履平地。

木屐传到清朝时,已被女人视为时髦。不过,这时的木屐,高跟却置于鞋的中部,边帮描龙刺凤,再配上满清特有的旗袍,走起路来袅袅婷婷,平添了许多风韵。20世纪初,木屐又被高跟鞋取代。现在,远足踏青的人多穿胶底旅游鞋,更无人穿木屐了,只是还有些地方的人将木屐当作拖鞋在客厅里吧嗒。

木屐盛唐时从我国传入日本,日本自古便将木屐写作"足下",足见中日两国木屐的亲缘关系。现在我们国内一些木屐加工厂,本应是弘扬传统国粹,却宣称其制作技术来自日本,带有洋味儿,国粹成了舶来品,想起来不禁有些悻悻然。

而在远隔万里之遥的荷兰,木屐却与风车、奶酪、郁金香并称为荷兰"四宝",大放异彩。

在荷兰人眼中,木屐犹如丘比特神箭,象征着神圣的爱情。在荷兰,一双精美的木屐可以换回一位漂亮的妻子。至于钻戒和跑车,这种美国佬常用的订婚礼物,荷兰人认为根本与爱情风马牛不相及。所以,荷兰男子谈恋爱时,总要设法悄悄量好心上人的脚形与尺寸,亲手做一双精美的木屐,并将心上人的闺名刻在木屐上,这才是美女最渴望得到的无价之宝。结婚那天,新郎要把木屐作为爱情的信物送给新娘,并亲手为她穿上,浪漫而温馨。如果到荷兰人家里做客,往往会在最显眼的地方,看到一双制作精美的木屐。不用说,这就是当年的爱情信物,它不会因岁月蹉跎而减少当年的浪漫情怀。

参观完木屐加工,我们又来到木屐超市。这里大大小小、精雕细琢、彩釉精美的木屐琳琅满目。有的像我国江南的放鸭小舟,放在专卖店门外,里面可坐两三个人,专供游客拍照留影;有的只有拇指般大小。

我仔细观赏过这些木屐,它造型别致,做工精细、考究,每只木屐都由一整块木头挖凿而成。高翘的鞋尖,宽厚的底板,镂空中间留下边帮,再配上华丽明快的图案和五光十色的颜色,看上去既典雅又秀美,既结实又耐用。诗曰：

　　　　　小如拇指大如舟，
　　　　　色彩斑斓耀眼眸。
　　　　　耐水御寒防溽暑，
　　　　　谈情说爱更风流。

　　荷兰小姐满脸笑容，热情招呼；托尼有感而发，推波助澜，加之完全艺术化的诱惑，身临其境不买上一双两双倒觉得很难为情。

　　荷兰人现在不是在简单地生产经营木屐，而是将木屐文化传承和发扬光大，让其深深扎根在湿润的土壤中。

　　荷兰的木屐文化，对我们的旅游产品开发，应是一个有益的启示。

荷兰郁金香

姹紫嫣红

　　荷兰有一个古老而美丽的传说：三个勇士同时爱上一位漂亮姑娘，一个送她一顶皇冠，一个送她一把宝剑，一个送她一块金砖。但她对谁都不钟情，只好向花神祷告。花神深谙爱情之玄妙，兰花指轻拈，便把皇冠点化为花蕾，宝剑点化为茎叶，金砖点化为球茎，这样便盛开了一支美丽的郁金香。

■ 争奇斗艳

现实中，荷兰郁金香的历史是从一位名叫克卢修斯的园艺学家开始的。

16世纪，在维也纳皇家花园当园丁的克卢修斯，千方百计从出使土耳其的奥地利大使手中获得了原产于土耳其的郁金香，并带着它来到了荷兰。

不久，郁金香便在荷兰繁殖起来，且发展神速，各地迅速掀起了郁金香热。许多人疯狂地种植郁金香，郁金香的价格也数十倍、数百倍地疯涨。

到后来，一颗珍贵的球茎市价竟相当于荷兰普通居民数年的收入，甚至有人用一座带花园的别墅换取一株"永远的奥古斯都"。

二战期间，荷兰境内粮食奇缺，许多人拿郁金香的球茎当作食物，才度过1944年可怕饥饿的冬季。因此，荷兰人对郁金香更加情有独钟。

在郁金香进入荷兰的400年里，不仅深得荷兰人喜爱，被评为国花，而且使许多荷兰人暴富，荷兰也因此成为郁金香王国、鲜花王国。

今天，郁金香不仅种植在花园或公园里供人观赏，而且成了深受欢迎的出口商品之一。

荷兰是世界上最大的鲜花出口国，每年种植4万多英亩鲜花，年产花卉240万吨，销往世界100多个国家和地区。

荷兰每年大约培育90亿个鲜花球茎，全世界每个人可以分到两个，如果把它们全部排列起来，可以绕地球赤道7圈。

郁金香即芳草之意，别名洋荷花、草麝香，是美丽、端庄、华贵和成功的象征。法国作家大仲马形容她：艳丽得令人睁不开眼睛，完美得令人透不过气来。有人说，荷兰没有产生伟大的思想家，却产生了世界上最擅长运用色彩的画家伦勃朗和梵高，就是因为他们汲取了郁金香的精华。

每年四五月间，大片郁金香在阳光下怒放，五颜六色，千姿百态，结成一条条绚丽的花带，把绿色的原野打扮得流光溢彩。诗曰：

千姿百态毓清香，
溢彩流光曳画廊。

荷兰篇

姹紫嫣红春满地，
争奇斗艳蝶蜂狂。

在阿姆斯特丹近郊，有世界上最大的球茎花园——克肯霍夫公园。公园内种有数百万株郁金香，多达500余个品种。据说荷兰全国郁金香的精华都集中在这里。草地上，林荫间，溪湖旁，到处盛开着一朵朵又大又艳、状如酒杯的郁金香，红的如火，黄的似金，白的赛雪，更有粉红色的、深蓝色的、银白色的、绛紫色的……它们美丽如织锦般铺满了整个公园，令人眼花缭乱。

尤其是一场春雨淋过，朵朵鲜花饱含雨露，恰似一个个亭亭玉立的美人儿，高高举起芬芳的酒杯，面对游人，脉脉含情，娇羞欲语……游人们迷恋着郁金香的风采，陶醉在自然造化的美景之中。

郁金香是爱的使者，不同颜色，代表不同的爱。

红色代表热烈的爱，橙色代表高雅的爱，粉色代表温馨的爱，白色代表纯洁的爱，黄色代表渴望的爱，紫色代表永恒的爱，蓝色代表迟来的爱……

在众多郁金香品种中，最珍贵的是黑色郁金香。物以稀为贵，大自然4000多种花卉绝大部分呈红色、粉色、橙色或黄色、白色，只有8种是黑色的，黑色郁金香象征高傲、冷峻的美，代表深挚的爱。

在这个国度里，凡是有人居住的地方，必定花团锦簇。许多人家不但在花园里、阳台上种花，而且连浴室里也摆放着盆栽花卉。

车行在荷兰的旷野，随处可以见到如画的风景。蓝天白云下，三五成群的奶牛和绵羊悠闲自在地在无边的草地上啃食青草；远处的风车咿呀作响，缓缓转动；盛开的郁金香散发出淡淡清香，弥漫在空气中……

荷兰人之所以对郁金香情有独钟，固然与它可以换来财富有关，但更重要的是，这种花卉能够营造出优美的生态环境，增添优雅的生活情趣，增进人与自然的和谐。

法国篇

法兰西共和国	浪漫法国
葡萄酒	玉液琼浆
法国首都	七彩巴黎
法国香水	香气袭人
巴黎埃菲尔铁塔	云中牧女
巴黎协和广场	不和谐的广场
巴黎塞纳河	美人颈上的项链
巴黎卢浮宫	当家花旦
巴黎香榭丽舍大道	美丽的散步大道
巴黎雄狮凯旋门	凯旋门与拿破仑
巴黎圣母院	石头交响乐
巴黎凡尔赛宫	皇家园林
凡尔赛宫的主人	太阳王
巴黎红磨坊歌舞	酣畅淋漓的歌舞盛会

法兰西共和国

浪漫法国

　　七月的法国,阳光灿烂,绿意葱葱。一座座漂亮的村庄,一片片绿色的农田,一排排整齐的葡萄园,散落在一望无际的大平原,阡陌交通,黄绿相间,炊烟袅袅,牛羊遍野,一派秀丽迷人的田园风光。

　　车外的美景画轴般一页页卷去,车内的《范府大院》已接近尾声。

■ 法国原野风光

平时难得看完一部电视连续剧，这次欧洲之行，从法兰克福去慕尼黑的路途开始，到行程结束，竟完整地看了一部《范府大院》。郭彩三的精明和愚忠，玲子的机灵与逞强，范敬堂的迂腐与气节，施学仁的滑头与疯癫，施光汉的无能与坏水，念人的幼稚与成熟……《范府大院》的成功，在于它栩栩如生地刻画了一大群性格鲜活的人物，并把他们框范在特定的历史空间，与历史一起哭，一起笑，一同起舞，一同湮没。

法国篇

从地图上看，法国像一个六角型，面积55万平方公里，人口约6000多万。

法国人的祖先被称为高卢人。公元前2到1世纪，罗马军团征服高卢，统治高卢达500年之久，使法国染上了浓重的拉丁色彩。

公元5世纪时，日耳曼民族的一支法兰克人打败了罗马帝国在高卢的最后一任总督，建立了法兰克王国墨洛温王朝。

公元8世纪，墨洛温王朝号称"铁锤"的宫相查理权倾朝野，他儿子"矮子"丕平更得到罗马教皇支持，篡位创建了加洛林王朝。这很像我国汉末曹操专权和儿子曹丕篡位的故事。作为回报，丕平两次出兵帮罗马打败伦巴第人，并将罗马周围的大片土地赠送给教皇，这就是被基督教世界称颂了千余年的"丕平献土"。

加洛林王朝到查理曼大帝时极其强盛，疆域广阔。但辉煌往往短暂，就像昙花一现。查理曼一旦殡天，帝国很快便土崩瓦解，分化为东法兰克王国、中法兰克王国和西法兰克王国，查理曼大帝的三个孙子各自为王。而后，东法兰克王国逐渐演化为现在的德国，中法兰克王国逐渐成为意大利的雏形，西法兰克王国在公元10世纪末改称法兰西王国，即现在的法国。

法国在16世纪初形成封建君主专制，17世纪的路易十四把封建君主专制推到了极致。

随着资产阶级的簇生和实力的膨胀，1789年法国大革命爆发，人们攻陷巴士底狱，废除君主制，建立了第一共和国。1799年拿破仑窃取革命成果，1804年称帝，建立法兰西第一帝国。从此，法国反反复复先后建立过两个帝国和五个共和国。二战结束后，法国进入经济高速发展期，历任共和国总统为戴高乐、蓬皮杜、德斯坦、密特朗、希拉克和萨科齐……

美与丑：感悟欧洲

■ 法国雕塑

法国近代历史上有两个骄傲，也有两块伤疤。

两个骄傲，一个是太阳王路易十四，一个是拿破仑，他们执政时都曾把法国战车引向辉煌，俨然欧洲的主宰。

两块伤疤，一块是巴黎公社前后，梯也尔政府对外割让大片领土并赔付巨额战款，对内残酷镇压革命，现在屹立在巴黎塞纳河畔的巴黎公社墙，就记录着梯也尔政府血淋淋的暴行。另一块伤疤是二战初期，贝当政府不战而降，拱手把巴黎送给德国法西斯，使法国人蒙受了难以洗刷的耻辱。

现在，法国是世界上发达国家之一。钢铁、汽车、建筑为工业三大

250

支柱产业。核电设备能力、石油和石油加工技术及农产品出口居世界第二位,仅次于美国。航空航天工业仅次于美国和俄罗斯,居世界第三位。钢铁工业、纺织业居世界第六位。第三产业高度发达,从业人员约占总劳动力的70%。但法国的税收也高于欧盟其他国家,税种也最多,有法国"万万税"之说。

法国被称为世界文学艺术的殿堂。

有人说,法国每一寸土地都饱含艺术细胞,空气中弥漫着艺术的芬芳。

从17世纪开始,古典主义、浪漫主义和批判现实主义文学相继盛行,莫里哀、巴尔扎克、司汤达、雨果、大仲马、小仲马、福楼拜、左拉、莫泊桑、罗曼·罗兰等文学巨匠享誉全球,他们的许多作品被誉为世界文学的瑰宝。其中《高老头》、《悲惨世界》、《巴黎圣母院》、《红与黑》、《基督山伯爵》和《约翰·克利斯朵夫》等,均被翻译成数十种文字,在全世界广为流传。

■ 法国油画

美与丑：感悟欧洲

■ 法国建筑

法国不但拥有罗丹这样的现实主义雕塑大师，也出现了莫奈和马蒂斯等印象派、野兽派代表人物。

荷兰人梵高，西班牙人毕加索，意大利人莫第里安尼以及我国的张玉良、赵无极等，都是在法兰西艺术至上的氛围中熏陶为世界级绘画大师的。

法国是世界上最浪漫的国度。

提起法国的浪漫，人们立刻就会想到一串浪漫的名词：时装，香水，大餐，葡萄酒，玫瑰花，靓丽女郎，梧桐树下的私语，香榭丽舍大道上的拥吻……

法国的确处处充满了浪漫情调。有资料说，法国男人是花心大萝卜，有艳遇的占50%。法国女人也不想默默无闻，有婚外情的也高达30%以上。

每年7到8月的长假，就是他们各自外出偷情的最佳季节。法国女郎天生丽质，骨骼细小而身材修长，肌肤白嫩而五官灵巧，蓝色或褐色的眼睛，再让金色的头发包拢起来，阳光一照，就像镶嵌在画框里的美人。她们很少戴首饰，使用很淡的香水，如果闻到一种清雅的花香，那一定是一位法国女郎从你身边翩然而过。

法国到处萦绕着旖旎的旋律，飞溅着香槟的泡沫，旋转着香奈尔的裙裾，弥漫着娇兰的芬芳。

这个一切都可以尽情释放的乐园，只要你愿意，你就可以找寻到合适的旋律与光线、合适的窗口或玉腕。

美国作家丹·布朗的畅销小说《达·芬奇密码》中那个符号学专家罗伯特·兰登认为，法国是一个因那些有男子汉气概、沉溺于女色的、像拿破仑和矮子丕平那样危险的小个子领袖出名的国家，它选择艾菲尔铁塔——一个一千英尺高的男性生殖器作为这个国家的象征是再合适不过的了。

法国时装引领世界潮流。

法国时装，巴黎样式，就是时髦、前卫的代名词。

几个世纪以来，从短外套、长斗篷到骑士装、燕尾服，从无边帽、卷檐帽到小礼服、大礼服、蓬蓬裙，再到现代各种新潮时装，无不标新立异、独领风骚。

在巴黎、伦敦、米兰、纽约世界四大服装中心中，巴黎被誉为中心的中心，国际公认的顶尖服装品牌总部大都集中于此，譬如路易威登、香奈尔、皮尔·卡丹、迪奥、鳄鱼、梦特娇、巴黎公主等等。

巴黎有2000多家时装店，老板们的口号是："时装不卖第二件"。

法国时装给人一种轻松浪漫的总体印象，法国人将骨子里的浪漫性格注入对时装的感悟中，轻松随意而又充满风格化的理念，将法国时装设计得款款珍稀。

不过，我们在法国的几天，看到法国人日常生活中的衣着打扮，却并不追求新潮，而是讲究舒适、简便且不拘一格，从款式、色彩到服饰的搭配都给人以自然、高雅而又和谐的感觉。

法国的饮食文化也追求浪漫，法国大餐浪漫而典雅。

他们把饮食视为艺术，除了重视色香味、精心烹制外，还特别注重餐厅环境的优雅，譬如塞纳河畔，临水的楼台，广场的一角，公园的旁边。餐厅内则挂有名人油画，烛台高擎，餐具闪亮，灯光柔和，音乐悠扬，充满了轻松的气氛和愉悦的情调。

法国人一向以善于吃并精于吃而闻名，世界上一流的大厨师，多是法国人。法国大餐则名列法式、英式、意式、俄式、美式等世界西菜之首。

稍微讲究些的法国大餐一般要吃两三个小时，甚至耗费大半天时间。法国大餐有10多道程序，一般情况下至少也有5道。

第一道：开胃酒，譬如道基尔酒、果子酒、香槟等，有促进食欲的功能。第二道：前菜，有特色冷盘、热盘，譬如沙拉、鱼子酱、餐汤、面包等，量都不大。第三道：主菜，这道菜最讲究、最有特色也最昂贵，著名的有法国香煎鹅肝和香草蜗牛。第四道：甜点，包含蛋糕、冰淇淋和奶酪。第五道：咖啡，饭后喝一杯咖啡，可以解除油腻。

每道菜之间，配以不同的酒水。海味品用白兰地，甜品用甜酒，或者白肉（鱼）配白葡萄酒、白兰地，红肉（牛肉、羊肉）配红葡萄酒。牛排、羊腿以半熟鲜嫩为特点，海味的蚝则大多生吃。一道菜要换一次餐具，左叉右刀，由最外边的餐具开始，由外到内，非常考究。

我相信，到法国兜一圈，再古板的人，也会粘几颗浪漫细胞。

葡萄酒

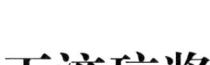

玉液琼浆

法国篇

葡萄酒是法国的国粹，是法兰西优雅文化的代表。

法国人与德国人的区别之一是几乎不喝啤酒，一日三餐则顿顿离不开葡萄酒，仅巴黎一天就要消耗掉2000吨。葡萄酒中含有丰富的维生素、微量元素、矿物质和酚类物质等多种营养成分，适量饮用有益身心健康。

千百年来，法国葡萄酒始终保持着独特的传统酿造工艺，被世人奉为经典极品。

法国得天独厚的温带气候，非常适宜葡萄生长。大香槟区、小香槟区、边缘区、上林区、良木区、林木区六大产区能种植几百种葡萄。不同产区的葡萄有不同的品质和口味，著名的品种有酿制白葡萄酒的霞多丽和苏维浓，酿制红葡萄酒的赤霞珠、希哈、佳美和海洛。因而，法国是世界上葡萄酒品种最多的国家。

经一次发酵后获得的葡萄酒，其酒精度较低，主要有12至13度的白葡萄酒，14至15度的玫瑰红葡萄酒、16至18度的红葡萄酒。

其中红葡萄酒被称为法国葡萄酒中最为光彩的红宝石，备受世人喜爱。

香槟是法国的国宝级葡萄酒，那"砰砰"的开瓶声常使喜庆气氛更浓。但它的制作工艺无法仿效，且必须来自法国香槟地区，其他国家和地区生产的此类葡萄酒只能叫气泡葡萄酒。

美与丑：感悟欧洲

1668年的一天，香槟地区奥特维雷修道院的唐·贝里侬修士闲来无事，把几种葡萄酒掺和在一起，用软木塞密封后放进酒窖，想过些时尝尝味道会发生什么变化。

一年后，当他把那些酒取出时，发现瓶内酒色清澈，明亮诱人。一摇酒瓶，"砰"的一声巨响，瓶塞不翼而飞，葡萄酒喷涌而出，芳香四溢。

这种"爆塞酒"，就是今天香槟的最初由来。

香槟的制作过程极为复杂，传统工序约需100多道。葡萄都用手工采摘。第一次发酵后，需进行勾兑调配，而后进行二次发酵。二次发酵之后为了让酒渣积聚在瓶口，每天都需将酒瓶略为转动，把原来横放的

■ 法国葡萄酒

酒瓶逐渐倒立起来。这个过程称为"转瓶"，有多年经验的老师傅才能成为"转瓶师"。最后，当发酵物都积聚在瓶口的软塞时除去酒渣，香槟才算"诞生"。

不同的配置方法，可获得玫瑰红、粉红、橙黄等各种各样的香槟酒。依调味剂甜度不同，则可分为很干、干、中干、中甜和甜香槟酒。成品香槟仍需封藏3年才能出售，上好的香槟要在窖中存放5年、10年甚

至更久。

据说,清朝末期,法国人把一批香槟酒敬献给慈禧太后。太后一时兴起,想开开洋荤,诏令开瓶。太监不懂开香槟的窍门,"砰"的一声巨响,不仅把太后吓了一跳,喷出的泡沫更污损了太后的华服。那太监当然要拉下去打屁股。其他太监惟恐太后再开洋荤,便想了个绝招:用长长的钢针插进瓶口,让香槟都泄了气……太监们的屁股安全了,而那些精制的香槟也就统统报销了。

白兰地被称为燃烧的葡萄酒。

最早生产白兰地的是法国康涅克地区的人,他们以葡萄为原料,经过发酵、蒸馏而成为白兰地。

目前,世界上有六大蒸馏酒:白兰地、威士忌、金酒、伏特加、朗姆酒和中国白酒。法国不论在质的方面还是在量的方面,都堪称世界第一大白兰地生产国。

白兰地是酒精度较高的烈性酒,一般要用8瓶普通葡萄酒才能蒸馏出一瓶白兰地来。

干邑是上等白兰地的代名词,所有的干邑都是白兰地,但所有的白兰地并不都是干邑。

法国政府于1909年明文规定,只有用产自法国西南部夏朗特省干邑区的葡萄,经传统方式榨汁、发酵,使用传统天鹅颈铜壶蒸馏器,两次蒸馏后,贮存于特制的橡木桶中,经数年甚至数十年酿熟而成浓郁的白兰地,方能称为干邑。

制作干邑的葡萄树树龄须在10年以上,1升干邑约需15升普通葡萄酒作基酒,两次蒸馏后的干邑酒精浓度高达68到72度。轻啜一小口,干邑就会沾满全舌以及整个口腔,其醇美和饱满程度独一无二,且喉韵持久,余味悠长。

轩尼诗、马爹利、人头马与拿破仑被公认为干邑4大经典品牌,其中轩尼诗是世界销量第一的干邑。

被誉为世界酒坛创举的轩尼诗XO级干邑首创于1870年,为高级干邑的典范。

一般来说,干邑白兰地的"星"表示贮藏的时间,也表示档次,三星表示 5 到 8 年，四星表示 8 到 10 年，五星表示 10 到 12 年，VO 表示 12 到 15 年，VSOP 表示 25 到 35 年，XO 表示 45 年以上。

法国人饮葡萄酒极其讲究。

首先是看，通过观赏葡萄酒纯净的颜色，得到视觉上的满足。

其次是嗅，不同葡萄酒的香味，可获得不同的嗅觉享受。

最后才是品。

法国人喝葡萄酒不像德国人喝啤酒那样随时随地大口大口地灌，一瓶一瓶地吹。他们不叫喝，也不叫饮，而是品，环境要优雅，餐桌要整洁，酒杯要透明。斟酒时，只斟到玻璃杯的一小半，以便酒的香味集中在酒杯的上部，而后一小口一小口地啜，慢慢品尝葡萄酒的甘醇。

为了获得最佳口感，他们还将葡萄酒放置于冰箱冷藏室，或放进装有冰块的桶中浸泡。诗曰：

金叉银碟晃琉觥，

玉液琼浆漾碧莹。

红酒绵醇干邑烈，

香槟喜庆响砰砰。

法国首都

七彩巴黎

在以往读过的小说里，雨果再现了法国大革命的血雨腥风，左拉描绘了巴黎下层社会的贫困潦倒，巴尔扎克写尽了纸醉金迷的巴黎上层社会的丑态……那塞纳河的波光、巴黎圣母院的钟声、凡尔赛宫的阴谋、香榭丽舍大道的香车美人以及咖啡馆、旧书摊、萨克斯、红磨坊……我们在巴黎待了两天，这些又都一一浮现在脑海，与眼前的实景时而重叠，时而分离，熟识而陌生，模糊又清晰。

巴黎，就像一个万花筒，怎么看，都是七彩缤纷。

巴黎是古典的。

两千年前，塞纳河中心的西岱岛只是一个小小的渔村，岛上栖居着高卢的"巴黎西人"。罗马人征服高卢后，逐渐把这里拓展为城市。公元4世纪时，为纪念此地最早的主人，人们将该城命名为巴黎。公元508年，法兰克王国定都巴黎。岁月易逝，一个又一个王朝湮没了，巴黎却一天天长大。如今，它已拥有1000多万人口，成为世界上最有影响的都市之一。

有人说，巴黎像一位贵夫人，她美丽而不妖冶，漂亮而不风骚，那种高贵典雅的气质，那种雍容华贵的风度，浸润着上千年的修为。不论是风和日丽的艳阳天，还是华灯四射的狂欢夜，她都是那样的风姿绰约、仪态万方，一年四季，都裸裎着迷人的风采。

259

有人说，巴黎像一部百科全书，包罗万象，博大精深，看一页是一页的精髓，翻一遍有一遍的领悟。

还有人说，巴黎像一坛陈年老酒，愈品愈香，韵味悠长。

那么，古典巴黎的真正蕴意是什么？

作者以为，主要是巴黎观念。

巴黎人怀旧但绝不陈腐，他们精品意识极强，正是"精品意识"铸就了巴黎的古典。

塞纳河上，两千年前的古桥依然健在，卢浮宫前后经过6个世纪的修葺，一座凯旋门也耗时30年精心建造，它们没道理不"古典"。

最值得赞赏的是巴黎现代化的上下水系统，它是大名鼎鼎的奥斯曼在19世纪后半叶设计改建的。

奥斯曼曾担任过巴黎市警察局长，就像《悲惨世界》中的沙威，

■ 巴黎风光

是一个真正的反革命。但他主持建造的上下水系统却使巴黎受益了一百多年。

在雨果的小说里，逃亡和追踪大都发生在错综复杂的下水系统，任何一个地方的下水道都没有巴黎这样充满惊险刺激，充满历史故事。

就是现在，巴黎的上下水系统依然是世界一流的，出口可开进一辆汽车，中间的污水河能开出一条小船。

就是再过几百年，就是有再多的管道、电缆，它都可轻松笑纳。

奥斯曼还尽可能地保留了一批中世纪的古建筑，并在设计新市区时延续了老巴黎的风格。因而，直到现在，巴黎的建筑还依然保留着凝重的灰色调和浑厚的雕塑感。

由此联想到我们的城市建设。浅陋、粗糙者居多，急功近利的思维方法，缺乏前瞻性的规划，今天缝合明天剥开的"拉链式"道路……不能不说，这不是中国人想不到，也不是中国人做不到，只能说这是一个观念问题。而观念背后更深层次的原因是体制方面的问题。

如果说历史上的改朝换代，许多建筑作为皇权的象征，每每被连根拔除，生怕原先的孑遗会对新朝产生这样那样的影响。因而每个朝代的建筑虽有各自的特点和顶峰，但真正能流芳千古的却寥寥无几。那么，现在的问题是，一方面对过去重视不够，对文物古迹保护不力，乱拆乱改；一方面又缺乏长远目光，缺乏科学规划，粗制滥造，甚至劳民伤财的豆腐渣工程也常被新闻媒体曝光。

是追求昙花一现的"政绩"，还是建造"功在当代、福泽后人"的精品？我们都应该深思。

巴黎是时尚的。

巴黎人没有陶醉于古典的成就，而是更注重时髦风尚。

巴黎不仅是法国最大的工商业城市，还是世界会议之都，世界时尚之都。它以妩媚的自然风光、独特的名胜古迹、深厚的文化底蕴以及现代化的服务设施、服务理念，迎来了世界各地数不清的游客和众多的国际会议，国际级的达官富豪常在此欢聚碰杯。

芬芳而迷幻的香水，让全世界美丽的女人趋之若鹜。纯正而前卫的化妆品，把全世界爱美的女士们诱惑得神魂颠倒。"T"型舞台上，风情万种的时装模特儿领舞着全世界的服装时尚。就是一条僻静的碎石路，一片老字号的咖啡馆，一扇窄小的橱窗，都半掩着时髦的风流。

巴黎是傲慢的。

巴黎人十分高傲。就像他们偏爱的公鸡，高昂着头颅，仿佛全世界的光明都是他们司晨打鸣叫出来的。他们骨子里有一种贵族的优越感，三伏天都保持着西装革履的绅士风度。他们继承了路易十四的骄傲，崇拜拿破仑的张狂，马赛曲的激情燃烧着全身的血液。他们把巴黎以外的法国人统称为外乡人，他们鄙视美国浅薄、张扬和粗野的文化，他们看不起简单而"粗俗"的英语。因此，巴黎人决不穿美国牛仔裤，也很少有人讲英语，而以"尊贵"的法语为荣。

巴黎是香艳的。

巴黎号称花都，是谈情说爱者的天堂。不论是塞纳河边还是旺多姆广场，是蒙马圣心教堂门口还是杜伊勒利花园，甚至地铁里、酒吧里、电梯里、人行横道上……到处有热恋的情侣拥吻，那么投入，那么甜蜜。

巴黎的象征之一就是一个热腾腾、湿漉漉、红艳艳的吻痕。法兰西的吻据说是最浪漫的吻，唇舌相交，神魂颠倒，完全进入忘我之境。含蓄一点的也像小鸟喂食一样，啄个没完没了。我们在塞纳河游船上，就见一对恋人旁若无人地"啄"了整个行程。法国人把吃东西喝水发出的声响都看作极不礼貌，却能在大庭广众面前接吻而无所顾忌，也是巴黎一怪。

老太太描眉涂唇，金丝眼镜，坤包短裙，高跟猫步，颤颤巍巍走过斑马线……届时，行人伫足，车辆停驶，成为巴黎又一道风景线。

而年轻姑娘平时几乎不穿名牌，款式也很少标新立异。她们所理解的时髦是回归自然，喜欢宽松自如的休闲装，很少穿高跟鞋。她们的头发本来就是金黄色的，全是自然而然地一披或一挽。她们蓝眼睛的光芒一如塞纳河河心的波光，如果是褐色的眼睛，就像春天河边的泥土一样充满了温馨。法国女郎十分自信自己这种天分，决不在自己的脸上胡抹乱涂，她们甚至很少戴首饰，最多是一条别致的项链，那多是某种情感的纪念。由于巴黎女子都有极高的品位，最终她们才给世界一个巴黎女郎特有的卓然又优雅的整体形象。

如果你想看到真正的巴黎女郎，一是到公司的办公室，脱掉灰色或黑色外套的女子才是一道靓丽的风景。各种露肩、露背、露胸的单衣，风格各异而大胆夸张，连一脸严肃的女老板也常常是一道诱人的乳沟清晰可见。二是到书店或图书馆去。巴黎女郎优雅地伫立在书架前，捧着一本书读着，神态颇似在教堂里读圣经那样虔诚和专注。她们的头往下低着，在领口与发髻之间露出很长一段雪白的颈项，上边一层绒样的汗毛，在屋顶灯光的照耀下，柔和地闪耀着金色的光——这才是巴黎女郎的美。

我们在去巴黎圣母院的途中，曾见一个穿学生装的姑娘悠闲地坐在塞纳河边的石墩上。石墩不高，她的两条腿只能斜斜地歪在地上，左肩挎一只乳白色的坤包，左手自然地搭在左膝上，右手三个手指轻托香腮，眼前的车来人往丝毫也没有引起她的注意，只是气定神闲地看着悠悠的塞纳河水。我们以为她在小憩。谁知我们从巴黎圣母院返回，大约有一

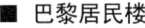
■ 巴黎居民楼

美与丑：感悟欧洲

■ 凡尔赛园林喷泉

个多小时的时间，她依然还原姿原样地坐在那儿，没有忧愁，没有焦灼，眼神清澈，姿态优雅，像一尊雕塑。她绝不是小憩。那么，她是在等人？不像。她是在构思什么作品？难说。但我们猜想，她肯定是巴黎女郎。

巴黎是宽容的。

有道是海纳百川，有容乃大，巴黎正是一个大度包容的城市。

巴黎既有世界上最大的正剧剧场巴黎歌剧院，又有红磨坊的康康舞，既有古色古香的凡尔赛宫，又矗立着工业化的埃菲尔铁塔、大肠小肠盘在肚皮外的蓬皮杜艺术中心，甚至卢浮宫博物馆入口处也耸立着现代化的玻璃金字塔。走在巴黎街头，你会发现，工业文明和传统文化、古典韵味与现代潮流完美地融为一体，充满了摄人魂魄的魅力。

阳光下的塞纳河水静静地流淌着，一座座艺术宫殿和教堂矗立在两岸,鸽群在广场上的人群中觅食。夕阳的余辉映照着塞纳河岸边几处绿色的旧书摊,巴黎圣母院前的街头画家在为游人画像,红磨坊屋顶的风车在悠闲地等待夜幕的降临,狭小的红灯街已经亮起妖冶的艳光。风情万种的巴黎女郎,展跨鹤腿匆匆而过。她们手提一支香烟,得空便啜上一口,烟蒂却并不扔进路边的垃圾桶,而是瞅空闲处一扔就得。入夜,埃菲尔铁塔的灯光照亮了整个巴黎,车流如水,树影婆娑……这是许多作家大致相同的描写。这一切都发生在巴黎。巴黎是冰冷的热烈的,巴黎是香艳的深沉的,巴黎是明快的凝重的,巴黎是古老的前卫的,巴黎是高雅的粗俗的……所有美酒与美女、所有新奇与冒险、所有欲望与梦想——不止法国人的,甚至是西欧的、世界的,都汇聚在这里,将巴黎填充成光怪陆离却又闪烁着绚烂色彩的离奇之地。

巴黎是轻松的。

巴黎虽是现代化的大都市,却没有太强的"霸气",在巴黎市区,没有摩天大楼让你感到压抑和渺小,没有立交桥把你迷糊得找不着北,而且没有喧嚣的市声,偶尔一辆双层敞篷大巴驶过,也只有稀稀拉拉的几个人在上层晒太阳。

巴黎是欧洲重要的金融贸易中心,但没有太浓的"商气",没有遮天盖地的广告和招牌如林以及跳楼价、出血甩卖等吓人的促销歪招。

巴黎是文化古都,但决不是"阳春白雪",就是再土气的山里人、乡下人,也不会有下里巴人的窘迫感。

巴黎号称浪漫之都,却没有令人骨酥魂迷的"艳风",它既现代又古典,既华丽又凝重,既多彩又协调,是一种文化的浪漫,时尚的浪漫。

巴黎的梧桐树很多,粗大的枝干,郁郁葱葱的枝叶,修剪得齐刷刷的,许多人或在林荫间散步,或在树荫的木椅上小憩,给人一种轻松自如、悠闲舒适的感觉。

巴黎是懒散的。

表现在生活上的巴黎轻松舒适,说到巴黎的工作效率却明显有懒散、拖沓和低下的毛病。

巴黎人不像其他国家那样热情好客,除了警察罚款快一点,其他的节奏都要慢一拍。

你要不临时学几句"布鼠"（你好）、"卖水"（谢谢）之类所谓"高雅"的法语，你将步履维艰。

在商店里买东西，"布鼠"好几次，才有人拿正眼儿瞧你。

到机场也得比其他国家早去个把小时，退税、过海关验照、托运行李、领登机牌，工作人员一会儿打手机，一会儿照镜子，有一搭没一搭的。好不容易办完一个手续，等你说"卖水"的时候，她早去洗手间放水了。

巴黎的懒散还表现在卫生状况较差。

在我们走访的 10 个国家 14 个城市中，巴黎的卫生状况仅比罗马稍好一点，烟头纸屑到处丢，猫屎狗屎随地拉。

据说，巴黎有 100 万只宠物狗，还有 50 万只野猫乱窜，管理较差，确是美中不足。

法国香水

香气袭人

法国篇

在巴黎，几乎每一个从身边走过的人，都会带起一阵香风，而几乎所有的大街小巷都有几家卖香水的店铺，于是，香气就弥漫了整个巴黎。

香水是巴黎的招牌。

世界上许多国家的女性包括我国的女性，都以能拥有并使用一款法国名贵香水为荣。

传说在很久以前，爱神阿芙洛狄忒的手指被玫瑰刺伤，她流出来的鲜血发出芬芳的香味。爱神、玫瑰、馨香，这个美丽的传说注定香水从一开始就与浪漫结下了不解之缘。

香水的前身是香料，最早发现香料的是古埃及人，因而香料也成了古埃及文明的一部分。香料最初是用焚烧的办法使之发出香味，用以祭神上供的。古埃及人死后，也用香料裹尸，经久不腐，形成我们今日仍然可以见到的木乃伊。后来人们把香料溶于水就成了香水，主要用来洗澡，相当于现在的沐浴露，当然浴后也会喷洒在衣服上。

在神话笼罩的古希腊，香水是神圣的，人们认为香水是众神的发明，闻到香味则意味着众神的降临与祝福。

在古罗马，人们相信如果祭祀女神的香烟中断的话，罗马城将会沉没在地狱的深渊里，因此有一群女信徒一生唯一的职责就是维持香火永续不灭。

在古波斯，香水是身份和地位的象征，在皇宫里，最香的必定是皇

267

上,深居闺房的妃子们哪个能用花瓣把自己浸泡得芬芳醉人,哪个就能得到君王的宠爱。

在两千二百年前我国的阿房宫,香料、香水的使用规模更加宏大。请看唐人杜牧用如此细腻的笔触描述:明星荧荧,开妆镜也;绿云扰扰,梳晓鬟也;渭流涨腻,弃脂水也;烟斜雾横,焚椒兰也……香脂、椒兰就是中国最早的香料。

埃及艳后克莉奥佩特拉常用15种不同气味的香水洗澡,甚至还用香水浸泡她的船帆,一船经过,香飘万里。恺撒和安东尼正由于无法抵御这种香水的芬芳和女王妖娆的欲望,前后都拜倒在她的石榴裙下,差一点使古罗马成为埃及的属地。

香水被古罗马军队带回地中海北岸后,就在欧洲大地繁衍开来。罗马人不但将它涂到身上,洒在地板和墙壁上,甚至在凯旋的军旗上也洒满了香水。

15世纪以后,意大利的香水声名远播,并采用了浓重的动物香脂。

16世纪初,佛罗伦萨名媛凯瑟琳远嫁法国,做了国王亨利二世的王后。她把罗马籍的私人香水师带到巴黎,香水自此就成了巴黎人的时髦。在王后的带领下,巴黎女人在内衣、鞋子、面具、假发、扇子、手帕上都洒满了香水。

香水成了女人征服男人的工具,她们通过征服男人而征服世界。

而男人则把香水作为征服世界的武器,他们通过征服世界而征服女人。

太阳王路易十四在政局不稳的时候,在凡尔赛宫用大餐和香水把蓄谋反叛的贵族大臣们迷惑得晕头转向。

拿破仑则喜欢用香水洗澡以刺激神经,恢复体力和精力,而后征战四方,征服女人。

20世纪以前,所有香水都是用自然香料、鲜花和动物香脂配制而成的,最先进的方法是使用了蒸馏技术。

1921年,法国时装界祖母可可·香奈尔,在法国南部小镇格拉斯,推出了人类历史上第一款工业合成的香水——加入乙醛的香奈尔5号,从而把香水推进了现代化的世界,香水也成为法国最著名的招牌之一。

由于法国明星卡洛尔·布歇尔演绎过电影《女人香》,美国性感明星玛丽莲·梦露也做过香奈尔5号的代言人,从而使香奈尔5号风靡全球。

玛丽莲·梦露曾说过一句经典的广告语:夜间,我只用香奈尔5号。美国约翰·肯尼迪和罗伯特·肯尼迪这对兄弟总统在与玛丽莲·梦露卿卿我我时,先后都成了香奈尔5号的俘虏。

香奈尔神秘、杳渺、飘忽,那一缕持续不退的香气以始终不变的姿态,成为上个世纪的经典。直到今天,它仍是世界上最畅销的香水之一。

娇兰诞生于1928年,这个被喻为"疯狂年代的代表作",以印度皇帝为爱妃所建的花园命名。在香水界,娇兰几乎就是经典香水艺术的代名词。娇兰清新柔美的香气使女性的婉转与妩媚楚楚再现。而光滑的印有香榭丽舍大道的瓶身仿佛佳人细腻、性感的肌肤,盈盈一握,香漫全身。

迪奥的名字在法语中是"上帝"和"金子"的组合,自1947年创始以来,就以豪华、高贵、典雅、精致享誉世界,一直是芬芳的高级香水的代名词。

在香水王国中,迪奥最贴近女性,贴近她们的梦想与神采。迪奥香水也因此成为永恒的火花,璀璨、冷艳、娇媚、神秘。

 法国香水

　　法国的香水名牌众多，除香奈儿、娇兰、迪奥，还有兰蔻、雅诗兰黛、纪梵希、圣罗兰、卡地亚、三宅一生等等，而每一种名牌又有一系列产品。在"老佛爷"，会讲中文的推销员给我们介绍，仅迪奥（简称CD）女士香水就有紫毒、绿毒、冰火奇葩、沙丘、真我、我爱等10多种，而不同容量、形状和包装又达上百种之多。

　　香水不仅是一种产品，更是一种文化。

　　配制香水是一个复杂的过程。调配师是要依据人们审美情趣的变化和要求不断创新。一种新产品的试制至少需要一年的时间，而它的推广则需好几年的时间和大量的广告费用。在已有上千种产品的情况下，再创造出新的有特色的产品，当然很难，而要把人类现有的8000多种香精原料和它们的不同用量进行排列组合，那更是天文数字和庞大的系统工程。而且随着科学的发展，人们还会发现新的可用来调配香水的原料。

　　尤为重要的是，什么性别、什么年龄、选用什么香水，什么场合、什么季节、什么时辰使用什么品牌，浓香淡雅、清幽兰芳，更彰显选用者的文化素质和个人修养。诗曰：

　　　　芬芳馥郁芝兰韵，
　　　　淡雅清幽茝蕙飑。
　　　　燕瘦环肥西子俏，
　　　　姚黄魏紫桂花香。

巴黎埃菲尔铁塔

云中牧女

法国篇

埃菲尔铁塔耸立在巴黎塞纳河畔的战神广场。

战神广场其实是一个巨大的公园,四周是齐刷刷的法国梧桐,中间绿草茵茵,草地上点缀着花圃、喷泉、雕塑。许多人或坐着,或躺着,悠闲地享受着巴黎的骄阳。

更多的人则排成长龙,准备登上铁塔一睹巴黎的风采。

埃菲尔铁塔,这个静静地站在塞纳河边已经100多年的钢铁巨人,对流火的七月毫不在意,舒筋展骨,笔直地插入蓝天里。

站在塔底仰视,有一种震撼和眩晕的感觉。

埃菲尔铁塔,一个巨大的钢铁怪物。

欧洲是大理石的世界,巴黎的历史和魅力更是用大理石砌出来的,像一个定格了的画面,只能任人欣赏,不能随意涂改。

埃菲尔却别出心裁。

他不用大理石而改用钢铁,而且将一个钢铁怪物鹤立鸡群似的耸立在巴黎的上空,一览众石小。

那是1889年,巴黎因主办万国博览会,也为了纪念法国大革命100周年,需要一个纪念性的建筑物,于是向全国征集设计方案。

工程师埃菲尔给巴黎设计了一座这样的铁塔:塔分三层,从塔座到塔顶共有1711级阶梯。铁塔除四个脚用钢筋水泥固定之外,整体由1.2万个钢铁部件焊接而成,耗掉250万只铆钉,塔身重达7000吨。

1889年5月15日,当埃菲尔亲手将法国国旗升上铁塔328米的高空时,它已成为当时世界上最高的建筑物。

直到今天,它仍是巴黎的制高点。

钢铁在一夜之间颠覆了大理石,颠覆了城市,巴黎人火了。酷爱古典文化的巴黎人接受革命,却接受不了埃菲尔铁塔。

埃菲尔铁塔惹怒了巴黎的贵族和上流社会,也惹怒了巴黎的作家和

■ 埃菲尔铁塔仰视

艺术家。在当年英国《泰晤士报》刊登的由 300 人签名的声讨檄中，就有小仲马、左拉、莫泊桑等。他们认为这个铁塔破坏了巴黎的美，损害了巴黎的盛名。"……我们——作家、画家、雕塑家、建筑师和所有钟爱巴黎之美的人，以法兰西的品味强烈抗议，反对无用的、丑陋无比的埃菲尔铁塔，这将彻底毁灭法兰西的艺术和历史……"

在铁塔建设的过程中，一位在当时十分有声望的数学家预言：经过他精确计算，此塔在建到 221 米的时候就要坍塌。

消息扩散到市井街肆之后，市民们恐慌了，他们开始控告政府，上街游行抗议。

扬言"铁塔建成之日，就是我出走巴黎之时"的莫泊桑，在埃菲尔铁塔建成以后，在巴黎怎么也找不到一处没有被铁塔破坏的场景，最后不得不把自己送进铁塔的餐厅里，因为那里是巴黎惟一一处看不见铁塔的地方。而另一位文学家魏尔伦则每需路经铁塔时都会绕道而行，以免看见它丑陋的形象。

只有时间老人不愠不怒，他似乎早已窥破天机，算定了这个钢铁怪物前程不可限量。因而丝毫没理睬人们的谩骂和交谪，只是把埃菲尔铁塔放在自己的隧道里熟化了若干年，人们对铁塔的态度就有了根本的转变。

莫泊桑就是骂骂咧咧在铁塔上首次目睹了巴黎的浩瀚，只是脑海里震撼得嗡嗡不已，嘴上却没敢声张。

第一次世界大战中，法国人在这个大家伙的塔顶装上探照灯和无线电台，对保卫巴黎起了巨大的作用。

既然有用，它就不是废物。

借助爱国主义这样一个体面的台阶，并在现实功用的小心庇护下，人们渐渐觉得铁塔并不那么丑陋了。

既然不丑陋，那就再多看几眼。

谁知看得多了，不但觉得它不仅不丑陋，而且它的雄劲的身姿，它的精巧的结构，它的畅直的线条，竟有一种英气勃勃的美，一种精致奇巧的美，一种流畅纤柔的美，美得人们在巴黎任何一个角落都被它牵去了眼神。

于是，埃菲尔铁塔就成了巴黎的标志。

于是，埃菲尔铁塔就成了巴黎的骄傲。

时间老人真是高明的魔术师。

在时间老人的隧道里,埃菲尔铁塔声誉日隆,它不但走进了亨利·卢梭的浪漫主义画布中,也走进了法国60年代的经典电影里,更重要的是走进了巴黎人、法国人的心里。

埃菲尔铁塔的价值早已超出埃菲尔所赋予的文化或艺术的意义。

如今的巴黎人,都为有此铁塔而感到自豪,亲切地称它为"云中牧女",把它作为巴黎的名片甚至作为法国的名片在全世界张扬。

这就是历史。

这就是文化。

城市给人的第一印象也可能是最深的印象,就是该市的标志性建筑。到首都北京,人们首先想到是天安门,然后才是天安门广场、故宫、颐和园、八达岭长城。去过巴黎的人,印象最清晰的,首先就是这座耸入云端的埃菲尔铁塔,然后,卢浮宫、凯旋门、塞纳河、巴黎圣母院、凡尔赛宫等等古老的建筑和文化遗存,才会依次叠印在人们的记忆里。

外国人到巴黎,不上铁塔去俯视一下巴黎,总觉得是一件憾事。

法国人为了纪念埃菲尔对巴黎的这一贡献,把他的头像印在了200法郎的纸币上,还特意在塔下为他塑造了一座半身铜像。

我们首先与埃菲尔先生的半身铜像合影。

而后,排队乘电梯登上铁塔的二层。

这里,就可以任意俯瞰巴黎了。

我曾三次登上泰山的峰顶。在《水调歌头·登泰山》一首词中,曾有"舒手抚云托日,移脚踏罡步斗,谈笑小瀛寰……且舀黄河水,潇洒泼诗篇"的感慨。

可是,登上巴黎的最高建筑,却完全没有"会当凌绝顶"的感觉,相反,我目睹了巴黎的浩瀚和伟大。

在高空俯瞰巴黎,其震撼和晕眩比在塔下仰视塔顶要强烈百倍。

阳光下,巴黎变得静悄悄的,变成一幅望不到边的沙盘。

最初的视觉冲击,是一种色彩,一种灰白色和翠绿色羼杂而又泾渭分明的色彩,灰白的是古老的建筑,翠绿的是成片的城市森林。塞纳河像一条金色的飘带,蜿蜒在巴黎巨大的臂弯,笔直的大街呈放射状向四面铺开。

■ 埃菲尔铁塔正面

在 14 倍焦距拉回的镜头中，条条大道条条小巷把城市分割成无数块大小不同的框格，金黄色的荣军院，巨大柱廊的夏约宫，灰黄色的凯旋门城楼，灰褐色的协和广场，尖顶高耸的巴黎圣母院，白色的蒙马圣心教堂，再往远处，灰蒙蒙的建筑一望无际……

我忽然觉得，巴黎就像无垠的海洋，而埃菲尔铁塔就像一叶随波逐浪的孤舟。诗曰：

云中牧女立云头，
只撑飞机不绾牛。
别恋巴黎浩如海，
随波逐浪化孤舟。

　　据说，夜间埃菲尔铁塔的灯光更像大海中的航标，两万枚特制的灯泡有规律地闪烁着钻石般的光芒，使整个铁塔晶莹剔透得俨然一件精雕细刻的水晶工艺品。

　　2004年，为庆祝中法建交40周年和巴黎举办中国年，法国政府在中国春节之际，史无前例地用霓虹灯将埃菲尔铁塔映照得通体赤红。

　　巴黎需要埃菲尔铁塔。

■ 铁塔上俯瞰巴黎

巴黎不能没有埃菲尔铁塔。

如果没有它,人们怎样从各个角度去俯瞰巴黎?

如果没有它,人们怎样去感受巴黎的波澜壮阔和气势磅礴?

如果没有它,人们怎样去理解巴黎的多姿多彩和万种风情?

站在埃菲尔铁塔脚下,人很渺小。

登上埃菲尔铁塔的顶端,铁塔一点也不高大。

埃菲尔铁塔的价值,决不仅仅在于它本身的高大和美,而在于它使巴黎更恢弘、更美。

法国篇

巴黎协和广场

不和谐的广场

埃菲尔铁塔站在塞纳河的左岸，协和广场躺在塞纳河的右岸。

从埃菲尔铁塔到协和广场，要通过塞纳河上的桥，要通过一条不太长也不太宽的林荫路。这条路的下面有一条隧道，1998年夏天的一个傍晚，戴安娜王妃就是在附近的饭店用餐后，乘车穿越这条隧道时香消玉殒的。

协和广场位于巴黎中心的黄金区域，北面是海军部和克里荣酒店，东面是杜伊勒利公园，西面是香榭丽舍大道，南面是塞纳河岸，面积8.4万平方米，是法国最著名、最美丽的广场。

但这个名为"协和"的广场，却有一段并不"和谐"的暴力，它曾充满了血雨腥风。

协和广场最初被称为"路易十五广场"。1748年路易十五病重，一个雕塑家为了表示对国王病情的关切，特意为路易十五创作了一尊铜像。路易十五病愈后，就在塞纳河的北岸修建了路易十五广场，用以安放这尊铜像。

1789年法国大革命爆发，热血沸腾的巴黎人在攻下巴士底狱之后，又拥到广场推倒了路易十五铜像，并把广场改名为"自由广场"。因为"自由、平等、博爱"是当时响彻云霄的法国大革命的口号，法国国旗上的蓝、白、红三色就是自由、平等、博爱的象征。

然而，当年广场的中央并没有竖起随风飘扬的三色旗，而是高高架起一座令人胆颤心寒的断头台，自由广场成了血腥的屠场。

那个一度被人称作"黑寡妇"的断头台高约4米，主框架由红漆木制成，上悬一把40公斤的刀片，锋利无比，据说砍掉一个人的脑袋只需2%秒。

古代欧洲人与人之间的等级观念森严，对于一般的死刑犯，处决的方法大都是绞死、火烧或车裂，而"砍头"这种"高级杀人"方式只限于对少数具有贵族头衔的犯人。

过去的砍头一般是刀劈斧砍。断头台是大革命期间，由"富于人道与平等思想"的法国医生基罗廷发明的，国王路易十六亲自参与了设计。在大革命腥风血雨的日子里，发挥了"无痛死刑"的"人道主义"功能，因为与刀劈斧砍相比，断头台更多地体现了人道主义的意味。

断头台在一年多时间里，锋利的刀片起起落落，先后砍下了大约4000多人的脑袋。

有人说，巴黎具有把一切都变成艺术的魔力。那段时日，巴黎真的把砍头变成了流行时尚，以至于断头台造型的首饰与玩具曾风靡一时。

具有讽刺意味的是，亲手参与设计并批准使用断头台的路易十六也在这个断头台上身首异处。玛丽·安托奈特王后、路易十六的妹妹伊丽莎白、革命领袖丹东、罗伯斯庇尔等众多名人也都在这里先后被送上了断头台。

革命者首先把反动君主、贵族们砍了头，后来吉伦特派和雅各宾派又相互挥刀砍杀，甚至殃及平民，杀得血雨腥风，血流成河。结果是拿破仑渔翁得利，乘隙攫取了最高权力，并加冕称帝——这就是资产阶级革命的实质。

雨果曾这样写到："所有看过断头台的人，都会发出一种神秘的战栗，所有的社会问题，也都会在那锋利的板斧四周举起他们的问号。"

据说当年由于这里血腥味太重，以至于一队牛群要从这里经过时都戛然止步，改道而行了。

然而，令人感到难以置信的是，当年那些挤满在断头台边的看客，竟然嫌断头台的行刑过程太快，使他们无法充分欣赏死刑犯人的痛苦，因而齐声高喊："把我的绞刑架还回来！"真不知那些人的心到底是肉长的，还是铁铸的？

罗兰夫人，那位受人尊敬的"吉伦特的无冕女王"，她被雅各宾派

法国篇

送上断头台时，留下了一句千古名言：

"自由，有多少罪恶假你的名义而行！"诗曰：

协和无奈腥风骤，
杀气冲天血雨稠。
革命皆因自由故，
自由却被野蛮踩。

一直到1795年广场重建，为了纪念战争的结束和人民祈求和平的愿望，才最后改名为协和广场。

■ 协和广场上的女神雕塑

协和广场呈正八角形。八座形态各异的女神雕塑分别置于广场八个角的中央地带，分别代表着里昂、马赛、南特、里尔、卢昂、布雷斯特、波尔多和斯特拉斯堡等在法国各个历史时期发挥过重要作用的8个城市。

广场正在维修，一些维修设备影响了观瞻。

■ 协和广场上的方尖碑

  我们在外围拍照之后,来到最引人瞩目的、矗立在广场中央的卢克索方尖碑前。

  这是当年埃及总督为了感谢法国学者对重新解读埃及古文所做出的贡献而赠送给法国的大礼。

  这座距今约有3400年历史的方尖碑,高约23米,重达220吨,是由整块粉红色花岗岩雕琢而成的。碑身上镌刻着1600个古埃及象形文字,主要内容是赞颂古埃及法老拉美西斯二世的丰功伟绩,而碑身底座的基石上则记载着将方尖碑从遥远的埃及卢克索神庙运到巴黎的艰难路程。

  在卢克索方尖碑的两侧,是两座仿照梵蒂冈圣彼得广场喷泉而建的塔形大喷泉。喷泉分三层,环绕底层的是一圈铜雕人像。在铜雕人像后面巨大的水池中跃出对称的八条美人鱼,从嘴里喷射出来的高高的水柱越过塔顶直飞空中,散射成漂亮的图形。而从顶层喷泉涌出的水则很均匀地顺着塔顶直泻下来,使每一层的喷泉都挂上了一幅靓丽的珠帘。在午时强烈阳光照射下,整个喷泉显得更加光彩夺目、金碧辉煌。

  协和广场虽然很美,可我总觉得它有一丝血腥气,就像广场上那些维修的机械一样,与精美的设计和雕塑、喷泉显得很不"协和"。特别是罗兰夫人那句名言,一直萦绕在我的脑际:

  "自由,有多少罪恶假你的名义而行"!

巴黎塞纳河

美人颈上的项链

法国篇

巴黎人说,没有塞纳河就没有巴黎。

的确,河流是城市的母亲。一座座城市就诞生在一条条河流的身边,又被一条条河流喂养长大,并孕育出城市的甚至是民族的、国家的文化。古埃及发轫于尼罗河,印度文明离不开恒河,巴比伦文化是在幼发拉底

■ 塞纳风光

河、底格里斯河两河流域之间诞生的，而灿烂的中华文明则由黄河之水哺育滋养而成。

一滴滴晶莹剔透的水珠从法国东北部朗格勒高原滑落下来，汇集成一条条细细弯弯的小溪，就成了塞纳河的源头。

小溪丁丁冬冬，从山岚弥漫、云雾缭绕的山谷里走来，闪着妩媚的眼眸，哼着欢快的小调，左一束鲜花，右一把绿叶，一路上招引了许多小伙伴西行，终于出落成美丽的大姑娘。

塞纳河流经巴黎盆地，从巴黎穿城而过。她似乎爱上了这块宝地，留恋地在巴黎中心划了一个细长的"8"字，孕育并产下一对双胞胎——西岱岛和圣路易岛。

巴黎的历史就以西岱岛为原点，从一区到二十区，像一个巨大的旋涡，螺旋式地向外旋出……

而后，塞纳河舒缓地流向西北，经过诺曼底注入英吉利海峡，走完她776公里的旅程。

她用蜿蜒曲折的画笔，潇洒地抒写了一首让世界刮目相看、让文人墨客流连忘返的长诗。

塞纳河孕育了法兰西灿烂的文明，巴黎人亲切地称她为母亲河。

当初塞纳河中货运繁忙，有不少渔船在这里贩卖鱼虾，引来了许多苍蝇，因而塞纳河上的游船就叫苍蝇船。

塞纳河的污染也一度成为巴黎市民关注的热点。

1995年，希拉克上任前竞选纲领里的重要一条就是彻底治理塞纳河，他发誓说治理好后第一个跳进去游泳。

这个竞选口号赢得了巴黎市民的支持。

今天的塞纳河已清明如镜、波光粼粼，讨厌的苍蝇几乎看不到了，但希拉克总统并没有跳进塞纳河游泳，倒是苍蝇船一词一直沿用了下来。

苍蝇船造型各异，有单层、双层的，有普通、豪华的，普通的游船一般仅供游览观光，豪华的游艇可以一边观赏景色，一边品尝法式大餐。

所有游船都打扮得漂漂亮亮的，聚集在塞纳河边等候佳宾。

我们乘坐的是一种可容纳好几百人的普通游船。船分上下两层，都安装了橘黄色的座椅。

或许是受欧洲人的影响，或许是受美景的诱惑，我们丝毫也没怵中午火辣辣的太阳，一个个像勇士一样爬上二层，把相机调整到临战状态，随时准备拍下每一个精彩的瞬间。

游船从位于阿尔玛桥附近的码头启航。

船头的喇叭里响起了包括汉语在内的讲解声："旅客们，欢迎你们乘船观赏美丽的塞纳风光。你们将见证塞纳河两岸的巴黎，走入许多古老的世纪……"。

游船先沿塞纳河左岸逆流而行，到圣路易岛掉头，再靠右岸顺流而下，在米拉博桥下，游船绕过自由女神像返回锚地，整个航程一个半小时。

塞纳河两岸的建筑，大都五六层高，古老而凝重。波旁宫、法兰西学院、巴黎大学、巴黎圣母院、巴黎高级法院、卢浮宫、杜伊勒利花园、协和广场、大小展馆、夏约宫……它们像电影画面一样由远及近，越来越清晰，可是当你想仔细欣赏它的芳容时，它却在你眼前一闪而过，随即被抛在游船后面，越来越远，越来越模糊。

只有埃菲尔铁塔是全程都能摄入镜头的摩天巨人。

在埃菲尔铁塔右下方，塞纳河下游，有一个小得不能再小的白鸟岛，除了几棵柳树，就只能站立一尊自由女神像。她并不高大，青铜颜色，手里高举的火炬金光闪闪。这是美国政府感谢法国赠给纽约自由女神像而回赠的缩小版女神。在美国纽约哈得逊河口的自由岛上，矗立着一尊高大的自由女神铜像，那是法国人民在1886年美国独立111周年的时候送给美国人民的礼物。她的创作者是法国雕塑家巴托尔迪，像内铁架则由埃菲尔设计。

如今，自由女神像已成为美国的标志，成为美法人民友好的象征。

船行之际，最能引起轰动的还是横跨在塞纳河上的桥。

塞纳河上每隔三四百米就有一座桥，共有36座。

这些桥或宏伟，或精巧，或简约，或豪华，或古朴，或时尚，建造时期不同，建筑风格各异。它们像一道道美丽的彩虹，横卧在塞纳河上。又像一个个美丽的蝴蝶结，连接着塞纳河的两岸。一座桥就是一件精美的艺术品，每座桥都有一个动人的传说。

巴黎的历史融进了塞纳河，刻在了一座座桥上。

游船从一座座桥下驶过，就像翻阅有关巴黎的一本装祯精美的画册，

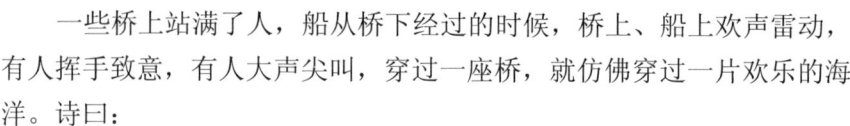

会带来一次次惊讶，一次次震撼。

一些桥上站满了人，船从桥下经过的时候，桥上、船上欢声雷动，有人挥手致意，有人大声尖叫，穿过一座桥，就仿佛穿过一片欢乐的海洋。诗曰：

塞纳妖娆细浪微，
游船迤逦万花菲。
金桥座座迎头过，
两岸风光扑面飞。

■ 塞纳河中央的自由女神

最宏大、最漂亮的桥是亚历山大三世桥。

整座桥金光闪闪，桥中间有花环、天使手中的灯盏及海洋女神雕像，两端巨大的桥塔上塑有金黄色的铜雕飞马，显得威风凛凛。

这座桥是俄国沙皇为纪念法俄签署联盟协定出资修建的，连接的是香榭丽舍大道和荣军院广场，正对着拿破仑墓。只是不知大败于莫斯科的拿破仑，在冥冥之中看到这座法

■ 亚历山大金桥

法国篇

俄友谊金桥有何感想？

最著名的桥是西岱岛西端的新桥。它是巴黎第一座现代化意义的桥梁。说它是新桥，其实已有 400 多年的历史了，法国人常用它来比喻老古董：像新桥一样旧。

最古老的桥叫小桥，已有两千年的历史。

最新的一座桥是 1996 年建成的戴高乐桥。

此外，还有协和桥、艺术桥、皇家桥、玛利桥等等。

纵观世界名城都市，在短短 13 公里的河面上架设这么多桥，而且每一座都建造得如此精美绝伦，展现得如此淋漓尽致的，恐怕只有巴黎。

我国也有许多美丽的河流，不妨借鉴巴黎的经验，让城市建设中的桥梁也能承载更多的文化积淀，挥洒出更多的艺术品味，真正产生彩虹卧波般的魅力。

塞纳河不仅养育了巴黎，更为巴黎增添了无穷的魅力。

如果说长江黄河是粗犷、雄浑、豪迈的，那么塞纳河则是细柔、温婉、妩媚的。

她像一条缠绕在美人颈上的项链，把那么多光彩照人的珍珠穿在一起，串出巴黎最美的景致。

她像一条飘逸于美人胸前的飘带，晶莹璀璨，使得美丽迷人的巴黎更加风姿绰约。

她更像一幅巴黎的《清明上河图》，巴黎的历史，巴黎的文化，巴黎的建筑，巴黎的艺术，巴黎的富庶，巴黎的骄傲，巴黎的浪漫，巴黎的潇洒，酣畅淋漓地挥洒在这条河的两岸。

塞纳河将巴黎一分为二，河之北称为右岸，河之南称为左岸，于是就有了左岸右岸之说。

左岸在巴黎是一个有特殊含义的词。提起左岸，就会联想到咖啡馆、画室、旧书摊、大学城、诗歌、哲学、文学、绘画、艺术家等等。因为左岸的自由和包容，所有寻梦到巴黎的艺术家大都聚集在左岸，这里曾挤满了奇形怪状的人。

左岸的故事大多发生在咖啡馆里。巴黎第一家咖啡馆——普洛科普咖啡馆，就坐落在左岸的圣日耳曼大街，从1686年开张至今已有300多年的历史了。18世纪的卢梭、伏尔泰、狄德罗去过那里，19世纪的雨果、左拉、巴尔扎克去过那里，20世纪的加缪、萨特、波伏娃也去过那里。在左岸流动的艺术盛宴里，滋养了许许多多艺术大师，他们衣冠不整，经常喝得酩酊大醉，大醉之后一阵慷慨激昂的演讲，或大笔在画布上一阵酣畅淋漓的挥洒，就会有惊人的作品问世。

当高大的埃菲尔铁塔在左岸竖起，巴黎一下子就从古典走进了现代。据说，你现在去左岸，随便走进一家咖啡馆，一不留神就会坐在海明威坐过的椅子上，站在萨特写作的灯下，或靠在毕加索发过呆的窗口旁。

右岸在左岸的对岸，是成功者挥金如土的乐园。许多人在左岸做梦，在右岸圆梦。右岸是银行、股票、公司、老板、繁华、奢侈的代名词，右岸的传奇当然大都与财富有关，虽然充斥铜臭，却令许多人向往。

由于左岸与右岸有两种不同的风情，人们对左岸和右岸就有许多评论和比较。

巴黎人诙谐地戏称左岸有脑，右岸有钱；左岸重情，右岸多欲；左岸是虚的，右岸是实的；左岸的原则是宽容，右岸的原则是竞争；左岸是先锋和理想化的，右岸是世俗和物质化的；左岸属于艺术和雄辩，右岸属于股票和经营；左岸的咖啡里，是文学与艺术，右岸的酒杯里，是金钱与利益；左岸的魅力在于它的热烈和丰富，右岸的影响在于它的浮华和隆重……

塞纳河，见证了巴黎悠久的历史，装饰着巴黎美丽的今天，她自己也愈来愈漂亮、迷人。

法国篇

巴黎卢浮宫

当家花旦

巴黎卢浮宫、大英博物馆、俄罗斯艾尔米塔什博物馆和纽约大都会博物馆号称世界四大博物馆,卢浮宫位居其首。

卢浮宫不仅珍藏着数量惊人的举世闻名的艺术珍品,它本身的建筑也是世所罕有的艺术杰作,而且它还是法国近千年来风云变幻和荣辱兴衰的见证人。

卢浮宫的前身是1190年法国国王菲利普二世出于防御建造的城堡。14世纪时,国王查理五世把城堡改建为皇家宫殿。在前后600年漫长的岁月里,这里曾居住过50位国王和王后,他们对卢浮宫倾注了大量的心血,按照各自的好恶和审美观进行了无数次的修缮和扩建,因而众多的建筑风格都在卢浮宫留下了明显的烙印。到17世纪初,卢浮宫从外部建筑到内部装潢俱臻登峰造极的地步。法国大革命后,这里被辟为博物馆,1793年11月18日,卢浮宫博物馆正式向公众开放。从此,卢浮宫就揭去皇家宫殿神秘的面纱,摇身一变而为炫耀法兰西文明的窗口。

20世纪80年代,密特朗总统又实施了大卢浮宫计划,把过去一直比较分散的建筑,整合成今天这样一座呈马蹄形金碧辉煌的宫殿建筑群。

整个建筑群和广场占地45公顷,宫内有6个展馆,面积约为13.8万平方米,收藏有中古至19世纪来自世界各地的艺术珍品40万件。

密特朗对卢浮宫的另一贡献是邀请著名的美籍华裔贝聿铭为博物馆设计了新的入口——透明的玻璃金字塔。

1989年，法国大革命200周年之际，一座高21米，由666块钢架玻璃组成的透明金字塔在卢浮宫卡鲁塞勒广场拔地而起。

这个新入口现在几乎与卢浮宫一样齐名。

不过，与埃菲尔铁塔的遭遇一样，贝聿铭最初设计这个金字塔方案时，受到了多数巴黎人的抨击。

人们愤怒地斥责他把古埃及的死亡象征搬到了巴黎。

贝聿铭的妙答是：石头金字塔与玻璃金字塔毫无关系，前者为死人而修，后者为活人而建。

密特朗成了贝聿铭坚定的支持者。

时任巴黎市长的希拉克则亲自赶到现场为贝聿铭的玻璃金字塔揭幕。

如今，业内人士已把它誉为一个不可复制的建筑设计经典，法国人也骄傲地把它和埃菲尔铁塔相提并论。

贝聿铭由此赢得了法国总统亲自颁发的骑士荣誉勋章和世人的赞扬。

我们首先来到卢浮宫卡鲁塞勒广场。

这个广场不是石砌的而是铺满了沙砾。

广场对面与卢浮宫相望的，是为了纪念拿破仑的赫赫战功而建造的卡鲁塞勒凯旋门。

广场中央就是巨大的玻璃金字塔入口。金字塔外面人流如潮，里面的升降机不停地运送着从世界各国前来参观的游人。

此刻，通身透亮的金字塔，在阳光的照耀下闪射着淡蓝色的光芒。水池中喷涌的水柱，把金字塔幻化成一颗巨大的钻石，荧光四射，璀璨夺目。具有现代气息、棱角分明的玻璃金字塔与周围的古典主义建筑群相映成趣，艺术的魔力把大理石、钢铁和玻璃巧妙地糅合在一起，具有一种特殊的美感。

除了玻璃金字塔，卢浮宫还有好几个入口。

我们从东侧入口进入，沿楼梯下到地下一层长廊。

这里的四壁是残留的中世纪卢浮宫的城壕遗址，给人历尽沧桑之感。

两边布满了各种小商品橱窗,人们熙来攘往,热闹非凡。

走出长廊,迎面是作为点缀的倒置的小玻璃金字塔。它是一个倒置的天窗,钟乳石一样悬在楼面夹层处。在悬念叠出、曲折离奇的《达·芬奇密码》中,作者把这里设计成隐藏着基督教几千年来最大秘密的"圣杯"的藏身地。

继续往里,就是玻璃金字塔下面的拿破仑接待大厅。

这里的第一感觉是卢浮宫太大了,人们仿佛被整个穹宇兜头罩下,压抑得喘不过气来。接待大厅四通八达,从这里可以直接前往任何一个展厅。

托尼告诉我们,一个厅一个厅地走一圈,需要6个小时;一幅画一幅画地观赏,得看3个月。

我们只有两个小时,只能看看卢浮宫的镇宫之宝——三个当家花旦。

三个女人一台戏,何况是被誉为世界上最美丽的女人。

她们在不同的展厅,拐角处有她们的照片和箭头指示。

参观卢浮宫的人,大都步履匆匆,奔三个女人而来。

■ 玻璃金字塔

那一道道长廊里，那一面面墙壁上，有许多著名的雕塑和壁画。

我笃信，如果把它们单独展出，哪一件都会制造轰动效应，颠倒芸芸众生。

可是在这里，它们却只是三个女人的仪仗和护卫。虽不公平，它们也只能沉默。谁让它们都挤在一起，而三个女人又有那么大的魅力，她们的光环有如如来佛祖的神龛，周围所有的菩萨罗汉都只能稽首皈依。

人们只有频频按下按扭，把它们浓缩到数字里，待以后闲暇时再慢慢演影出来细细鉴赏。我就在两个小时里耗尽了尼康相机的一块电池。

首先邂逅的美女是胜利女神尼开。她站在一个楼梯口。

尼开是从希腊来的女孩子。她像鹰那样展开双翅，顶着狂风暴雨，昂立船头，单薄的衣裳湿淋淋地紧裹在身上。

她没有头颅，也没有双臂，1863年人们在萨摩特勒刻岛找到这尊2.75米高的大理石雕像时，她美丽的头颅和双臂已经遗失。

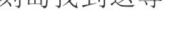
■ 胜利女神尼开

这尊雕像大约创作于公元前190年。当时，罗得斯人取得了对安提戈国家一系列战争的胜利。

只是不知为什么让一个女孩子引航？她可能就是在那次战争中牺牲的，因而才被人们追认为胜利女神。

约见的第二个美女是从希腊米洛岛来的维纳斯。

维纳斯是罗马神话中的美神,在古希腊神话中,美神的名字叫阿芙洛狄忒,是"泡沫中诞生"的意思。

传说当年天神父子俩争夺王位,儿子把老子砍伤,其血滴在爱琴海内,海水中泛起一阵泡沫,泡沫中现出一个贝壳,贝壳打开,一个美貌绝伦的少女诞生了。这一情景被文艺复兴时大画家波提切利的油画《维

■ 美神维纳斯

纳斯的诞生》描绘得惟妙惟肖。

在公元前130年左右,一个叫阿历山德罗斯的人,用一块大理石雕刻了一尊高约2米的美神。或许是因为地震,或许是因为战争,她后来突然被沙土掩埋了。

1820年,米洛岛一个叫伊奥尔科斯的农民在挖地时掘出了她。据说出土时的维纳斯右臂下垂,手扶裙裾,左上臂伸过头,手握一只苹果……后来在希腊人、法国人、英国人相互用金钱买卖和武力抢夺中才折断了双臂。

她最终站在了巴黎的卢浮宫。

谁知当她站在这里时,人们才发现惟其断臂,才凸显得她那丰满的胸脯、浑圆的双肩、柔嫩的腰肢、光滑的皮肤有了一种无与伦比的美。因此,人们称欧洲的美,就是古典的、残缺的美。

后来有许多艺术家试图为她接续双臂,可无论什么形状,什么姿态,都不如断臂的维纳斯美。

有许多人描述过断臂维纳斯的美。我觉得,最成功的是大连女作家素素。

她写到,维纳斯更像一个邻家女孩,或许她刚刚干完农活儿,走到井台边慢慢褪下长裙,想好好沐浴一下。她从未这样裸露过自己的身体,所以为自己的大胆感到羞怯。那浅浅的笑容,把少女的神秘一下子从嘴角漾了出来。而那只右臂,也许是正要拉住下滑的裙裾……可她没有拉住,她索性就那样站在那里,站给世人看。这一个永恒的姿势,把人类内心的渴望全都满足了,把全世界都迷住了。

其实她也并不是什么女神,只是人类在孤独的时候格外需要女人的温情,于是就把她尊成了女神。

在古代神话里,维纳斯甚至是放荡女人。她是赫菲斯托斯的妻子,却为美男子厄杜尼斯神魂颠倒,她还与阿瑞斯、赫耳墨斯、安喀塞斯有染,生了好几个私生子,而这几个人是当时的高官、衙内和暴发户。

蒙娜丽莎是最后约会的美女,这幅画在白杨木板上的肖像画挂在国家展厅西北墙上的玻璃防护框内。

她是文艺复兴时期佛罗伦萨艺术大师达·芬奇的一幅油画,达·芬

奇的晕染法使她看上去飘逸而朦胧。

据说，此画的模特儿是一位银行家年轻的妻子。画家选择了微笑刚开始的一瞬来表现女性那种愉悦而不失端庄、快乐而不失优雅的心情。

画面上的蒙娜丽莎端庄、温柔，特别是她的微笑神秘莫测而又那样迷人。蒙娜丽莎的双手，被誉为是美术史上最美的手，这双丰润而柔嫩的手舒适地放在椅背上，是那样逼真，那样富有生命力。

在此之前，肖像画一般是没有背景的，这幅画打破窠臼，使人物处

■ 蒙娜丽莎

在了远山、丛林、闪光的水池等背景之中，朦胧、静谧，充满诗意，有效地衬托出人物的内在气质。

更为有趣的是，达·芬奇故意把左边乡村景色的地平线画得低了一些，这样就使得我们集中看左边时，觉得远景下降而人物上升；集中看右边时，又觉得远景上升而人物下降，富有变化。

蒙娜丽莎还有一种非常神秘的、令人不可思议的现象，那就是她的表情可以随着观看者的情绪发生变化。

在一个悲伤人的眼里，这幅画上的微笑似乎也变成了苦笑，蒙娜丽莎与之一起悲哀。

在一个快乐人的眼里，蒙娜丽莎则笑靥如花，美丽如仙，灿烂如月，温暖如春，柔情似水。

法国篇

金碧辉煌的卢浮宫，看得人如醉如痴。

可是，走出卢浮宫，一种怪怪的滋味却涌上心头。

法国并不拥有最古老的文化，却拥有最古老的文物。许多国家的人，在国内看不到本属于他们自己的东西，却要到这里来一睹本民族古老的灿烂文明。

卢浮宫美是美极了，但其间有法兰西自己的汗，更多的则沾满了其他国家其他民族的血。

欧洲的男人把女人尊为女神的同时，也把自己打扮成绅士。但就是这些绅士，却打着科学考察的幌子，肆意盗夺东方国家的文物珍宝。拿破仑横扫欧洲，把许多国家的国宝都攫为己有……诗曰：

    金碧辉煌举世奇，
    无头断臂少华衣。
    抢烧杀掠多卑劣，
    赃物焉能扬国威？

巴黎香榭丽舍大道

美丽的散步大道

香榭丽舍大道集高雅、浪漫、豪华、时尚于一身,被称为地球上最美丽的散步大道。诗曰:

> 典雅豪华妙手栽,
> 香车宝马丽人来。
> 酥风浪漫熏人醉,
> 引领新潮大舞台。

香榭丽舍大道始建于1616年,最初只是从卢浮宫到杜伊勒利花园的一条散步通道,称为皇后林荫大道。1667年,凡尔赛宫的设计师勒诺特把它延伸到现在的戴高乐圆形广场。1709年,两旁植满了榆树的中心步行街的建成,勾勒出了香榭丽舍的雏形,并被改名为香榭丽舍大街,许多文学作品则称之为香榭丽舍大道。

"香"在法语中是"田园"的发音,"丽舍"在希腊神话中指众神聚集之地,译者在中间加入一个"榭"字,就在西方浪漫的气息中,平添了中国亭台楼阁、回廊曲榭的古典韵味,而用中文的"香榭"和"丽舍"形容香气弥漫的街道和两旁豪华典雅的建筑,是再贴切不过了。

19世纪初,凯旋门动工兴建,香榭丽舍大道正式走上巴黎的历史舞台。巴黎第一条地铁线从这里通过后,更带动了香榭丽舍两旁建筑的兴盛和工商业的繁荣。20世纪以来，香榭丽舍大道已成为法国向世界展示它在各个领域傲人成就的窗口，一个国际知名品牌的荟萃之地，被称为巴黎之魂。

香榭丽舍大道横贯巴黎第8区，全长1910米，呈东南——西北走向。现在的大道始于协和广场，止于凯旋门，宽80到120米。大道以交叉的隆布万街为界，划分为风格迥异的两段，即田园式幽静的东段和闹市般喧嚣的西段。东段长700多米，道路两侧碧草茵茵，绿树成行，鸟语花香。西段原是贵族住宅区，后逐渐发展成商贾云集之地，现在已是全世界名牌最密集的地方。

沿街两旁星罗棋布的是"娇兰"、"皮尔·卡丹"、"路易·威登"、"卡地亚"、"鲍士"等奢侈品商店，是"奔驰"、"菲亚特"、"雷诺"、"雪铁龙"等高级轿车展示中心，是"马克西姆"、"富格"等高品味餐厅，是"丽都"夜总会，"洁诗"咖啡厅，以及银行、保险公司、航空公司、电影发行公司、影剧院等等。

这里的许多展示中心，并不以出卖什么产品为主旨，它们展示的是一种特有的文化与品牌、身价与地位、潮流与时尚。

街道建筑基本上是象牙白，六七层的样子。那亮丽的橱窗，休闲的露天酒吧，香气扑鼻的摩登女郎，忘情拥吻的情侣，领着爱犬倚着长椅小憩的老人……到处洋溢着法兰西的浪漫情趣。

香榭丽舍大道已成为各大国际商业巨头们眼中的必争之地。香榭丽舍共有332家店铺，其中102家是服装店，一色国际上最流行的品牌。

香榭丽舍也是目前世界上最昂贵的大街，店铺租金每年每平方米6000到10000欧元，全世界只有纽约的第五大道和香港的铜锣湾与之匹敌。

在商业化浪潮冲击下，这条美丽的大道曾与纽约时报广场和伦敦牛津街一样，沦落为一个过度商业化的场所，淹没在一片混乱的街景中。

上个世纪90年代初，为防止大道走向庸俗化，巴黎市政府启动了一个旨在恢复香榭丽舍原貌的整修计划。1994年9月，耗时两年，耗资460万欧元的香榭丽舍整修项目竣工。在竣工典礼上，时任巴黎市长的希拉克登上凯旋门，向欢庆的人群宣布："香榭丽舍，世人潜意识中的奇妙地方，已恢复了它的声誉。"

香榭丽舍大道受到人们的普遍赞美，还因它有深厚的历史文化积淀。

香榭丽舍两端，协和广场上的方尖碑，星形广场上的凯旋门，有许多关于革命与流血、英雄与掠夺的故事。

香榭丽舍一侧，大宫和小宫留下了万国博览会时期法国曾经有过的雍容华贵。

与香榭丽舍一街之隔的爱丽舍宫，记载着法国权力的兴衰交替。

这条大道曾上演过许多历史闹剧。

马蹄哒哒，军乐声声，拿破仑从尚未竣工的凯旋门驰上这条大道，贵族们向拿破仑挥帽致意，妒火中烧的伯爵小姐则把香蕉皮投向拿破仑身边那位美丽的奥地利公主。

欢庆巴黎解放时戴高乐将军满身戎装，英武赳赳穿过整条大街。

2004年，巴黎举办纪念中法建交40周年和中国年之际，中国武术队在这里大显身手，一向优雅的巴黎女人激动地一阵阵大声尖叫。

目前，已有110多位国家元首在这条大街上被授予过荣誉。

就在我们逛街的前几天，这里曾举行过法国225周年的国庆。机群

■ 香榭丽舍大道

掠过大道上空，机尾喷出国旗上的蓝、白、红三色烟幕。希拉克总统和一排排吉普车队穿过凯旋门从这里登上协和广场的阅兵台。现在，还有一些人正在不慌不忙地拆除大道两旁的临时座椅。

每年圣诞节临近，从凯旋门开始，沿香榭丽舍大道，高大的梧桐树上挂满了彩灯，霓虹灯广告不停地闪烁，人们蜂拥着挤满了大道和星型广场，热闹异常。

在香榭丽舍大道漫步，是许多外国人到巴黎的首选，尤其是漂亮的女孩子。如果说，古典的女人站在卢浮宫里，那么，时髦的女郎就一定会走在香榭丽舍大道上。

在这里，你可以尽情挥洒你的自由，驰骋你的想象。

这里曾在一夜之间变成了一片金黄色的麦田，那是巴黎市政府为了让五谷不分的巴黎市民了解天天吃的面包从何而来，专门组织的一场名为"巴黎麦收"的示范行动。

它还在一夜之间突然变成了鹅卵石和沙子铺出的海滩，那是一次名为"把马路还给行人"的行动。

海明威曾到这里观光。

大仲马甚至设想基度山伯爵在这里的 68 号完成了他的复仇计划。

现在，那个刚刚与你擦身而过的人，或许就是好莱坞当代明星，或许是某个电视上暴光率最高的超级名模。

香榭丽舍大道的气息就像巴黎盛产的香水，飘忽杳渺，幽香缕缕。

看着大道中央车水马龙的繁华和大道两旁被浓密法桐掩映下的悠闲，你会觉得，那气息渐渐浸入了你的心脾，幻化了你的思维。

你甚至可以把自己当作大款、明星或明模、名家什么的，扬起高傲的头，视线从不远处的凯旋门顶上掠过，融化在夕阳里。

巴黎雄狮凯旋门

凯旋门与拿破仑

香榭丽舍大道的尽头，耸立着雄狮凯旋门。

凯旋门这种建筑形式最初是古罗马统治者为了炫耀战绩而发明的。现在留存下来最早的古罗马凯旋门，是提图斯凯旋门；最雄伟的凯旋门是君士坦丁凯旋门。在以后的时空里，世界上很多国家仿造罗马建造了许许多多凯旋门，如勃兰登堡凯旋门、米兰凯旋门、莫斯科凯旋门、平

■ 雄师凯旋门

坏凯旋门……而最著名的则是巴黎这座雄狮凯旋门。

拿破仑,那个从科西嘉来的小个子,一直崇拜古罗马的恺撒和奥古斯都。他的雄心,就是像他们那样建功立业。于是,随着他野心的极度膨胀,随着他权力的登峰造极,随着他的军队秋风扫落叶一样横扫欧洲,巴黎凯旋门终于以傲人的姿态拔地而起,超过了以前所有凯旋门的威风。

这座凯旋门始建于 1806 年。那时候,拿破仑已经在巴黎圣母院的圣坛前加冕为法兰西第一帝国皇帝。为了庆祝他在 1805 年奥斯特利茨战役中击溃奥、俄联军,也为了迎娶那位美丽的奥地利公主,他决定在巴黎沙佑山丘上修建一座世界上最大的凯旋门。这是拿破仑一生中最春风得意的时刻。然而,当雄狮凯旋门 1836 年落成的时候,拿破仑却早已病死在圣赫勒拿岛上了。

从香榭丽舍大道一路走来,越接近凯旋门,地势越高。此时,夕阳已接近地平线,凯旋门显得更加雄伟壮观。

它屹立在巴黎沙佑山丘戴高乐广场中央。以此为中心,向四面八方放射出 12 条笔直的林荫大道,就像一颗明星放射出一道道灿烂的光芒。因而,戴高乐广场又称为"星型"广场,凯旋门又称为"星门"。

这座凯旋门是由查尔路林仿照罗马君士坦丁凯旋门设计的,但形式被大大简化了,它只有一个拱门,尺度却放大了一倍多。内壁上刻有曾经跟随拿破仑东征西讨的 386 名将军的名字和宣扬拿破仑赫赫战功的 96 个胜利战役的浮雕。外墙上四幅巨大的浮雕更是气势磅礴,精美绝伦,同门楣上的花饰浮雕构成一个有机的整体,俨然一件精美的艺术品。

凯旋门上最著名的浮雕是《出征》。它由法国著名雕刻家弗朗索瓦·吕德设计,描绘的是 1792 年志愿军出发远征的情景,后来法国的国歌《马赛曲》就是由此产生的,因此,这尊浮雕又被称为《马赛曲》。

浮雕塑造了一群志愿士兵和一个寓意的女神,背景是飘扬着的旗帜和林立的弓矛枪箭。女神凌空飞腾,左手高举作号召状,右手持剑直指前方,将军似的指引着将士们前进。她那两侧张开的羽翼,飞舞飘动的裙裾,血脉贲张的激情,更增强了浮雕的动感。下面是一群志愿军战士。中心人物是一个蓄着大胡子的老将,他显然久经沙场,沉着刚毅,一手挥舞帽盔,一手搂着儿子的肩膀;年轻的儿子显然是初次出征,他紧随父亲,赤身裸体,一手持剑,一手握拳,激动得跃跃欲试。行列的最前

303

面，司号手正在吹响进军号，紧随其后的是弯腰系结兵器的弓箭手，后面一个战士身背盾牌正在拔剑。这些细节预示着战斗即将开始。整个浮雕相互层叠，前后呼应，反映出千军万马、锐不可挡的气势。站在伟大的作品面前，我们的耳边也似乎响起了嘹亮的《马赛曲》。

凯旋门内设有电梯，可直达50米高的拱门。人们亦可沿着273级螺旋形石梯拾级而上。上面有一座小型历史博物馆。馆内有放映室，还陈列着许多有关凯旋门建筑史的图片和历史文献。在博物馆的顶部是一个平台，人们可以从这里观赏巴黎美景。

1920年11月，在凯旋门下方建造了一座无名烈士墓。里面埋葬的是在第一次世界大战中牺牲的一位无名战士，他代表着在大战中死难的150万名法国官兵。现在，每逢节日，就有一面10多米长的法国国旗从拱门顶端垂下来，在无名烈士墓上空迎风飘扬。还有一名身着拿破仑时代戎装的战士，手持劈刀，守卫在《马赛曲》前。

在巴黎人的眼中，凯旋门是爱国主义和民族荣誉的象征。这里早已是一个举足轻重的大舞台。每年7月14日国庆时，法国总统都要从凯旋门通过。每位总统在卸职的最后一天也要来这里向无名烈士墓献上一束鲜花。而凯旋门最奇特之处，据说是每当拿破仑忌日的黄昏，从香榭里舍大道向西望去，一轮落日恰好映在凯旋门的拱形圈里。

对于拿破仑，人们褒之、贬之、誉之、毁

■ 马赛曲

之,但不管如何评价,拿破仑确是给人以深刻印象的少数历史人物之一。

他1769年出生于科西嘉岛一个破落贵族家庭,是法国资产阶级政治家和军事家,法兰西第一帝国和百日王朝的皇帝。

他在法兰西第一帝国的统治时期,纵横捭阖,驰骋欧洲大地,成为欧洲强有力的主宰。

为强化中央集权,他颁布了《法国民法典》,把资产阶级革命的成果用法律形式固定下来,有的民法至今还在使用。

他远征埃及虽然半路铩羽,却促成了古埃及文字的重新解读。

他把宫廷用罗马帝国的盛装粉饰起来,从家具、摆设到绘画都追求一种静穆宏大的古典风格,使得法国这个曾经开创了哥特式风格和崇拜文艺复兴精神的民族,对古罗马的艺术格外青睐起来。雄师凯旋门就是古罗马建筑艺术发扬光大式的模仿。

但是他的骄傲和自信,他的争强和好胜,他那睥睨一切的目光,几乎侵犯了所有的人。

欧洲人愤怒了,他们先后组织了七次反法联盟。1814年,俄、普、英、西、葡、瑞、奥等国组成的第六次反法联盟终于攻陷巴黎,打败了拿破仑,把他放逐到地中海中的厄尔巴岛。

1815年3月,拿破仑利用人民对波旁王朝的不满,买通看守,偷偷溜回巴黎,成功复辟。

1815年6月18日,英、俄、普、奥、荷、比等国结成的第七次反法联盟,在比利时滑铁卢彻底打败了拿破仑,"百日王朝"覆灭,他又被放逐到南大西洋中的圣赫勒拿岛,直至1821年5月5日病死狱中。

拿破仑在他的遗嘱中说:我愿我的身体躺在塞纳河畔,躺在我如此热爱过的法国人民中间。所以法国人多次与英国人交涉,要求迎回拿破仑的遗骸,并派拿破仑的儿子安维王子飘洋过海去寻找他父亲的埋葬地。但直到拿破仑逝世19年后,他回到巴黎的梦想才得以实现。1840年12月15日,巴黎万人空巷,市民倾城出动,潮水般涌到凯旋门两边,迎接拿破仑的亡灵。拿破仑做梦也没想到,他竟是以这种方式通过了凯旋门。

令人不解的是,在莫斯科把拿破仑打得一败涂地的俄国元帅库图佐夫,在滑铁卢彻底打败拿破仑的英国公爵威灵顿,反而不如拿破仑盛名远扬。

　　如今,拿破仑的遗骸被安置在荣军院——那座高大的闪着金光的圆屋顶下。那个油亮的紫红色的六层棺椁,放在地下墓室的正中央。墓室四周有12尊胜利女神雕像,每个雕像代表一场光辉的战役。墓室上建成环形楼台,无论谁到那儿,都得低头瞻仰他。

　　这个世界上,恐怕只有拿破仑虽败犹荣,他不仅在法国享有至高无上的荣誉,在欧洲,在世界上,他都被列入了"伟人"的行列。诗曰:

　　　　雄浑壮美凯旋门,
　　　　好胜骄狂拿破仑。
　　　　横扫欧洲无敌手,
　　　　声威显赫誉乾坤。

巴黎圣母院

石头交响乐

巴黎圣母院对于我来说，首先是法国大作家雨果的一部小说，而后是小说改编的电影。

1482 年，西方愚人节。

这一天，巴黎格雷佛广场按惯例要燃放焰火，法院大厅要上演宗教剧，巴黎市民要选举愚人王，并且正遇上法国王太子与佛兰德的公主联姻。

巴黎轰动了，人们倾巢出动，潮水一样涌向街头、广场，到处人山人海，热闹非凡。

傍晚，当一天的喧嚣渐渐归于寂静，白天曾大出风头、美若天仙的吉卜赛女郎艾斯美拉达，突然被刚刚荣膺愚人王桂冠——十分丑陋的巴黎圣母院敲钟人加西莫多抢走了。

正巧皇家卫队长法比经过这里，英雄救下了美人，并逮捕了加西莫多。

加西莫多此举是为了报答抚养自己长大的恩人——巴黎副主教克罗德，而唆使加西莫多抢人的克罗德却悄悄溜走了……

烈日下，加西莫多被绑在广场上鞭打示众，善良的艾斯美拉达不计前嫌，为他提来了一罐清水解渴。

后来，狡猾的克罗德刺伤了艾斯美拉达的心上人法比并嫁祸于她，蒙冤的姑娘被判处绞刑。

临刑前一刻，加西莫多突然闯进刑场，敏捷地救下艾斯美拉达，高

喊着"圣地",把她抱进圣母院保护起来。

但克罗德终因私欲难偿,徇私枉法把她送上了绞刑架。

姑娘死去了,敲钟人终于看清了克罗德的丑恶嘴脸,一把将这个元凶从高高的圣母院的钟楼上推了下去。

之后,他也静静地躺在他的女神身旁,安宁地随之而去……

这是一个奇离曲折、哀婉凄绝的爱情悲剧。

但这个故事并没有真正发生在巴黎圣母院,而是雨果心灵的幻化,是雨果给这座冰冷的石头建筑浇铸的血液和灵魂。

事实上,历时182年才建成的巴黎圣母院,亲眼目睹的是8个世纪以来法兰西的沧海桑田。

800年来,它一直是法国宗教、政治和社会重大事件的舞台。

1302年,法国卡佩王朝的菲利浦四世在这里主持召开了法兰西历史上第一次三级会议。

1430年,亨利六世从英国跑到这里举行登基加冕仪式。

■ 巴黎圣母院远眺

1455年，法王查理七世在这里为圣女贞德平反昭雪。

1660年太阳王路易十四在这里与西班牙公主缔姻。

1804年，拿破仑迫不及待地从絮絮叨叨的教皇手中抢过皇冠给自己加冕。

1945年，戴高乐在庆祝二战终结的感恩赞美仪式上以胜利者的姿态出现……

巴黎圣母院，它身上深厚的历史和文化底蕴使它远远超越了一座教堂的功能和意义。因而在法国人的心目中，它有着无可替代的重要地位。

而今，我站在塞纳河中央的西岱岛上，望着这座用石头砌起来的古老教堂，还是为这一被雨果称为"巨大的、石头组成的交响乐"所震撼。

如果说，埃菲尔铁塔是现代巴黎的标志，那么巴黎圣母院无疑是古老巴黎的象征。

这是一座典型的哥特式教堂。

在此之前，欧洲各地所建的大多是罗曼教堂，拱壁厚重，粗笨臃肿，低矮压抑，空间狭小。

巴黎圣母院完全打破了前人的藩篱，创造了一种崭新的建筑结构。尖塔形的屋顶高耸入云，气势宏伟，轻灵的垂直线直贯全身，形体向上飞腾的动感十分强烈。这种以高、直、尖和火焰般向上飞腾为特征的哥特式造型风格，是教会弃绝尘寰和向往天国的宗教思想的体现，也是城市显示其强大向上和蓬勃生机的精神反映，开创了欧洲建筑史上的一代新风。

巴黎圣母院的正面用8块大小和比例大致相同的长方块构成，可分上中下三层，每层之间镶有装饰带。

上层是两个四角形的塔楼，高约70米，中间的梅花拱廊以一排细小的雕花圆柱将两个塔楼联接起来。南侧钟楼，据说原来悬挂着的是雨果小说中加西莫多曾经敲打过的那口叫"玛丽"的大钟，在大革命期间被毁。现在这口钟是拿破仑时期由巴黎妇女捐献的金银首饰熔铸而成，重达13吨，可谓价值连城。北钟楼设有一个387级的阶梯，游人可拾级而上，在顶部俯瞰巴黎。两座钟楼后面有座高达90米的尖塔，塔顶是一个细长的十字架，远望似与天穹相接。

中层的两边是同样大小的桃形双拱石门，石门中间的立柱上一边

美与丑：感悟欧洲

■ 巴黎圣母院正立面

是亚当的塑像，一边是夏娃的塑像。中央一块正方格内是一扇巨型花瓣格子圆窗，直径10米，由37块彩色玻璃镶嵌而成，纤秀而优雅，有如灿烂的抽纱花边，显出一种妩媚的风姿，这就是著名的玫瑰窗。玫瑰窗中间雕刻的是圣母怀抱圣婴像，两边各侍立一尊天使。

中层和底层之间是一长条壁龛，陈列着28位耶稣先祖的雕像。大革命时，巴黎人误以为这是他们痛恨的法国国王的形象而将它们捣毁，后来，雕像又重新复原并镶回原位。

底层是三个桃形大门，中间大门的弧形门拱6层，两边各4层，每层雕刻着16到22个圣经人物，这些享有盛誉的浮雕故事是专为那些不识字的信徒们雕刻的。弧形门拱一层套着一层，层层后退，逐渐缩小，既减少沉重感，又极富透视感。左门叫"圣母门"，上面雕刻着圣母圣婴像，雕工精细，格调雄浑，居三门之冠。右门是圣母之母"圣安娜门"。中门叫《最后的审判》，雕刻展现的是耶稣在"世界末日"审判每个人命运的严峻场面：一边是善良的信徒升入天堂的美景，一边是罪孽深重的人被打入地狱的惨象。

圣母院正面的广场上游人如织，熙熙攘攘。有的在拍照，有的在喂鸽子，有的在为游人画像，有的在那块八角形的白色铜牌上转圈。

这块白色铜牌就是巴黎的原点，巴黎就从这里开始，走向法国，走向全世界。

据说围着它转圈就能实现再回巴黎的梦想。

我们一边排队等候进入圣母院，一边交替着拍照、转圈。

按照托尼的指点，我抽空来到圣母院北侧，只见钟楼的围栏上安置了许多滴水嘴石兽，大多面目狰狞。有一个半人半兽滴水嘴，其丑无比，据说雨果就是以此为原形创作了"钟楼驼侠"加西莫多的。

文学的魅力有时是如此不可思议，从圣母院北侧回到正面广场，望着那一片旋转着的黑色、金色、白色、棕色头发，我的思绪竟又飞回雨果描述的中世纪的广场，广场上旋转着美得像火焰一般的吉卜赛女郎，它身边那只充满智慧的山羊在识字，又聋又哑的加西莫多全身吊在"马丽"上敲钟，而躲在钟楼暗处的克罗德则闪着淫邪的目光……

法国篇

我们从圣母门进入教堂。

教堂内部装饰很简朴，但空间很宏大。

顶部没有横梁，由34根粗大的罗马柱支撑着，柱与柱之间以尖拱廊相连，回廊下吊着巨大的水晶灯，安放着一排排整齐的木椅，可容纳1万人同时做弥撒。

一些光束透过彩色玻璃窗射入圣殿，平添了几分神秘色彩。

彩色玻璃窗画是与哥特式建筑一起应运而生的，它也成为不识字的信徒们的圣经。就像中国的太极图，阴阳鱼一旋便玄妙无穷，当信徒们仰视巨大的绘满了圣经故事而又色彩艳丽的玻璃窗时，那高高的穹顶和深邃的圣坛，那摇曳的烛光和神秘的氛围，会使他们在肃穆中产生对天国的幻觉，产生一种朦朦胧胧的敬畏感。

大厅两侧柱廊后的墙壁上有一些取材于《圣经》故事的壁画和雕塑，精美细腻，栩栩如生。

正中的圣坛上供奉着圣母抱圣婴的雕塑——《圣殇》，几个虔诚的信徒在下面低头祷告。

两边有两尊雕塑，左边一尊是著名的修女圣特丽萨，传说她可以听到"天父"的声音。右边一尊是被平反昭雪恢复名誉的乡村少女贞德。

英法百年战争期间，在英军入侵、民族危亡的关键时刻，贞德挺身而出，主动请缨，率领法国军民击溃了英军，保卫了国土，但后来竟被内奸外寇以"妖言惑众"罪处死。

今天，被尊为圣女的贞德雕像不仅安放在圣母身旁，她骑马的雕像也被塑在卢浮宫旁边一个广场上，雕像下面经常堆满了巴黎群众主动敬献的花篮。

巴黎圣母院还有一架欧洲最大的管风琴，它有6000根发音管。据说，当它奏响的时候，低沉浑厚的声音会让圣徒们的灵魂都震颤起来。

■ 巴黎圣母院内观

从巴黎圣母院出来，跨过塞纳河上的小桥，许多人都不由地频频回头。

蓝天碧水，古树老藤，800年过去了，在遥远的中国，无数精美绝伦、雄伟壮观的砖木建筑早已被一抔黄土掩尽了风流，而巴黎圣母院，这座"石头交响乐"却依然巍峨壮丽，风韵不减。这不能不说是巴黎的骄傲。

巴黎圣母院不仅保留了一个历史的见证，更演绎了一个动人的爱情故事。那故事在悠远的时空告诉人们什么是真与假，什么是善与恶，什么是美与丑。诗曰：

> 石墙石柱石门拱，
> 尖塔巍巍耸碧空。
> 沧海桑田藤未老，
> 风云变幻水还东。
> 钟楼驼侠心良善，
> 火焰女郎性慧聪。
> 道貌岸然多龌龊，
> 端庄圣母掩羞容。

巴黎凡尔赛宫

皇家园林

法国人说:"没有去过凡尔赛宫,就不算真正去过法国",可见凡尔赛宫在法国人心目中的地位。

凡尔赛宫位于巴黎西南18公里的凡尔赛镇,是一座雍容华贵、富丽堂皇的古典主义建筑群,是举世无双的皇家宫苑。

凡尔赛宫于1689年落成后,欧洲各国纷纷效仿。俄国的夏宫、普鲁士的无忧宫、巴伐利亚的海伦希姆湖宫都仿照了凡尔赛的宫殿和园林。奥地利的玛丽亚女皇,不但仿造了一个美泉宫,还把女儿远嫁到凡尔赛宫。

凡尔赛宫东面的停车场,是我在欧洲见过的最大的停车场。

向西望去,庞大的宫殿在烈日下闪耀着金灿灿的光芒,墨绿色的森林,宫墙一样整整齐齐环绕在四周,与蓝天白云一起勾勒出一幅精美的宫廷画廊。

我们从凡尔赛宫的东正门进入。

欧洲许多重要的建筑,并不讲究坐北朝南,圣彼得教堂、凡尔赛宫坐西朝东,圣马可教堂、巴黎圣母院坐东朝西,列支敦士登的政府大楼甚至是坐南朝北的。

凡尔赛宫的正门是一道漆黑的铁栅门,门楣上镶嵌的皇冠标志则金光闪闪。

踏进大门是宽阔的宫前广场,用小块大理石铺设,由于年代久远,已磨损得坑坑洼洼。

广场中央是路易十四的骑马铜雕,前面及左右环绕着古典主义建筑群,建筑物顶部有许多造型优美的大理石雕像,显得端庄而雄浑。

凡尔赛宫宫苑以东西为轴,南北对称,占地110万平方米,其中建筑面积11万平方米。

宫殿主体长707米,气势磅礴,布局精巧,500多间大殿小厅金碧辉煌,豪华非凡。

宫殿正立面是标准的古典主义三段式建筑风格,中央凸出,左右对称,造型轮廓整齐,庄重雄伟。

凡尔赛宫的精华主要在宫殿的二层,参观的路线,就像一个"凸"字的上半部分。

我们随"地陪"杨小姐上到二楼,先穿过皇家小教堂和更衣室,然后一厅一厅看过去。

国王大寝宫由7个连通的大厅组成,包括海格立斯厅、富饶厅、维纳斯厅、狄安娜厅、战神厅、墨丘利厅、御座厅,这是一组以太阳神阿

法国篇

■ 凡尔赛宫外观

波罗为中心运转的一系列星座命名的殿堂，各具不同用途，譬如餐厅、娱乐厅、舞厅、桌球厅、卧室、接见厅等。

战争厅、镜厅与和平厅占据了凡尔赛宫中央向西凸出面的全部。

镜厅亦称镜廊，长 73 米，是凡尔赛宫最辉煌的部分。面向花园的西侧是 17 扇巨大的拱形窗牖，东面与之相对的墙壁上镶嵌着 17 面大镜子，每面大镜子由 483 块镜片组成，外框是科林斯式绿色大理石壁柱，柱头上饰以太阳、花环和天使，一律用金色。

拱顶上的巨幅油画，描绘了路易十四最初 18 年的征战功绩，场面宏阔，气势磅礴。

白天，人们在室内便可通过镜子观赏皇家花园中的美景。当夜幕降临时，400 支蜡烛的火焰经镜面反射形成 3000 多支烛光，整个大厅变成了一片金色的海洋，令人眼花缭乱。

据说，镜厅还有一段血腥的历史。法国人为了从威尼斯人那里窃取制造玻璃的工艺，收买了穆拉诺岛上的几名工匠，将他们秘密送往法国。等威尼斯政府知道有工匠逃亡时，他们已经在法国造出了第一批玻璃。后来，威尼斯政府为密守玻璃制造工艺毒杀了逃走的工匠，但为时已晚，一面面莹光闪闪的玻璃早已镶嵌在卢浮宫、凡尔赛宫的窗口和墙壁，为高雅华丽的宫殿再添了新的盛景。

再后面是王后寝宫，包括寝室、贵族厅、鸿宴厅、卫士厅，这里是王后起居和举行礼仪性活动的正殿。

荒诞不经的是，为了确保纯种的皇室血统，皇后竟要在大臣面前公开分娩，所有皇家子女都必须在这里诞生。

寝宫过去是加冕厅，墙面上是拿破仑加冕的巨幅壁画。但这里只是仿制品，原创壁画在卢浮宫。拿破仑虽然当上了法兰西皇帝，却没有入住凡尔赛宫，也许他认为路易十六的阴魂还在宫殿里游荡，所以他与约瑟芬选择了枫丹白露，那里因而也成为巴黎著名的旅游胜地。

杨小姐给我们每人发了一个耳机，一路娓娓道来，听得清楚，看得明白。昔日的主人和排场奢靡的晚宴、乒乓作响的桌球、日夜旋转的舞会，早已化作了青烟，眼前留下的，是他们纸醉金迷、寻欢作乐的佐证。

中国的皇宫宏大而威严，法国的宫殿奢侈而舒适。

这里的地板、墙壁和壁柱铺砌着深红、浅红、鹅黄、淡紫、翠绿色的大理石，许多地方镶嵌着镀金的边框，悬挂、绘制或摆放着精美的壁毯、巨幅油画、精细的雕刻、昂贵的家具。

顶部是晶莹璀璨的水晶吊灯。

走廊有金光闪闪的铜人烛台。

艳丽的色彩、华贵的气魄、奔放的态势、神秘的氛围，具有明显的巴洛克建筑的特点，而卷草舒花、细腻柔媚、精细纤巧的风格，又堪称洛可可装饰的典范。

凡尔赛宫西面，就是占地100万平米的皇家园林。

在3公里长的中轴线上，点缀着众多的雕塑、喷泉、草坪、花坛。整个园林严格按几何图形设计，左右对称，错落有致。草坪新颖别致，用鲜花或绿篱镶边，色彩迥异。花木修剪成三角形、正方形、圆锥形等多种形状，整齐、典雅、高贵。

园林中水域面积很大，池中有许多喷泉，池边雕塑或卧或站千姿百态。四周绿树成荫，齐刷刷的就像一个模子里刻出来一样。甬道边高大整齐的绿篱修剪出一个个绿龛，内置一尊尊白色大理石女神雕塑，亭亭玉立，阿娜多姿。

花园中最著名的是两座喷泉。

一座是拉多娜喷泉，

■ 走廊铜人烛台

取材于神话故事《变形》。拉多娜是太阳神阿波罗和月神狄安娜之母,曾被小亚细亚农民所辱,众神之王朱庇特把这些农夫变成青蛙。水池里,一座五层同心圆叠罗汉似地托起高贵典雅、扶儿携女的拉多娜女神,喷泉中一群青蛙口喷清泉,形成一个晶莹的水帘。

另一座是阿波罗喷泉,这个喷泉设计精巧,动感十足,威风凛凛的阿波罗乘坐一辆驷马战车正在从水面跃出,几个海妖吹响海螺,宣告太阳神莅临。

园内还有一条长 1650 米、宽 60 多米的十字大运河,路易十六为王后玛丽·安托奈特修建的瑞士农庄就坐落在运河尽头。

当时,王后为打发寂寞无聊的日子,经常化妆成乡间牧羊女在那里游玩。

玛丽·安托奈特是个悲剧式的人物。

她是奥地利玛丽亚女皇的小公主,14 岁时作为政治筹码嫁给了法国的路易十六。她不谙世事,空如白纸的生活被挥霍无度的凡尔赛宫涂上了极尽享乐的欲望,日日笙歌,夜夜欢舞,一掷千金。

当听说巴黎市民没有面包吃时,她竟惊讶地问:他们为什么不吃蛋糕?

虽然奢侈、放纵和"赤字夫人"成为她的代名词,38 岁时同路易

■ 园林一角

十六一起被送上了协和广场的断头台，但把当时法国的不幸和人民生活的悲惨看成是"那个奥地利女人"带来的，这种评价是极不公允的。

她也是特殊身份和环境的受害者。诗曰：

皇家宫苑誉全球，
纸醉金迷艳舞稠。
自古红颜多薄命，
断头还把骂名留。

此后凡尔赛宫便冷落起来，并数遭劫难。1837年，路易·菲利浦重新对凡尔赛宫进行了修葺，并将这座帝王的宫殿改辟为历史博物馆。

凡尔赛宫见证了许多重大历史事件。

1783年在此签订了承认美国独立的条约。

1870年普法战争中成为普鲁士军队的司令部。

1871年德皇威廉一世在这里的镜厅举行加冕典礼，实现了德国的统一；同年巴黎公社起义时，梯也尔政府盘踞在这里，策划了镇压巴黎公社的血腥计划。

第一次世界大战后，1919年协约国与德国在这里的镜厅签订了《凡尔赛和约》，竟然将战前德国在我国山东的特权交给日本。这理所当然激起我国广大人民的愤慨，因而爆发了在我国历史上具有重大意义的"五·四"运动。

第二次世界大战前期，凡尔赛宫再次被德军占领，后期则成为盟军总部。

战后，这里也召开过许多重要的国际会议，1982年第八次西方七国首脑会议便在此举行。

凡尔赛宫有太多的故事，或辉煌，或屈辱，或血腥，或阴谋。可无论建筑、雕刻、绘画还是园林艺术，都称得上法兰西文化的瑰宝，是人类艺术宝库中一颗璀璨的明珠。

凡尔赛宫的主人

太阳王

金碧辉煌的凡尔赛宫，到处晃动着它的主人——太阳王路易十四。

甫进广场，人们就会看到广场中央路易十四的骑马铜雕，马蹄腾空，威武鹰扬。

宫殿的墙壁挂着他拎手杖、戴假发、披大氅、穿紧腿裤、蹬高跟女式舞鞋的画像。

宫殿的走廊两边是他动感十足的骑马浮雕。

宫殿的穹顶用金漆彩绘着巨幅太阳神阿波罗的神话故事，描绘着太阳王四处征战、创造功勋的文治武功。

凡尔赛宫原是一片森林和沼泽地。

1624年，法国国王路易十三在这里修建了一座二层红砖楼房，用作狩猎行宫。

■ 路易十四骑马铜雕

路易十四继位以后，于1661年在此大兴土木，始建凡尔赛宫。

起因是一个非同寻常的晚会。

路易十四的财政总监富凯，建造了一座豪华的沃子爵府。这座漂亮的殿堂吸引了众多法国的重臣显贵，连路易十四也决定到此参加一个晚会以大饱眼福。

谁知这一看，沃子爵府的堂皇、精美和应有尽有，令当时王室在巴黎郊外的所有行宫都相形见绌。

路易十四大怒，他将富凯以贪污罪打入巴士底狱，并命沃子爵府的设计师勒诺特和建筑师勒沃，为自己建造一座更为雄伟壮观、豪华典雅的宫殿。

于是，凡尔赛宫正式破土，工程动用了4万多名建筑人员，历时28载，到1689年才全部竣工。

从此，凡尔赛宫和巴士底狱，就成为路易十四一软一硬两个统治工具。

路易十四被称为法兰西的骄傲。

他在位72年，把波旁王朝推向了辉煌的顶峰。

他1643年即位时年仅5岁，由太后安娜摄政，实权掌握在红衣主教兼首相马萨林手里。

马萨林去世后，23岁的路易十四开始亲政。路易十四精力过人，在他统治前期，事无巨细都亲自裁决，再未设过首相一职。

在政治上，他强化中央集权，宣称"朕即国家"，打击对王权构成威胁的一切反对势力，流放高等法院大批法官，剥夺法院对国王敕令提出异议的权力，恢复国王向各地派遣监督官的制度。

在经济上起用柯尔伯，实行经济改革，推行重商主义，发展国内市场，扩大海外贸易。

路易十四雄才大略，建立了当时欧洲最强大的常备军，频频对外侵略，南征北战，所向披靡。他多次以少胜多，力敌欧洲各国强敌，一度夺占了南尼德兰许多地盘，并将神圣罗马帝国的斯特拉斯堡永远划入法兰西版图，他的孙子则成为西班牙国王——菲利普五世。

路易十四在客观上改变了欧洲乃至世界的格局。他打击的重点是荷兰，使这个17世纪的海上霸主明显受到削弱，而过多专注于欧洲大陆

上的争斗，也延缓了法国向海外扩张的步伐，结果使英国人坐收渔翁之利，他们逐渐建起了海上霸权。

路易十四不但武功颇盛，文治也很出色。

他慷慨襄助文化艺术与科学研究，成立了法国巴黎皇家科学院，当时便吸引了霍布斯、卡西尼、惠更斯等一流学者加入，为后来工业革命、科技革命结出改变人类面貌的累累硕果奠定了基础。活跃于文学艺术领域的高乃依、莫里哀、拉辛、拉封丹等大师更显示了路易十四时代文化的昌盛。而金碧辉煌的凡尔赛宫，则成为欧洲古典主义宫苑建筑的最高标志。

法国人崇拜路易十四的文治武功，尊他为太阳王。

路易十四有许多传奇故事。

他小时险遭人暗算。为了麻痹对手，便经常装疯卖傻：头上戴着黑色的卷发套，脚下穿着一双特制的15厘米高的女式舞鞋，一天到晚沉迷于跳舞。结果全国上下争相效仿，高跟鞋走俏法国，风靡全世界，最后转成为女性的专利。

路易十四疯疯癫癫，政敌也就没把他放在心上。谁知他一旦亲政，一出手就铁腕刚强，牢牢掌控了政局。1682 年，路易十四将政府和王宫迁到了尚未竣工的凡尔赛宫，浩浩荡荡，有数万人之众。他把想蓄谋反叛的大臣和贵族们全都架空或软禁在凡尔赛宫，让他们什么也别干，吃饱喝足，就在游戏厅里打桌球博彩。于是，法国历史上强悍一时的贵族们都蜂拥着去学桌球，实实在在地沦为国王的马仔。

之后，血气方刚的太阳王便得以驰骋疆场，征战欧洲。

他在强迫一些国家与他签订的和约中，用法文取代了以前常用的拉丁文，因此法文渐渐成为国际通用的外交文字。当时欧洲上流社会都以能讲一口流利的法语为时髦的标志。在女性的耳朵里，法语更是甜言蜜语的代名词。直到现在，法国人都将英语视为"乡下人的土语"，国际上递交的国书或签订的重要协议也几乎都是用法文书写的。

路易十四一生痴迷芭蕾舞，多次亲自参加芭蕾舞剧的演出，在他的倡导和影响下，芭蕾舞——这一起源于意大利文艺复兴时期的舞蹈艺术日臻完美，并逐渐成为风靡欧洲、风靡世界的时髦艺术。

路易十四还十分爱吃。当时凡尔赛宫的国宴要上 200 多道菜，像一

■ 穿高跟舞鞋的路易十四

出大型的表演，餐桌大小相套，杯盘层层叠叠，美食经常翻新，花样标新立异。

翻开历史，法国人的祖先用手撕肉，用餐巾擦手揩鼻涕，并不文雅。

从手抓粗食，转向刀叉美食，甚至浮华排场，开先河者，就是凡尔赛宫和它的主人路易十四。

路易十四用豪华的宴请来显示国威，法国的宴请外交也由此诞生。

如今的法国人都非常讲究吃喝，巴黎已成为世界美食之都。有人开玩笑说，法国的傻瓜谈吃都会变得聪明起来。诗曰：

雄才大略太阳王，
卖傻装疯好女妆。
文治武功开盛世，
舞酣宴著创辉煌。

然而，盛极必衰。太阳王虽然在战争中多次获胜，但也因此造成国库空虚，民不聊生。在位后半期，军事失败，农业凋敝，工商业萧条，王权削弱，封建专制制度由顶峰走向衰落。

路易十四之后是路易十五和路易十六，他们像鲁迅小说《风波》中九斤老太的口头禅：一代不如一代。他们没有继承太阳王的文治武功，奢靡享乐却有过之而无不及，在其巅峰时代，维持凡尔赛宫的费用竟占法国税收的四分之一。

为了摆脱财政危机，路易十六决定加税。

当时，法国的人口被划分为三个等级：第一等级是天主教僧侣，第二等级是贵族，这两个等级都享有税收豁免权；第三等级是平民，他们承担着沉重的税负。

路易十六宣布既要加重第三等级的税负，又要对享有豁免权的第一等级和第二等级征税，因此，立即引起所有三个等级的不满。他们组成了国民会议亦称制宪会议，目的是要制定一部宪法，建立一个君主立宪的国家。

路易十六决定用武力解散制宪会议。

巴黎群众立即举行游行示威和武装起义，法国大革命从此爆发。

1789年7月14日，巴黎群众攻陷了巴士底狱，这一天也就成为法国的国庆节。

巴黎红磨坊歌舞

酣畅淋漓的歌舞盛会

1889年10月6日，红磨坊揭幕首演。

那个小个子、小胡子、小丑打扮的司仪向观众郑重宣布："生命多么美好，现在请大家观赏康康舞！"

帷幕拉开，12个康康舞女郎出场了。

这句开场白后来成了巴黎的名句，红磨坊则成为娱乐界的鼻祖，世界上几乎再没有哪家歌舞厅的历史比它更长。

红磨坊的节目每半年一换，只有康康舞不换，而且规模愈来愈宏大。

19世纪30年代，巴黎的蒙马特高地有许多来自世界各地的流浪艺术家摆摊作画，玩杂耍卖艺。

还有一些赚钱糊口的洗衣妇、女裁缝，她们劳累之余手拎着裙角，踢踢腿、扭扭腰，为的是让僵硬的腿脚尽快从酸麻的状态中恢复过来。以后逐渐演变成一种有很多"掀裙踢腿"动作的舞蹈，在咖啡厅、小酒馆和各种舞会上表演。

这种舞传到英国后，被称为"有些怪诞的欢快舞蹈"，英文名为"French cancan"，因为后面的发音是"康康"，这种舞蹈也就被称之为"康康舞"。古板守旧的英国人认为这种舞颓废，禁止演出。

而法国由于在普法战争中战败，人们苦闷彷徨，逐渐形成了玩世不恭的放纵风气。于是，红磨坊便在蒙马特高地应运而生，红磨坊的康康舞则成为消遣的时髦选择，巴黎人趋之若鹜。

使红磨坊名声鹊起的首推法国印象派大师奥古斯特·雷诺阿。

雷诺阿是红磨坊的常客，他应老板之邀创作宣传海报，当那些新鲜刺激而又充满艺术品位的海报贴满大街小巷时，无数人涌向了红磨坊。

他的一幅《红磨坊的舞会》，1990年竟拍卖出7810万美元的天价。

红磨坊的故事也被接二连三搬上银幕。1953年由约翰·休士顿导演、莎莎·嘉宝主演了经典名片《红磨坊》；1955年，法国著名导演尚雷诺拍摄了《法国康康舞》，更使红磨坊和它的康康舞风靡世界。2001年，澳大利亚导演巴兹鲁曼用新的视角，再度演绎同一时代发生在红磨坊的爱情故事，这部仍以《红磨坊》为名的好莱坞影片，以全新的手法和华丽的风格，获选为当年戛纳影展的开幕片。随着这部电影的上映，年逾百岁却依然艳光照人的红磨坊，再次轰动世界。

近几年，红磨坊歌舞已多次登陆我国许多大城市。

现在，巴黎有两个著名的歌舞表演厅，一个是市中心香榭丽舍大道的丽都，一个是城北蒙马特高地的红磨坊。

如果说丽都具有美国百老汇的风格，那么，红磨坊则是地道的法国式歌舞厅，是巴黎最具魅力的旅游景点之一。

红磨坊坐落在蒙马特高地的彼卡尔广场，每晚9点、11点演出两场。130欧元的票价应该说是高消费了，但依然场场爆满，有时需提前半个月定票。

离开巴黎前一天傍晚，我们来到这里，准备观看9点的一场。

此时的巴黎，夜幕降临，华灯初上。

老远就看见一座闪着红光、状似碉堡的建筑物顶上，悠悠转动着一架荷兰式的风车，那巨大的叶轮也是红色的，再配上周围明灭闪烁的霓虹灯，五光十色的射灯，几分妖艳，几分迷离。

这便是频见于电影、电视画面中的红磨坊标志，100多年来从未改变。

红磨坊门口人头攒动，排起了长长的队伍，他们来自世界各地。众多警察在维持秩序。法国印象画派代表莫奈对19世纪末的红磨坊观众曾作过这样的描述：淑女贵妇身着精致华美的晚礼服，明艳堂皇，耀人眼目；绅士们西装革履，燕尾飘扬，从衣扣到领结无一不是身份的标签。现在，红磨坊的观众成分和着装已呈多元化倾向，牛仔裤、休闲服、西装、长裙，相互交错，相互包容。

■ 红磨坊歌舞厅

　　红磨坊入口很小，里面是个隧道似的长廊，两侧挂满了红磨坊历届明星的玉照和各类精彩节目的广告。剪票口有几个穿白色制服的工作人员，警惕地在人群里搜索，要求入场观众的衣着整洁得体，男不光膀，女不裸肩，照相、摄影器材一律强迫存入旁边的寄存处，比进出海关还认真严肃。

　　通过狭小的长廊进入演出大厅，仿佛一下子掉进了红色的海洋，令人不知所措：红色的灯光，红色的舞台，红色的地毯……

　　侍者是清一色的小伙子，白衣、黑领结，热情地领我们就座。

　　每个座位是一把独立的转椅，6把转椅围着一个长条桌，桌上也铺着红桌布，亮着红台灯。

　　坐下后仔细观察，才发现这是一个椭圆形的阶梯式剧场，有五个层阶，可容纳1600名观众。层与层之间有围栏，每层像一个敞开式的大包厢，包厢里摆着许多张桌子。第一层占地面积最大，略低于舞台，那

里早坐满了绅士样的人,他们穿着名牌西装和衬衫,打着精致的领带,大腹便便坐在那里吃晚餐。据说,坐在那里的大多是巴黎的阔佬、红磨坊的票友。在欧洲,大热天穿西装打领带的也只有巴黎人。第二层之后逐渐升高、拉长、变窄,由前到后呈扇形梯次展开,整个剧场仿佛一把巨型红色折扇,观众被荡漾在红色的波涛上。

我们的座位在第三层阶。过道很狭窄,坐下就很难再站起来。侍者送来了免费的啤酒、香槟和冰块,周围到处是开香槟的"砰砰"声。

9点整,震耳欲聋的音响突然轰鸣起来,耀眼的灯光飞快地闪烁着,大幕似乎在一瞬间被拉开了。

舞台想象不到的大,仿佛把观众席都包围了,场面更是宏大得让人透不过气来。

上百名表演者突然拥上舞台,其中女演员约占三分之二,她们头戴硕大的羽冠,有的上身裸露两点,下着三角裤,有的上披华丽的羽毛服饰或金属饰片,下套蕾丝边的蓬蓬裙,个个身材窈窕,笑靥如花。随着灯光、音乐、背景的变化,蓬蓬裙波浪似的上下翻飞、左右旋转。舞蹈演员时而像开屏的孔雀,时而像绽放的牡丹,时而像飞天的仙女。舞蹈动作虽不复杂却很撩人,几乎成垂直的劈腿,又快又高。伴随着每一次玉腿整齐地踢向天空的,是一阵剧烈的音响和海潮般的欢呼;而每一次裙裾波浪似的飞腾,则是快速切换的灯光和暴雨般的掌声。

男演员上穿白地儿蓝条衬衣,肩披红坎肩,下穿蓝裤,个个英姿飒爽,风度翩翩。他们且歌且舞,且舞且歌,活泼流畅,激情奔放。

整个舞台呈半圆形立体式结构,下面是宽敞的平面舞台,上面的二层是环式小舞台,可自动升降、收缩。左右两个台角膀臂似的伸进观众席,仿佛要把观众拥抱起来,透着一种特殊的人情味儿。

二层小舞台有两条钢丝绳伸向观众席背后的顶棚,开场时有两个"天女"飞跃观众头顶,撒下片片鲜艳的花瓣,将整个剧场变成了一个三维立体动态舞台。

再加上欧洲古建筑道具,蓝天和海洋背景,以及不断出奇更新的舞台声光效果,让人真有置身仙境之感。

这就是开场的节目——《仙境》。诗曰:

亦庄亦谑俱时髦，
雪月风花不胜娇。
丽景华冠镭射闪，
俊男靓女舞狂飙。

这几乎是一个复活了的古典绘画与雕塑艺术的盛宴。

古代欧洲的艺术大师们认为，裸露的人体是最美的，他们对人体的崇尚和创作，升华了人们的审美情趣和鉴赏能力。红磨坊再现并创新了前人的艺术，其特点之一，就是使得两点式的裸露，通过宏大的场面、神妙的灯光、奇诡的道具、震撼的音响、美妙的音乐、华贵的服饰、美丽的舞女、奔放的舞姿……摆脱了庸俗与色情的桎梏，一如卢浮宫里的壁画与雕塑，纯洁、神秘，却丝毫不会引发邪念，从而把法兰西的民族色彩和浪漫情调，把古典、现代和时尚演绎成一场酣畅淋漓的歌舞盛会。

接下来的演出一幕幕精彩纷呈，高潮迭起。

有《快乐的清洁工》，有中国式的《男子双人杂技》，有《口技》，还有观众和演员互动的小幽默。

那是一个哑剧。一个专业演员邀请了两男一女三个观众上台参与表演。哑剧演员用极富幽默感的肢体动作惟妙惟肖地模仿了生活中的各类人物。在他的导演下，一个男演员上洗手间去了，他的女友被另一个男演员调戏，后来两个男演员争执起来，哑剧演员则乘机挽着女人手臂悠闲地离开了……引起观众一阵阵哄堂大笑。

把高潮推向顶峰的是一个根据阿拉伯民间故事《海盗》改编的节目：《美女与蟒蛇》。

舞台的服装、道具、灯光把人们引向遥远而神秘的古代。一位女祭司被海盗们追逐，她被追赶到一座山崖前。

舞台上忽然一片漆黑。

随着灯光由暗渐明，舞台正中升起了一座3米多高、10余米宽的透明大水池，象征的是山崖下的万丈深渊，池中有两条正在游动的大蟒蛇。

女祭司站在山顶，纵身一跃，跳入深渊之中。

全场惊叫。

灯光再灭。

只有顶棚上的追光灯对准大水池迅速切换,水缸里的女祭司就像一条雪白的美人鱼,雪白的人与巨大的蟒蛇上下翻滚,越来越快,越缠越紧,让人眼花缭乱,让人惊心动魄,让人紧张得喘不过气来……随着美女战胜蟒蛇,浮出水面,场内响起了长时间的欢呼和雷鸣般的掌声。

红磨坊拥有世界上最时髦的理念、最精巧的设计、最漂亮的舞蹈演员。

红磨坊的女演员主要来自法国、澳大利亚、俄罗斯和英国。女演员必须受过严格的芭蕾舞训练,身高1.72米以上,年龄16到25岁,容貌姣好,笑容灿烂,大腿修长,鼻子俏皮。

奇妙的舞台效果和美若天仙的演员,通过以康康舞为主调的明快、奔放的肢体语言,将愉悦和兴奋传导给每一个不同肤色的观众,足以抵消语言障碍和文化差异。

如果有人说红磨坊有风花雪月的嫌疑,那么,裙裾翻飞有风,容颜美艳胜花,皮肤凝脂似雪,明眸善睐为月——这风花雪月给人们的是美的享受、酒的甘冽。

其实,我们没必要争论它是毒蘑菇还是香香草。

红磨坊康康舞起源于基层妇女的劳动,升华于音乐、舞蹈的艺术摇篮,又糅合了巴黎的浪漫和审美情趣,代表着一种生活方式,蕴藏着一种民族风情,体现了一种民族文化。

红磨坊的历史上,曾舞出了古吕、摩姆·弗罗玛茨、珍妮·阿弗里尔等风姿绰约、仪态万方的舞蹈明星,溜出了伊韦特·吉尔贝等诙谐优雅的主持"名嘴",还造就了许多画家、舞美设计师、音乐家和作家。

巴黎有一句名言:"红磨坊的歌舞永远是美妙的,巴黎人的生活永远是快乐的。"

红磨坊的红风车已转动了100多年,康康舞历经百年而不衰,每年吸引着来自世界各地的上百万观众。法国每年新年夜都要向全国转播红磨坊或丽都夜总会的歌舞表演,很像中国的春节晚会。是巴黎这片追求自由与开放的土壤滋养了红磨坊,它已经成长为一棵根深叶茂的大树,也是世人探视法兰西民族文化艺术的重要窗口。

附记：斯里兰卡篇

斯里兰卡民主社会主义共和国 | 鸡心翡翠

斯里兰卡民主社会主义共和国

鸡心翡翠

这次访欧，由于飞机中转，我们还两度踏上了热带岛国——印度洋上的斯里兰卡。

这是一片神奇的土地。

有人说，斯里兰卡是印度洋上一颗熠熠生辉的明珠。

有人说，斯里兰卡是印度半岛的一滴眼泪，凄苦地滑落在印度洋上。

各种说法当然说有所据。我倒觉得，把斯里兰卡比作镶嵌在印度洋上的一块鸡心翡翠更贴切一些，因为不仅它形状像鸡心，而且整个岛国一年四季都是翠绿色的。再则，如果把印度半岛比作美人的颈项，那么，斯里兰卡就更像挂在美人颈项上的一块鸡心翡翠，惹眼地躺在印度洋的胸脯上。

斯里兰卡原称锡兰。僧伽罗语中锡兰和茶叶是同义语，这里的红茶闻名于世，被称为红茶之国。

早在公元前504年，僧伽罗族就从印度北部迁徙来此，建立了僧伽罗王朝。公元前2世纪左右，南印度的泰米尔人也移居锡兰，统治北部一带。他们本是同宗，但自古以来，一直兄弟相残，流血不断。

16世纪时，欧洲殖民者发现了这个美丽的小岛，于是葡萄牙人、荷兰人、英国人先后踏上这里进行殖民统治。

1948年锡兰独立。1972年锡兰改称斯里兰卡，僧伽罗语的含义是光明、富饶的乐土。

斯里兰卡国土面积 6.5 万平方公里，人口 1900 多万，其中僧伽罗人占 70%。

斯里兰卡是一个以种植园经济为主的农业国家，茶叶、橡胶和椰子是国民经济的三大支柱产业。工业比较落后，在国民经济中只占 20% 的比重，但石墨产量居世界首位，兰卡宝石在世界享有盛誉，有宝石王国的美称。

值得称赞的是，斯里兰卡虽然人均 GDP 较低，但从小学到大学全部免费，居民免费医疗，妇女地位和人均寿命也排南亚国家之首。

■ 斯里兰卡风光

斯里兰卡人的相貌和饮食习惯基本与印度相似。女人五官匀称，眉眼生动，穿着漂亮的纱丽，身材婀娜多姿。男人则穿长裙。

好好的饭菜，总要撒一把咖喱粉，红的，黄的，黏糊糊的。现成的餐具不用，非要用手指抓饭，他们还言之凿凿：用拇指、食指和中指撮出来的饭菜最可口。

斯里兰卡基本上全民信教，近70%的人信奉佛教，其他为印度教、伊斯兰教、基督教等。僧伽罗语和泰米尔语为主要语言，上层通用英语。

斯里兰卡人根据种姓选择对象，要求门当户对。部分农村存在包办婚姻。少数山区还实行一妻多夫制，妻子主持一切事务，她可以选择和哪一个丈夫住在一起，丈夫如果不听从妻子的安排，就可能被逐出家门。

斯里兰卡四季葱茏，风景秀丽。热带雨林，高山茶园，美丽的沙滩，神秘的古城，成群的大象，奇异的花草，被当地人视为世界第八奇迹的狮子岩，众多佛教胜地与传说……斯里兰卡处处散发着浓郁的热带风情，被马可·波罗称为世界上最优雅的土地。

我们乘坐的飞机两次中转，都在斯里兰卡首都班德拉奈克国际机场起降。

机场规模不大，设施也很一般。但机场工作人员对中国人很友好，态度热情和蔼。

机场正在维修，进出时要绕过一段木板围起来的走廊，就像临时建筑工地，砖木横陈，尘土飞扬。好在距离不长。机场出来，印度洋湿漉漉的海风带着咸腥味扑面而来，立刻使人精神舒爽起来。

但舒爽又很快变为紧张。机场周围到处是荷枪实弹、穿迷彩服的士兵，隔几十米就有一座半埋在地下的掩体，里面的枪口隐约可见。那段时间，政府军和泰米尔猛虎组织正打得不可开交。自1983年泰米尔猛虎组织成立以来，这个美丽的岛国就陷入了无休无止的战乱，已造成6万多人丧生。猛虎组织袭击过机场，炸过政府大楼，用人体炸弹杀害了印度前总理拉吉夫·甘地，还用同样的方式袭击了斯里兰卡前总统库马拉通加夫人，使她永远失去了右眼。

我们两次都住在离机场不远的同一个海滨酒店。酒店的名字很有意思："88"，上细下粗，就像中国的一对掐腰葫芦。说是三星级，其实与国内普通旅馆差不多，连电视都没有。倒是墙壁、被褥崭新雪白，房间很大,阳台宽敞。

推开落地玻璃窗,外面就是绵软的沙滩和一望无际的印度洋。窗前飘着椰子和芭蕉的气息,草坪上有嬉戏的松鼠,空中有许多乌鸦而不是海鸟鸣叫着飞来飞去。

斯里兰卡的乌鸦体形较小,被视为"神鸟",备受呵护。

这里沙滩、海浪、渔船、椰树,乌鸦、松鼠、草坪、花径,夕阳里,一片金黄,一片祥和,丝毫也没有战争的阴霾。

酒店的早餐比欧洲国家还丰盛,面包、蛋糕、火腿、鸡蛋、牛奶、咖啡、果汁、香蕉、橙子、苹果、西瓜,品种很多。这里还第一次吃到熟透了的木瓜,颜色深红,甜软爽口。

餐厅搭在酒店外的沙滩上,面临大海,木地板,竹构架,尖顶上铺着厚厚的茅草。乌鸦似乎并不怕人,瞅空就飞到桌子上抢食。松鼠则在地板上窜来窜去。在这样的氛围中吃"野餐",我们都胃口大开,老饕似的着实饕餮了几回,大快朵颐。

按考察计划,在斯里兰卡只是中转休息,没有安排参观。我们从欧洲返回这里时,有半天空余时间,大伙提议到首都科伦坡转一圈,也不

■ 斯里兰卡海滩

枉两次踏上这个迷人的海岛。

托尼很爽快地答应了,向每人收了200元人民币,请了一个"地导",雇了一量丰田大巴,开始了我们的科伦坡之旅。

科伦坡是斯里兰卡第一大城市,60多万人口,位于斯里兰卡西南海岸。

早在公元8世纪,阿拉伯商人就已在此经商,当时称"科兰巴",是港口和芒果树之意,后被葡萄牙人改为"科伦坡",是"海的天堂"之意。

科伦坡地处欧洲、印度和远东之间,许多远航船只都要经过这里,因此,科伦坡很早就成为国际商船汇集的大港。同时,斯里兰卡生产的茶叶、橡胶和椰子也利用便利条件,从这里输往国外。因此,科伦坡被称为"东方十字路口",独立后定为首都。

从酒店到科伦坡没有高速公路,35公里的路程要走一个多小时。

公路两边椰树林立,绿影婆娑,一派热带岛国风光。

沿途几乎没有现代化的建筑,仿佛我国80年代的县城或乡镇,只

■ 科隆坡街景

■ 班达拉奈克国际会议大厦

是不时掠过的教堂和坐落在路边、街心的佛像标志着这个国家的宗教和信仰。

　　穿过一个小镇时，有一辆卡车拉着一头大象迎面而来。"地导"告诉我们，这是一头受伤的大象，它是被送往"大象孤儿院"的。

　　自古以来，斯里兰卡人就以大象为图腾，境内曾拥有几万头大象。20世纪下半叶，野生大象数量锐减。为保护大象，斯里兰卡政府在1975年修建了世界上第一所也是唯一一所"大象孤儿院"，收养无家可归的小象和受伤的大象。大象们一旦进了孤儿院，便美居美食，养尊处优。

　　斯里兰卡人对牛也敬若神明，在闹市遇上"神牛"，行人和车辆都要避让。

　　旅行车驶入市区，高层建筑逐渐多了起来。

　　街道比较干净，两旁到处是榕树和红凤凰树，但更多的是高耸入云的椰子树。

　　这里有很深的殖民烙印，各种建筑，尤其是阿拉伯、葡萄牙、荷兰和英国式教堂，使这里的街头景象极具国际色彩。

车辆多是日本进口的，与英国、日本一样靠左行驶。

街道上还有许多摩托车和三轮出租车。

男人和女人都穿着纱笼的服饰，把全身裹起来的同时又把身体的曲线凸显出来。

我们首先参观了班德拉奈克国际会议大厦。这是一座乳白色的椭圆型建筑，精美壮观，是科伦坡标志性建筑之一。它是由中国政府无偿援建的项目，1973年建成并投入使用以来，在斯里兰卡政治生活中发挥着重要的作用，被誉为"中斯友谊的象征"。中斯友谊最早的见证——明朝三宝太监郑和在斯里兰卡竖立的纪念碑，则收藏在科伦坡另一个标志性建筑——科伦坡国立博物馆。

而后，我们在离这里不远的中国驻斯里兰卡大使馆门前留影。又参观了一个小型广场，广场中央塑有一尊班德拉奈克的雕塑。这位为民族独立和振兴做出巨大贡献的前斯里兰卡总理，在1959年被国内政敌和西方敌对势力合谋杀害。

在商业区，我们还逛了几个商场，据说是科伦坡较大的高级商场，可我们觉得与国内县城的普通百货商场差不多。

商品主要是首饰、皮件、服装、蜡染、陶瓷和金属制品类的生活用品，有许多是从我国进口的。

斯里兰卡100比索兑换1美元。价格实行内外有别，国内居民购买比较便宜，对我们这些"老外"则敲以10倍以上的竹杠，接近欧洲的物价，而且只收美元和欧元。好在我们并不想买什么，只是看看、问问，了解了解物价而已。

傍晚，"地导"主动提议拉我们绕市区转转。

市区不大，转一圈只用了40多分钟。"地导"指给我们看的有世界贸易中心双塔、希尔顿酒店、钟楼、灯塔、市政厅等等。

而印象最深的，是一片红色的沙滩。

夕阳里，老人们在沙滩上悠闲地散步，小孩子们在水边嬉戏，情侣们手牵手迎着海风奔跑，海面上则有许多年轻人在冲浪……

后 记

《美与丑：感悟欧洲》是我的第一部作品。

说作品有点脸红，因为很难说这些篇什是什么样的作品。

说游记吧，夹杂了许多信息和史料，还有些分析和思考，类似考察报告。说散文吧，文笔平实，更无华丽的词藻，许多篇目还码放了一些小标题似的开头语，提纲挈领，排列有序，类似公文。说公文吧，既有写景，还有叙事，既有图片，还有格律诗……这些大概与我长年从事公文写作又爱好文学、爱好古诗不无关系。我琢磨，这些东西只能叫作公文式的散文，或考察报告式的游记吧？

或许有人会说，文中对欧洲颇多溢美之词，是不是有点崇洋？我以为这并不重要。观乎山水之色，听乎天籁之音，感乎市井之景，发乎内心之情，点墨随笔成诗，滴水涓涓成溪，自然天成，不须虚饰。更没必要把白的描成黑的，或者把丑的说成美的。

我觉得，考察欧洲，关键是要把握"三个月亮"原则：

第一，欧洲的月亮并不比中国圆。这是大原则。我们是龙的传人，我们有泱泱五千年辉煌的文明，我们不能丧失民族自尊心、自信心。欧洲有靓丽的一面，爱美之心人皆有之，崇一崇不悖情理，也无伤大雅，不必过媚就是。但对其丑陋的一面，恐没几个嗜痂之癖者。

第二，欧洲现阶段的月亮比中国亮。欧洲空气质量好，月亮看起来确实要亮一些。这是实事求是。我们与欧洲处在不同发展阶段，而不同发展阶段的生产力状况以及由此决定的经济实力、富裕程度、社会自然特征等等，是不以人的意志为转移的客观历史规律。我们要正视现实，承认差距，借鉴经验，汲取教训，走中国特色的发展道路。

第三，中国的月亮一定会比现在更亮，甚至比欧洲更亮。这是不甘落后。只要我们知不足而奋起，加快科学发展，加快构建和谐社会，我们就一定会实现中华民族的伟大复兴，就一定会傲立于世界民族之林。

《美与丑：感悟欧洲》曾以笔名云涛和《欧洲十日》为题在《阳泉日报》连载，《山西日报》也选登了几篇。本书2008年8月由中央编译出版社出版、全国新华书店发行。后来网络上相互转载，网友们提了很多有价值的修改意见。此次再版，根据网友们建议，修改和删除了一些具体的时间、数据，增加了一些可读性的内容，文中的律绝和律诗则更规范了一些。此书出版和再版期间还得到许多朋友的帮助，在此一并致谢。

高巨海
2014 年 3 月

图书在版编目(CIP)数据

美与丑:感悟欧洲/高巨海著.
—北京:中央编译出版社,2014.6
ISBN 978-7-5117-2100-6

Ⅰ.①美⋯

Ⅱ.①高⋯

Ⅲ.①随笔-作品集-中国-当代

Ⅳ.①I267.1

中国版本图书馆CIP数据核字(2014)第061359号

美与丑:感悟欧洲

出 版 人:	刘明清
出版统筹:	董 巍
责任编辑:	曲建文
责任印制:	尹 珺
出版发行:	中央编译出版社
地 址:	北京西城区车公庄大街乙5号鸿儒大厦B座(100044)
电 话:	(010)52612345(总编室) (010)52612370(编辑室)
	(010)52612316(发行部) (010)52612315(网络销售)
	(010)52612346(馆配部) (010)66509618(读者服务部)
传 真:	(010)66515838
经 销:	全国新华书店
印 刷:	北京瑞哲印刷厂
开 本:	787毫米×1092毫米 1/16
字 数:	350千字
印 张:	22.25
版 次:	2014年6月第1版第1次印刷
定 价:	58.00元
网 址:	www.cctphome.com 邮 箱:cctp@cctphome.com
新浪微博:@中央编译出版社	微 信:中央编译出版社(ID: cctphome)

本社常年法律顾问:北京市吴栾赵阎律师事务所律师　闫军　梁勤
凡有印装质量问题,本社负责调换,电话:(010)66509618